10|18
12, avenue d'Italie — Paris XIIIe

Sur l'auteur

Edward Marston — de son vrai nom Keith Miles — est un auteur prolixe. Tout à la fois auteur d'une quarantaine de pièces inédites pour la radio, la télévision, le théâtre ou le cinéma, d'une soixantaine d'ouvrages — romans, pièces, biographies, livres sur le sport, romans pour la jeunesse —, il est également critique littéraire et auteur de novélisations (*Dance With a Stranger* réalisé par Mike Newell avec Rupert Everett et *Falling in Love* d'Ulu Grosbard avec Meryl Streep, Robert de Niro et Harvey Keitel). En 1988, il prend le pseudonyme d'Edward Marston pour écrire *La Tête de la reine*, premier titre d'une série policière élisabéthaine mettant en scène Nicholas Bracewell, riche aujourd'hui de douze titres. Puis, toujours sous le nom d'Edward Marston, il lance une nouvelle série historique dont l'action se déroule au Moyen Âge, *The Domesday Books* (*Les Livres du cadastre* de l'Angleterre). Et c'est au rythme d'un livre par an qu'il continue à mener de front ces deux séries auxquelles il a ajouté depuis une trilogie se passant sous la Restauration.

LE RIRE DU BOURREAU

PAR

EDWARD MARSTON

Traduit de l'anglais
par Corine DERBLUM

10 18

INÉDIT

« Grands Détectives »
dirigé par Jean-Claude Zylberstein

Du même auteur
aux Éditions 10/18

Titre original
The Laughing Hangman

ISBN 2-264-03536-6

Au vicomte Krichevsky,
Laird de Dobbs Ferry,
Seul survivant de la dynastie des Stuarts

Jamais pièces ne seront interdites, tant que les jeunes laquais inexpérimentés de Sa Majesté paraderont vêtus de soie et de satin... Jusque dans la chapelle de Sa Majesté, ces jolis petits morveux profanent le jour du Seigneur par les contorsions lascives de leur tendre corps et la magnificence fastueuse de leur costume, dans des fables paillardes tirées des poètes païens et idolâtres.

— Anonyme
The Children of the Chapel Stripped and Whipped (1569)

1

Elle lui manquait. Nicholas Bracewell ressentit en son cœur un coup violent et inattendu au point qu'il en eut le souffle coupé. Involontairement, il baissa la tête comme si la pointe d'un couteau avait percé sa poitrine jusqu'au sang. Il évitait de penser à Anne Hendrik, et plus encore de parler d'elle, pourtant elle occupait soudain son esprit. Là, debout, sous ses yeux, elle lui caressait la joue d'une main nostalgique. C'était à la fois un réconfort et un supplice.

Pendant plusieurs minutes, Nicholas se laissa envelopper par une foule de souvenirs merveilleux et ne prêta pas attention à la dispute qui avait lieu devant lui. Anne chuchotait à son oreille, bannissant les voix discordantes. Le régisseur n'entendit même pas le poing qui s'abattit sur la table tel un boulet de canon.

— Je refuse qu'on s'oppose à ma volonté ! tonna Lawrence Firethorn.

— Alors, renoncez à cette folie ! riposta Barnaby Gill.

— Je pense d'abord et avant tout à l'intérêt de la troupe.

— Première nouvelle !

— J'ai toujours, oui, toujours agi ainsi ! À vous entendre, en revanche, l'unique raison d'être des Hommes de Westfield serait de servir la gloire d'une seule petite personne insignifiante.

— Et qui donc, je vous prie ?

— Regardez dans n'importe quel miroir, Barnaby : elle vous renverra son sourire suffisant.

— Vous me calomniez grossièrement !

— Je me borne à énoncer la vérité.

— Mensonge ! protesta Gill, se levant et bombant le torse. Sans moi, la compagnie n'existerait pas. Je l'ai maintes fois sauvée de l'anéantissement, comme je m'y efforce à nouveau.

— Vous barrez la voie au triomphe.

— Oui, Lawrence, à celui de nos rivaux ! Si nous suivons votre recommandation insensée, nous leur céderons le haut du pavé.

— Mon plan assied les Hommes de Westfield sur le siège du pouvoir.

— Un siège bancal que celui-là ! Nous nous couvrirons de ridicule si nous en approchons un tant soit peu les fesses.

Firethorn s'inclina, goguenard.

— Je concède qu'en matière de fesses vous vous y connaissez mieux que quiconque.

Gill s'empourpra et se frappa la cuisse avec irritation. Il tourna les talons afin d'esquisser une sortie théâtrale, mais Edmund Hoode bondit pour le retenir.

— Holà, Barnaby ! Ce n'est pas une façon de régler un différend !

— Je ne resterai pas pour subir des insultes.

— En ce cas, déguerpissez, car votre seule vue en inspire des centaines, riposta Firethorn. Nous prendrons seuls la décision, dont nous vous aviserons en temps utile.

— J'exige de participer au débat, réclama Gill en tapant du pied.

— Rasseyez-vous et la chose sera faite, dit Hoode d'un ton apaisant. Votre voix est nécessaire à cette table et sera entendue, Barnaby. N'est-ce pas, Nick ?

Un coup de coude tira Nicholas de sa rêverie et il s'adapta rapidement à cette situation familière. Lawrence

Firethorn et Barnaby Gill se querellaient une fois de plus. S'ils se complétaient avec brio pour mettre en valeur les pièces qu'ils interprétaient, ils devenaient ennemis jurés dès l'instant où ils quittaient les planches. Cet antagonisme plongeait beaucoup plus loin qu'une simple jalousie professionnelle. Firethorn, le directeur de la troupe, sentait que ses remarquables talents de comédien n'étaient pas reconnus à leur juste valeur par son camarade ; Gill, le comique des Hommes de Westfield, se considérait comme leur véritable chef et détestait se voir rappeler qu'il ne venait qu'en second.

Nicholas réussit à calmer Gill. Frémissant d'indignation, celui-ci consentit enfin à regagner son siège. Les quatre hommes se trouvaient chez Firethorn, dans Old Street. Nul à Shoreditch ne devait l'ignorer, car cette réunion s'imposait avec une véhémence stridente à tous les tympans, sans qu'on pût décider ce qui était le plus assommant, des braillements caverneux de Firethorn ou des récriminations aiguës de Gill. La hargne qui s'épanchait régulièrement dans la pièce avait au moins une compensation domestique. Elle délogeait la poussière à la perfection, si bien que la servante n'avait pas à débarrasser les poutres de toiles d'araignée ni les recoins d'éventuels moutons. Tout ce qui marchait, rampait ou volait vidait les lieux sur-le-champ. Même les souris installées dans le chaume fuyaient vers un havre plus paisible.

— J'ai cru bon de vous apporter d'autres rafraîchissements.

Margery Firethorn entra majestueusement dans la pièce, un plateau de bois dans les mains et un sourire affable sur ses traits avenants. Elle arrivait à point nommé pour détendre l'atmosphère et permettre aux adversaires de recouvrer leur sang-froid. Alors qu'elle posait un plat de petits gâteaux encore tièdes et un pichet de vin devant eux, elle croisa le regard de

Nicholas et lui adressa un clin d'œil affectueux. Il répondit par un sourire de gratitude. Une fois de plus, cette femme capable de pester aussi fort que son époux avait opportunément ramené le calme en faisant montre de sa tendre hospitalité.

Pendant que Gill se servait du vin, Firethorn enfourna un biscuit. Il le mâcha avec entrain et les miettes trouvèrent un logis temporaire dans sa barbiche noire.

— Merci, ma colombe, roucoula-t-il.

— Nous vous sommes des plus reconnaissants, ajouta Edmund Hoode, qui remplissait sa propre coupe, et en savoura une longue gorgée. Du nectar !

— Désirez-vous autre chose ? s'enquit-elle.

— Non, grommela Gill.

— Dans le cas contraire, nous vous appellerons, mon ange, assura son mari en lui envoyant un doux baiser du bout des doigts.

— Je serai tout ouïe, Lawrence.

— Comme toute la ville de Londres, remarqua Hoode en hochant tristement la tête.

Margery laissa échapper un rire chaleureux et retourna dans la cuisine. Son intervention avait calmé les esprits. Une fois la colère passée, la raison s'en revint peu à peu. Firethorn fut bientôt prêt à entraîner les autres dans le débat.

— Quelle est votre opinion, Nick ?

— Peu importe, coupa Gill avec aigreur. La question doit être tranchée par nous trois qui sommes des associés, non par l'un des employés. Nicholas est un régisseur compétent, je vous l'accorde, néanmoins il n'occupe pas le même rang que nous.

— Non, intervint Hoode, volant à la rescousse. Il nous est bien supérieur ! Sa sagesse et sa loyauté nous ont sauvés du désastre en d'innombrables occasions. Lawrence souhaite entendre son avis, et moi aussi. Parlez, Nick.

— L'avis essentiel en l'occurrence, c'est le vôtre, Edmund.

— Le mien ?

— Oui. Cela vous concerne au premier chef, fit observer Nicholas. Jusqu'à présent, la question porte simplement sur une nouvelle pièce.

— Un chef-d'œuvre ! affirma Firethorn.

— Une monstruosité ! lui opposa Gill.

— Il est naturel que des comédiens discutent des mérites d'une œuvre dramatique, continua Nicholas avec tact. Cependant, la personnalité de l'auteur semble plus problématique.

Edmund Hoode grimaça légèrement. Il avait tenté de son mieux de faire la part entre la pièce et le dramaturge, car le seul nom de Jonas Applegarth lui agaçait les dents. Non qu'il fût envieux. Hoode portait une immense admiration à l'œuvre de son confrère et, le premier, lui reconnaissait une supériorité en tant que poète. Par son talent, ce dernier éclipsait tout autre auteur de Londres, néanmoins il existait chez lui certains traits de caractère bien moins séduisants. Edmund Hoode s'efforça de se les voiler.

— *Les Infortunes du mariage* sont une excellente pièce, dit-il avec un enthousiasme non feint. Une comédie satirique qui surpasse de loin tout ce que ma plume languissante pourrait composer. Jamais on ne passera à *La Tête de la Reine* un après-midi plus hilarant que celui qu'offrira la pièce d'Applegarth. Je crois, conclut-il, surmontant une ultime réticence, que nous devrions oublier toute considération personnelle et monter la pièce. Il y a un génie authentique dans *Les Infortunes du mariage*.

— J'adore cette pièce, déclara Firethorn.

— Je la déteste, dit Gill, toutefois j'en applaudis le titre. Les infortunes du mariage, multiples et variées, ne sauraient m'attirer dans les rets conjugaux.

Margery faillit s'étouffer de rire dans la cuisine. Son mari réprima un petit gloussement ironique et échangea un regard amusé avec Nicholas. Edmund

Hoode s'efforçait de se convaincre qu'il était dans son propre intérêt que cette nouvelle pièce fût jouée par les Hommes de Westfield.

— Jonas Applegarth n'est pas sans défauts, dit-il avec un art consommé de la litote, cependant ses qualités l'emportent. Il faut toujours accueillir un talent rare lorsqu'il se présente. Pour ma part, je serai heureux de travailler aux côtés de messire Applegarth. J'espère apprendre beaucoup de lui.

— Voilà qui est parler avec noblesse, Edmund ! approuva Firethorn, radieux.

— Certes. Toutefois, je préconiserais un peu moins de noblesse et un peu plus de prudence de votre part, conseilla Gill. Vous êtes notre poète, Edmund, et vous mettez votre art à notre service pour notre plus grand bonheur. Souhaitez-vous être éclipsé par cette erreur de la nature ? Voir votre bourse aplatie sous la masse hideuse de Jonas Applegarth ?

Mal à l'aise, Hoode s'agita sur sa chaise.

— Je me dois de saluer une bonne pièce lorsque j'en vois une.

— Applegarth est loin d'en faire autant, rétorqua Gill. Il voue aux gémonies tout ce que vous avez écrit.

— Seulement lorsqu'il a bu, nuança Firethorn avec désinvolture. Quel auteur n'insulte pas ses confrères, sous l'effet de la bière ?

— Edmund Hoode, répondit Nicholas.

— Il est beaucoup trop candide, dit Gill. Applegarth le foulera aux pieds et bouleversera la compagnie entière.

— Cela ne sera pas toléré ! décréta Firethorn avec fermeté. Je vous en donne ma parole. Il travaille ici selon nos conditions, c'est à prendre ou à laisser. Nick saura le lui faire comprendre.

Il glissa un autre gâteau sec dans sa bouche et regarda ses compagnons d'un air satisfait.

— Bien ! Edmund et moi pensons que *Les Infortunes* constituent une digne addition à notre répertoire.

— Je m'oppose formellement à cette idée.

— Nos deux votes font pencher la balance en votre défaveur.

— Nous n'avons pas encore entendu l'opinion de Nick, rappela Hoode.

— Et nous n'en avons pas besoin, marmonna Gill.

— À moins qu'elle ne fasse écho à la vôtre, le taquina Firethorn. Vous l'élèveriez sur-le-champ au rang de partenaire. Eh bien ? Pour quelle décision optez-vous, Nick ? Parlez librement à vos amis.

— Aimez-vous *Les Infortunes du mariage* ? s'enquit Hoode, se penchant en avant.

Nicholas tressaillit. Il se rendait compte que c'étaient le titre et l'argument de la pièce qui avaient ranimé en lui le souvenir d'Anne Hendrik. Quand il avait enfin compris combien il l'aimait, il lui avait demandé de l'épouser, sûr qu'elle accepterait de lui accorder sa main[1]. L'infortune avait frappé. Anne avait refusé et, depuis lors, sa vie sentimentale allait à vau-l'eau.

— La pièce vous agrée-t-elle ? Dites-le-nous ! le pressa Firethorn.

— Mais oui, dit Nicholas, chassant le fantôme d'Anne de son esprit. Elle représente un défi pour les Hommes de Westfield, mais je suis convaincu qu'ils seront à la hauteur. Mes seules réserves concernent l'auteur.

Firethorn balaya cette objection d'un geste de la main.

— Jonas Applegarth n'y peut rien s'il est à ce point affreux et désavantagé par la nature.

— Je ne parle pas de son apparence. C'est son comportement qui m'inquiète. Querelles, bagarres, ivrognerie… Certaines compagnies refusent tout rapport avec lui.

— Nous serions bien inspirés d'en faire autant ! commenta Gill.

1. Cf. *La Femme silencieuse*, 10/18, n° 3480.

— Des conditions très strictes doivent être posées dès le départ. S'il rejoint les Hommes de Westfield, que messire Applegarth sache qu'il devra se conformer à leurs règles. Nous ne tolérerons pas de rébellion dans nos rangs. Bref, présentons la pièce pour le plaisir qu'elle procure, mais tenons la bride haute au dramaturge.

Barnaby Gill tempêta en vain, le sort en était jeté. La première des *Infortunes* aurait lieu la semaine suivante. Il incombait à Nicholas d'annoncer la nouvelle à Applegarth et de lui préciser ses obligations. Edmund Hoode était triste et pensif. L'honnêteté l'obligeait à souligner les mérites de la pièce, mais il sentait que cela lui vaudrait l'humiliation. Aussi, lorsque Gill s'en fut d'un pas digne, Hoode prit congé lui aussi. Tous deux nourrissaient de sombres pressentiments, quoique d'un genre différent.

Lawrence Firethorn les observa par la fenêtre avant de se retourner pour taper le régisseur sur l'épaule.

— Nick, cher cœur ! Nous venons de prendre une des décisions les plus déterminantes de toute l'histoire de la troupe. J'aime Edmund et j'apprécie ses pièces, cependant Applegarth le rejette dans l'ombre. Mon seul regret est de donner vie aux *Infortunes du mariage* dans le cadre sordide d'une auberge, sous le regard de cette tête de mort de patron. L'occasion réclamerait un véritable théâtre, une salle comme *Le Rideau* ou *Le Théâtre*.

— *La Rose* serait plus adapté.

Alors que Nicholas prononçait ces mots, Anne revint dans ses pensées. *La Rose* était un tout nouveau théâtre situé à Bankside. Du temps où le régisseur logeait chez Anne, partageant sa vie et se délectant de son amour, il s'y rendait facilement à pied. Pour lui, *La Rose* resterait à jamais indissociable de ces jours heureux, sur la rive sud de la Tamise.

Firethorn remarqua l'air lointain de son ami. Il le connaissait assez bien pour en deviner la cause.

— Vous pensez toujours à elle, Nick ?
— Il faut que je parte. J'ai beaucoup à faire.
— Allez la retrouver. Plaidez votre cause.
— Tout cela appartient au passé, répondit vivement Nicholas. Veuillez m'excuser, mais je dois aller trouver Jonas Applegarth. Il est sans doute impatient de connaître le sort de sa pièce et les conditions auxquelles nous l'acceptons.
— Combien de temps, déjà ? demanda Firethorn en le prenant par le bras.
Il y eut un bref silence. Les remords furent encore plus vifs, cette fois, la sensation de vide encore plus aiguë.
— Un an, répondit Nicholas. Un an jour pour jour.
Il comprenait enfin pourquoi Anne lui manquait tant. C'était le premier anniversaire de leur séparation.

Sur le banc de chêne, Jonas Applegarth riait à s'en tenir les côtes. Enchanté que sa pièce eût été acceptée par les Hommes de Westfield, il fêtait cette décision à *La Tête de la Reine* avec quelques-uns de ses nouveaux amis. Applegarth avait à peine trente ans, mais sa forte corpulence, ses cheveux clairsemés, sa barbe grise et sa peau grêlée par la vérole lui donnaient au moins dix ans de plus. À chacun de ses gestes, les agrafes de son pourpoint menaçaient de sauter et les coutures de ses chausses semblaient prêtes à craquer pour laisser ses cuisses énormes se répandre sur le banc.
Ce corps de colosse était assorti d'un appétit titanesque et d'une soif insatiable. Applegarth engloutissait les chopes de bière à mesure qu'on les emplissait, toutefois il ne s'adonnait pas à la boisson en solitaire. Il avait généreusement invité quatre comédiens à se joindre à lui et ils échangèrent bientôt de joyeuses plaisanteries.
Owen Elias riait le plus fort. Le bouillant Gallois, doté d'une formidable joie de vivre, discernait en lui son semblable. Non seulement Jonas Applegarth lui offrait

un excellent rôle, mais il se montrait à la hauteur des plus turbulents personnages. En peu de temps, il avait pris la mesure des Hommes de Westfield.

— Quelle opinion avez-vous de Barnaby Gill ? interrogea Elias.

— Une beaucoup moins haute que la sienne, répondit Applegarth, feignant de s'admirer dans un miroir imaginaire. Pas un joli garçon de Londres n'est à l'abri quand messire Gill se promène en ville dans ses beaux habits. Encore heureux qu'il ne soit pas employé à Blackfriars ! Les Enfants de la Chapelle craindraient pour leur vertu chaque fois qu'ils s'inclineraient dans leur prière.

Les rires cruels furent dominés une fois de plus par celui d'Owen Elias. Le seul à ne pas s'esclaffer était un jeune homme mince et svelte, qui alliait la beauté de l'acteur à un maintien plein de noblesse. James Ingram se tenait à l'écart et observait les autres, auxquels le sujet inspirait moult gaillardises. La cible de l'amusement général était une compagnie de jeunes garçons, les Enfants de la Chapelle royale de Sa Majesté, la troupe résidente du nouveau théâtre de Blackfriars. Les Hommes de Westfield rivalisaient avec eux pour la faveur du public et avaient donc de bonnes raisons de les railler. James Ingram en avait une tout aussi bonne de ne pas prendre part à ces propos égrillards.

Jonas Applegarth relatait son expérience à Blackfriars.

— Il a eu l'effronterie de requérir une pièce.

— Qui donc ? demanda Elias.

— Cyril Fulbeck, le maître de chapelle, répondit Applegarth avant de vider une autre cruche. Lui et son associé, Raphael Parsons, espéraient qu'un poète adulte conçût un drame pour leurs mouflets. Comme si j'allais me prostituer et vendre mon talent à vil prix !

— Quel en était l'argument ?

— Le plus éculé de tous : Antoine et Cléopâtre.

— Un choriste de dix ans pourrait, de sa voix flûtée, exercer son ascendant sur l'Empire romain ?

— Et imaginez mes rimes martiales dans la tendre bouche de ces petits eunuques ! Je me suis fait clairement entendre de messire Fulbeck. « Permettez-moi d'écrire pour vous une autre pièce, ai-je suggéré. Elle a pour titre *La Peste de Blackfriars* et parle d'une nuée de sauterelles qui dévorent le blé de leurs aînés. Un apiculteur ingénieux les prend au piège et noie ces parasites dans la Tamise, tous jusqu'au dernier. » Quand il comprit que je parlais de ses jeunes pupilles, Cyril Fulbeck partit, révolté, et Raphael Parsons employa un langage dont la verdeur aurait fait rougir les moines noirs jusqu'au capuchon. Jamais, dans toute l'histoire de la chrétienté, on n'avait pu entendre d'imprécations d'une telle impiété sur une terre consacrée. Ce fut d'une drôlerie irrésistible ! Je n'avais pas essuyé d'insultes aussi réjouissantes depuis ma nuit de noces !

À nouveau, James Ingram esquissa un sourire pincé.

Tout à fait dans son élément, Jonas Applegarth riait avec ses compagnons comme s'ils étaient de vieux amis et puisait dans un fonds intarissable d'anecdotes et de plaisanteries. À lui voir cette humeur joviale, il était difficile d'ajouter foi à sa réputation de violence et de méchanceté. Il semblait l'amabilité même. Ses paroles jaillissaient tel un joyeux torrent. Les expressions frappantes et les traits d'esprit pétillaient à la surface de l'eau. Il exsudait littéralement la bienveillance.

Tout cela disparut en un éclair. Dès qu'un homme entré dans la salle lui adressa un signe de la main, Jonas Applegarth s'arrêta en plein discours. Le corps massif se raidit, les joues flasques se départirent de leur sourire et les dents commencèrent à grincer. Mais ses yeux, surtout, subirent un changement saisissant. Sous les sourcils en bataille, leur éclat malicieux avait presque racheté sa laideur, mais soudain, noirs comme du charbon, ils exprimaient la haine qui l'embrasait tout entier et transformait son visage en un masque grotesque.

Il agrippa le côté du banc pour se lever. Ses compagnons furent stupéfaits par sa transformation.

— Qu'y a-t-il, Jonas ? s'inquiéta Owen.

— Dépensez ceci pour moi, marmonna Applegarth en sortant des pièces de sa bourse pour les jeter sur la table. Je reviendrai sous peu partager vos agapes.

Laissant les autres ébahis, il traversa la salle d'un air résolu et sortit avec le nouveau venu. Owen Elias, le premier, recouvra ses esprits. Ramassant l'argent, il commanda de nouvelles bières et sourit à ses compagnons.

— Levons nos verres à la santé de Jonas Applegarth !

— Lequel ? murmura Ingram. Il y a deux hommes en lui.

L'aimable dramaturge de *La Tête de la Reine* s'était métamorphosé en un vengeur furieux, mû par une envie de meurtre au fond du cœur. Il parcourut Gracechurch Street, son ami sur les talons, en proférant des jurons volubiles et en assenant de violentes bourrades à tous ceux qui avaient la témérité de se trouver sur son chemin. Il tourna dans une rue, puis dans un étroit passage. Il se faisait tard ; l'ombre marbrait les bâtiments. Néanmoins, lorsqu'il parvint dans une petite cour, il faisait suffisamment clair pour qu'il reconnaisse les silhouettes tapies dans un coin.

Applegarth toisa du regard le plus massif des deux hommes, qui pouvait avoir une vingtaine d'années. Ses traits séduisants assombris par la colère, Hugh Naismith porta aussitôt la main à la garde de son épée, mais son compagnon, plus fluet et beaucoup plus vieux, lui retint le poignet.

— Vipère ! gronda Applegarth.

— Espèce de porc ! répliqua Naismith.

— Vaurien !

— Canaille !

— Messieurs, messieurs ! coupa le plus âgé, s'interposant entre eux. Il n'est besoin d'aucune effusion de sang. Les esprits étaient trop échauffés lorsqu'on est convenus de ce rendez-vous. Présentez vos excuses et terminons-en avec cette affaire, suggéra-t-il à Naismith. Vous pourrez vous serrer la main et vous séparer en bons termes.

— Des excuses ! Il n'en obtiendra aucune de ma part, ricana Naismith.

— Et je n'en veux point entendre ! s'exclama Applegarth. Je suis venu délier cet esclave de sa misérable existence. C'est la seule séparation qui aura lieu ici.

— Qu'on amène six chevaux ! jeta Naismith. Il n'en faudra pas moins pour dégager sa volumineuse carcasse lorsque j'en aurai retranché la vilenie.

— Messieurs ! Messieurs ! implora le conciliateur.

— Arrière, vieillard, ou je vous embroche aussi ! Mon honneur doit être lavé.

— En ce cas, n'atermoyons pas davantage, décida Naismith.

Tendant son chapeau au vieil homme, il tira son épée et se mit en position. Jonas Applegarth saisit la rapière que son compagnon lui présentait et fouetta l'air à plusieurs reprises. Les duels étaient interdits et les deux adversaires seraient emprisonnés si la garde les surprenait. Les témoins n'étaient pas seulement là pour veiller au respect des règles ; ils guetteraient également la patrouille et iraient quérir un chirurgien le cas échéant. Jonas Applegarth et Hugh Naismith étaient chacun résolus à infliger à l'autre une blessure fatale.

— Je suis à vous, messire, lança Applegarth.

— Faites vos adieux à Londres, répliqua Naismith avec un sourire narquois.

Le fer croisa le fer en un bref salut et le duel commença. Jonas Applegarth resta campé sur place tandis que son adversaire tournait autour de lui. Les témoins se tenaient à distance prudente, dans le passage. Hugh Naismith s'était exprimé avec une assurance qu'il était loin d'éprouver. Provoqué en duel au terme d'un violent différend, il avait été forcé de relever le gant. Une fois calmé, il lui avait suffi de réfléchir un peu pour regretter sa décision, et plusieurs coupes de vin avaient été nécessaires pour l'armer de courage en vue de cette rencontre. Il détestait son adversaire au point de souhaiter sa mort, mais il le savait vigoureux et déterminé.

En théorie, la forte corpulence d'Applegarth en faisait une cible facile. Cependant, en pratique, il était on ne peut mieux défendu par une rapière aussi vive que l'éclair et un poignet puissant. La première attaque de Naismith fut parée avec aisance. Son deuxième assaut fut détourné et le troisième rencontra une résistance qui ébranla douloureusement son bras armé. C'était lui, le plus jeune et le plus habile, qui transpirait à grosses gouttes, le souffle court. Jonas Applegarth se prépara à porter le coup de grâce.

Les lames s'entrechoquèrent. Pointe, parade et contre-riposte envoyèrent Naismith, chancelant, contre un mur. Applegarth se servit de sa carrure pour le bloquer et de sa force pour conclure l'affrontement. Leurs rapières étaient engagées sous la garde ; Applegarth repoussait lentement mais inexorablement la lame de son adversaire vers sa gorge sans défense. La peur voila les yeux de Naismith, ses gouttes de sueur tombèrent sur l'arme. Avec un gloussement triomphal, Applegarth pressa plus fort la lame acérée, qui tira du cou blanc son premier filet de sang.

La panique insuffla à Naismith un regain d'énergie et il réussit à faire reculer son assaillant, mais ce répit fut de courte durée. Applegarth lui taillada le poignet droit. Il lâcha son épée en hurlant de douleur. Une seconde botte lui perça le bras gauche et lui fit mettre un genou à terre, au comble de la souffrance. Applegarth recula et se prépara à l'enferrer, mais le vieillard se jeta devant son ami blessé.

— Restons-en là, messire ! implora-t-il. Vous remportez la victoire. Votre honneur est satisfait et n'a plus besoin de sang pour étancher sa soif. Hugh est à genoux devant vous, tel un pénitent. Miséricorde !

Applegarth s'apprêtait à l'écarter quand le second témoin vit un groupe approcher au bout du passage.

— Des officiers du guet ! cria-t-il.

Le duel était terminé. Poussant un soupir de soulagement, le vieil homme se pencha sur son ami blessé. Toutefois, Jonas Applegarth n'en avait pas encore fini avec Hugh Naismith. Il le repoussa par terre d'un coup de pied et, de la pointe du soulier, lui envoya des immondices à la figure. Enfin il se tint au-dessus de lui, menaçant.

— Ainsi périssent tous les acteurs qui estropient mes vers !

Il disparut prestement dans l'ombre avec son ami.

2

Nicholas avait trouvé dans Thames Street son septième foyer depuis son départ de Bankside, et il savait qu'il n'y resterait pas longtemps. La demeure d'Anne Hendrik lui avait fourni un havre sûr. Ayant rompu toute attache, il dérivait à travers une succession de logis, sans jamais s'ancrer, sans jamais se sentir chez lui, sans jamais y voir autre chose qu'un endroit où dormir. La solitude le poussait à de perpétuels départs.

Le régisseur vivait dans une mansarde, à l'angle de Thames Street et de Cordwainer Street. Par la minuscule fenêtre, on pouvait voir les bateaux de pêche convoyer leur prise jusqu'à Queenhithe[1] et de plus grands navires livrer des vins étrangers dans Vintry[2]. Par-delà le dos sombre du fleuve, on apercevait Bankside, dont les maisons semblaient se disputer la place autour d'un ensemble hétéroclite d'églises, de bordels, de tavernes et d'auberges. *La Rose* s'épanouissait audessus des édifices voisins.

Comme toujours, Nicholas s'éveilla de bonne heure ce matin-là, dans la clameur joyeuse des commerçants de la rue et les cris plaintifs des mouettes qui tournoyaient

1. Quartier situé sur la rive nord de la Tamise, jadis associé au commerce de la fourrure, des céréales et du thé. (*N.d.T.*)

2. Quartier des marchands de vin. (*N.d.T.*)

avec espoir au-dessus des quais. Après s'être lavé et habillé, Nicholas sortit dans Thames Street et s'arrêta afin d'emplir ses narines de l'atmosphère âcre de la rue. L'odeur de marée dominait, mais celle de fermentation, venant des brasseries toutes proches, était aussi apportée par le vent. Une douzaine d'autres effluves puissants se mêlaient pour former l'odeur distinctive des bords de la Tamise.

Après un coup d'œil nostalgique vers Bankside, Nicholas se dirigea vers l'est, où le marché aux fruits exhalait des senteurs plus subtiles. Il n'alla pas très loin.

— Bien le bonjour, messire Bracewell.

— À vous de même, messire.

— Êtes-vous en route pour cet antre d'iniquité ?

— Si vous voulez parler de *La Tête de la Reine*, je crains que oui, répondit Nicholas en souriant. Ce n'est pas le cadre idéal pour notre travail, néanmoins c'est tout ce qui nous tient lieu de foyer.

Caleb Hay pencha la tête sur le côté et examina Nicholas d'un œil perçant. Petit, net et soigné, le vieillard portait ses soixante ans avec une surprenante légèreté. La sobriété de sa mise et l'intelligence de son visage suggéraient l'érudit, tandis que le sourire facile et la lueur dans le regard laissaient deviner une existence plus engagée dans le monde. Caleb Hay était un voisin de Nicholas et ils s'étaient un peu liés d'amitié. De la part du premier, celle-ci s'exprimait en grande partie par des taquineries joviales.

— Qu'est-ce qui vous y a poussé ? demanda Hay.

— À quoi donc ?

— À vendre votre âme à cette profession ingrate.

— L'amour du théâtre, répondit Nicholas en haussant les épaules.

— Mais comment un homme d'une aussi haute intégrité peut-il exercer ce métier immoral ? répliqua le vieillard, les traits éclairés par un large sourire. Il offre un repaire à toute la racaille de la ville. Pour chaque gentilhomme dans la galerie, on trouve dans votre cour trois catins et quatre vide-goussets empestant l'ail. Vous jouez pour des plébéiens, messire Bracewell !

— Quiconque peut acheter une entrée est le bienvenu.

— C'est en cela que vos jeunes rivaux vous sont supérieurs. Les Enfants de la Chapelle et les Enfants de St Paul exigent un prix plus élevé à l'entrée de leur salle et laissent le vulgaire au-dehors. Les haleines sont plus suaves, à Blackfriars. Et l'on peut présenter à un public raffiné des pièces de bon goût.

— Vous ne pourrez trouver meilleure comédie que la prochaine que nous mettons en scène, messire Hay, affirma Nicholas avec fierté. Son auteur est un érudit de renom, dont l'humour n'a pas son égal dans Londres. *Les Infortunes du mariage* sont un festin, pour les philistins comme pour les grands esprits. Quant aux compagnies d'enfants, ajouta-t-il avec indulgence, il y a place pour elles autant que pour nous. Ne servons-nous pas la même muse ?

Caleb Hay gloussa et lui tapota affectueusement l'épaule. Il portait sous son bras une sacoche en cuir d'où dépassaient des rouleaux de parchemin. Écrivain public à la retraite, il consacrait chaque heure du jour à la rédaction d'une histoire de Londres. Il avait une connaissance intime de cette cité, dans laquelle il était né et avait grandi, et il avait été témoin de changements extraordinaires au cours de sa longue existence. Ces changements seraient tous énumérés scrupuleusement dans son ouvrage, mais, au préalable, Caleb devait effectuer des recherches sur les tout débuts de la capitale, et il trottait avec zèle de l'aube au crépuscule afin de mener sa tâche à bien.

Nicholas était intrigué par cet intérêt, proche de l'idée fixe, que le vieillard éprouvait envers sa ville natale. Caleb Hay travaillait pour son plaisir et rayonnait d'une satisfaction digne d'envie.

— Comment progresse votre livre ? s'enquit Nicholas.

— Il grandit, il grandit. Lentement, peut-être, mais nous autres chroniqueurs ne pouvons avancer à la va-vite. Il y a tant de faits à passer au crible et à soupeser !

— En ce cas, je vous laisse retourner à vos recherches.

— Et moi, à vos coupables occupations.

— Je ne suis pas dupe, messire Hay, dit aimablement Nicholas. Bien que vous dénigriez le théâtre, je gage que vous avez plus d'une fois coudoyé les gens du peuple afin d'applaudir une pièce dans une cour d'auberge.

— Je ne le nie pas ; néanmoins je ne m'y suis jamais aventuré en quête de plaisir, mais en vue de ma propre instruction. Si l'on veut connaître cette ville suffisamment pour en faire le sujet d'un livre, on doit visiter ses quartiers les plus répugnants. Comment décrire un cloaque, à moins de s'y vautrer ?

Ils rirent de bon cœur et prirent mutuellement congé. Nicholas allait s'éloigner quand Caleb Hay tira sur sa manche.

— Votre auteur est un érudit de renom, disiez-vous ?

— Il parle le grec et le latin à l'instar d'un professeur.

— Quel est son nom ?

— Jonas Applegarth.

Le visage de chérubin se rembrunit, et Hay s'en fut brusquement.

— Non, non, non ! rugit Applegarth. Énoncez la tirade ainsi qu'elle est écrite, lourdaud, et non comme vous vous la rappelez à moitié ! Si vous êtes incapable d'apprendre mon texte, n'ajoutez pas l'injure à l'incompétence en y substituant le vôtre.

Barnaby Gill agita les bras tel un moulin à vent et bredouilla avec fureur :

— Je ne tolérerai pas que l'on me parle de la sorte !

— Alors, jouez correctement.

— Mon talent imprègne tout ce que j'entreprends.

— Vous avez, en l'occurrence, entrepris une œuvre d'anéantissement, répliqua Applegarth d'un ton sarcastique. Non content d'assassiner le personnage que j'ai créé, vous l'avez enseveli dans un cercueil en bois. Exhumez-le sur-le-champ ou je monte sur scène pour hâter sa résurrection au moyen de ma dague.

Outré par ces critiques et humilié par la menace de violences, Barnaby Gill demeura coi.

— Et cessez de battre l'air ainsi ! hurla Applegarth. Si vous gesticulez encore pendant ma pièce, j'attacherai vos mains avec une corde lestée par une ancre. Les gestes doivent souligner le texte et non le battre en brèche !

Gill en avait assez entendu. Il sursauta comme un lièvre effrayé et détala dans la petite salle qui faisait office de loge. Partagés entre l'amusement et la consternation, les autres membres de la troupe éclatèrent de rire ou s'écartèrent avec crainte de Jonas Applegarth. Edmund Hoode fit les deux à la fois. James Ingram ne fit ni l'un ni l'autre, mais se borna à l'observer, silencieux et méprisant. Quant à l'auteur, il continua à vilipender l'absent dans un langage des plus crus.

Nicholas et Lawrence Firethorn accoururent pour voir la cause de ce tapage. Au moment où l'incident survenait dans la cour, ils étaient plongés dans une de leurs querelles régulières avec Alexander Marwood, l'aubergiste au caractère versatile. Cette contrariété mineure fut remise à plus tard et ils se hâtèrent d'affronter un problème majeur.

Nicholas comprit la situation au premier coup d'œil. Une escarmouche prévisible avait éclaté entre comédien et dramaturge. Se reprochant de n'avoir pas été là pour l'arrêter, il veilla aussitôt à ce que l'altercation ne tourne pas au pugilat, issue certaine pour peu que Firethorn s'en mêlât. Nicholas persuada donc le chef de la troupe d'aller apaiser Barnaby Gill, puis il annonça une pause et ordonna à tout le monde de quitter la cour, hormis Edmund Hoode et Jonas Applegarth.

Hoode balançait encore entre l'amusement et l'appréhension, mais il fut à même de lui relater en quelques mots ce qui était arrivé. La nouvelle pièce avait fait sa première victime. Sans une réaction vigoureuse, beaucoup d'autres suivraient. Nicholas laissa son ami rejoindre le reste de la troupe avant de s'approcher du dramaturge, qui, assis sur un tonneau renversé au milieu de la cour, riait de jubilation. Il accueillit le régisseur en s'exclamant :

— Ah ! Vous voilà, Nick ! Vous avez raté une scène d'une cocasserie fort plaisante !

— Harceler messire Gill n'est pas mon idée du plaisir.

— Il l'avait bien cherché !

— Mais cela a-t-il servi votre pièce ?

— Il n'aura plus l'audace d'oublier mes vers. Les comédiens sont tous pareils, Nick. À moins qu'on ne leur enfonce bien nos recommandations dans le crâne, ils n'écoutent que leur fantaisie et détruisent notre œuvre.

— Telle n'est pas mon expérience, et telle n'est pas la façon dont les Hommes de Westfield mènent leurs affaires. Messire Gill est un membre très respecté de la compagnie, et son contrat de partenaire lui garantit un rôle d'envergure dans tout ce que nous présentons.

— Mais justement ! soutint Applegarth. C'est en raison de son importance que je lui tiens grief de ses défauts. Barnaby est un des piliers des *Infortunes*. Qu'il chancelle et tout l'édifice s'écroule.

— Comprenez une chose, Jonas, le semonça le régisseur : Sans messire Gill, il n'y aura tout bonnement pas d'édifice. Poussez-le à s'en aller par vos insultes ou vos vexations, et votre pièce ne sera pas jouée sur les planches.

Applegarth se leva de son tonneau et protesta :

— Mais un contrat vous oblige à la présenter !

— Seulement sous certaines conditions, liées à votre conduite. Je vous l'ai moi-même expliqué dès le début on ne peut plus clairement.

— La représentation d'aujourd'hui a été annoncée par voie d'affiches.

— *Les Infortunes du mariage* ne seraient pas la première pièce remplacée au moment ultime. Nous sommes partis en tournée bien des fois, Jonas, et nous avons l'habitude d'interpréter au pied levé n'importe quel élément de notre répertoire.

— Annuler mon chef-d'œuvre ! C'est une trahison !

— La pièce aura été trahie par son auteur.

— Mes propos ont juste pris Barnaby Gill à contrepoil.

— En ce cas, il vous faudra y remédier en le flattant dans le bon sens, Jonas, car messire Gill ne se mettra pas au service de votre pièce avant que vous ne vous soyez excusé.

— Plutôt boire le contenu de mon pot de chambre !

— Je transmettrai ce message à messire Firethorn.

Nicholas le planta là et se dirigea vers la loge. Maîtrisant sa colère, Applegarth le suivit lourdement.

— Attendez, Nick ! Point tant de hâte !

— J'en dirais autant à votre adresse, remarqua Nicholas, se retournant vers lui. Vos paroles hâtives sont les seules fautives, en l'occurrence. C'est à cause de vos piques et de vos menaces inconsidérées que votre pièce est compromise.

— Elle doit être montée et le sera !

— Pas si vous nous cherchez noise.

— J'ai mis toute mon âme dans cette œuvre.

— Messire Gill met toute la sienne dans son jeu.

Jonas Applegarth ravala une repartie cinglante et regarda le régisseur dans les yeux pour voir s'il tentait de lui en conter. Nicholas supporta l'épreuve sans faiblir et l'auteur fut forcé de reconsidérer sa manière d'agir. Son compagnon ne formulait pas cette menace à la légère. La hache du bourreau était suspendue au-dessus de lui.

Le dramaturge se voulut apaisant.

— Peut-être ai-je été un peu autoritaire, concéda-t-il.

— C'est évident.

— J'ai peur que cela soit dans mes habitudes.

— Pas quand vous travaillez avec les Hommes de Westfield.

— Barnaby Gill m'agace tellement !

— Vous ne recueillez pas non plus toute son adhésion, Jonas.

— Vais-je devoir le supplier à genoux ?

— Des excuses sincères sont le meilleur baume pour ses blessures.

— Et les égratignures qu'il inflige à ma pièce ?

— Elles auront disparu pour la représentation, assura Nicholas avec confiance. Messire Gill ne nous a jamais fait défaut. Face au public, il donne le meilleur de lui-même. C'est pourquoi il a ses fidèles, qui le suivent avec loyauté.

Applegarth dut contenir un autre juron. Il poussa un grand soupir et écarta largement les bras.

— C'est là ma meilleure œuvre, Nick.

— Une pièce brillante. Nous l'avons tous remarqué.

— N'importe quelle compagnie serait fière de la jouer.

— Nous aussi, Jonas, si seulement vous voulez bien rester à l'écart et nous laisser répéter sans interruption.

— Il était convenu que j'aurais le droit de vous conseiller.

— Pas sous forme d'insultes.

— C'est ma pièce, Nick. Je souhaite qu'elle soit interprétée comme il convient.

— Formez donc votre propre troupe et interprétez vous-même tous les rôles, riposta le régisseur. Par ce seul moyen vous obtiendrez satisfaction. Donnez-nous votre pièce, et vous devez vous résoudre à un compromis. Le théâtre n'atteint jamais la perfection. Les Hommes de Westfield vous offrent simplement de faire de leur mieux.

— Sous ma direction.

— Avec votre assistance, rectifia Nicholas.

Un long silence plana pendant qu'Applegarth réfléchissait à la situation. Celle-ci n'était pas nouvelle. Il s'était brouillé avec d'autres compagnies dramatiques de manière plus spectaculaire, et, de ce fait, s'était trouvé rejeté. Les Hommes de Westfield constituaient son ultime recours. S'ils refusaient de jouer *Les Infortunes*, sa pièce resterait à jamais inconnue du public. Applegarth mettait en balance sa fierté et son sens pratique.

— Eh bien ? dit enfin Nicholas. Vais-je annoncer à messire Firethorn que vous êtes prêt à boire le contenu de votre pot de chambre ?

Applegarth s'esclaffa.

— Dites-lui que je consens à boire un cloaque et à dévorer tous les chiens morts de Houndsditch pour que ma pièce soit donnée sur cette scène, dans cette cour.

— Et messire Gill ?

— Envoyez-le-moi et je le couvrirai si bien de baisers que sa braguette explosera de joie.

— Une marque de regret moins extrême suffira, répondit Nicholas avec un sourire, avant d'adopter un ton plus sévère. Je ne vous avertirai pas deux fois, Jonas. À moins que vous ne vous amendiez et formuliez des conseils au lieu de malédictions, il n'y a pas de place pour vous ici. Y consentez-vous ?

— Je vous en donne ma parole, acquiesça Applegarth.

— Respectez-la.

— Entendu, Nick.

— Attendez ici, que je voie si messire Gill est en état de s'entretenir avec vous.

Nicholas s'apprêtait à s'éloigner quand un souvenir lui revint.

— Selon une rumeur, vous vous êtes battu en duel ces jours derniers.

— C'est un fieffé mensonge.

— Contre un acteur de Banbury.

— Je n'ai jamais croisé le fer avec quiconque.

— Il avait commis l'offense, semble-t-il, de gâcher une de vos pièces.

— Qui répand ce mensonge sur mon compte ? Je suis le plus pacifique des hommes. Je n'aime rien tant que l'harmonie.

— Nous aussi, Jonas. Gardez-le bien à l'esprit.

Sur cette admonestation, Nicholas se dirigea vers la loge et laissa le dramaturge seul dans la cour. Jonas Applegarth regagna son tonneau sur lequel il s'affala, puis il contempla la scène improvisée en face de lui. Elle était encore déserte, mais son imagination preste la peupla de personnages qui tourbillonnaient au fil de l'action. *Les Infortunes du mariage* remportaient un succès prodigieux et il se délectait du tonnerre d'applaudissements d'un public invisible.

Le spectateur solitaire, dans la cour de *La Tête de la Reine,* ne se joignit pas à ces acclamations. Il continua d'observer Applegarth depuis la galerie du haut. Il avait le poignet droit entouré d'un gros bandage et le bras opposé maintenu dans une attelle.

Une répétition longue et ardue produisit son lot de gorges enrouées, de membres douloureux et d'humeurs irritables. Une fois leur travail enfin achevé, la plupart des membres de la troupe se retirèrent dans la salle pour étancher leur soif et comparer leurs impressions sur cette journée mouvementée. À propos de l'agression verbale d'Applegarth contre Barnaby Gill, les avis étaient partagés. Certains l'approuvaient, d'autres la condamnaient. Quelques-uns la jugeaient fâcheuse mais néanmoins bénéfique, car dès qu'on l'eut rasséréné par de plates excuses, Gill avait interprété son rôle avec un talent si époustouflant que le dramaturge en rayonnait de satisfaction.

Owen Elias comptait parmi les partisans d'Applegarth. Partageant une table avec Edmund Hoode et James Ingram, il leur confia ses sentiments sur l'incident :

— Barnaby le méritait. Il devient paresseux pour ce qui est d'apprendre son texte. Jonas lui a simplement fait discerner la vérité.

— La vérité devrait être moins tranchante, objecta Hoode avec une sympathie évidente pour la victime. À quoi bon invectiver Barnaby, au lieu de formuler ses exigences en termes délicats ?

— Jonas Applegarth ignore la délicatesse, remarqua Ingram. La menace et les insultes sont ses seules armes.

— Vous le méjugez, le défendit Elias. Il exprime sa pensée avec franchise, or j'admire quiconque agit de la sorte. En particulier quand il l'assortit de tant d'esprit.

— Je me range du côté de James, déclara Hoode. L'esprit, l'ironie devraient surprendre et ravir comme dans *Les Infortunes*, et non être enfoncés tels des pieux dans le cœur d'un remarquable comédien, de surcroît devant ses camarades. Barnaby ne le lui pardonnera jamais.

« Moi non plus », pensa Ingram.

— Jonas manie les mots tel un enchanteur, affirma Elias. Devant une pièce pareille, je peux tout lui pardonner.

— C'est assurément une œuvre d'une qualité rare, concéda Hoode, hochant la tête.

Voyant qu'Ingram n'émettait pas de commentaire, Elias le poussa du coude.

— N'êtes-vous pas d'accord, James ?

L'autre réfléchit

— Elle comporte des scènes magnifiques, Owen. L'esprit dont vous parliez est proprement féroce. Mais, contrairement à vous, je n'y discerne pas la marque du génie. Elle recèle trop de défauts.

— Pas tant que cela, dit Hoode d'un ton raisonnable. Quelques-uns, peut-être, liés pour l'essentiel à la construction. Mais je ne lui trouve pas de défauts majeurs.

— L'avis d'un confrère ! souligna Elias. Une louange d'Edmund vaut plus que tout. Quelles sont vos objections, James ?

— Messire Applegarth est trop impétueux et virulent dans ses attaques. Il passe tout au fil de l'épée. Prenez seulement l'introduction…

Il s'interrompit car Nicholas était venu se joindre à eux. Edmund Hoode se décala sur le banc afin de laisser de la place à son ami, mais le régisseur ne connut qu'un très bref répit. Alexander Marwood, le patron cadavérique, s'approcha de son pas traînant, ses mèches de cheveux rares flottant telles des toiles d'araignée sous la brise. À voir sa mine angoissée, Nicholas se prépara à de mauvaises nouvelles, mais celle qu'il venait lui annoncer était, en fait, une cause d'allégresse.

— Une dame vous attend, messire Bracewell.

— Une dame ?

— Elle est ici depuis une heure.

— Quel est son nom ?

— Anne Hendrik.

Nicholas en bondit de joie.

— Où est-elle ?

— Suivez-moi et je vous conduis à elle.

— Allons-y immédiatement.

— Embrassez-la pour nous ! lança Elias, réjoui par le bonheur subit de son ami. On ne vous attend pas avant demain matin.

Il adressa un clin d'œil à Hoode, puis se tourna vers Ingram.

— Maintenant, James, expliquez-moi ce que vous reprochez à l'introduction ?

Nicholas n'entendit rien de tout cela. La simple présence d'Anne lui donnait des ailes et lui faisait oublier tous les tracas d'une journée épuisante. Marwood l'accompagna le long d'un couloir avant de lui indiquer une porte. Nicholas frappa, puis entra.

Elle était là. Quand il la vit, debout au milieu de la pièce, un sourire de bienvenue aux lèvres, il eut envie de la prendre dans ses bras et d'oublier cette année d'absence à force de baisers. Elle était plus ravissante que jamais dans une robe au corsage bleu nuit et à la jupe azur, qui soulignait sa jolie tournure. C'était, comme de juste, son chapeau qui mettait réellement ses traits en valeur. Anne, si elle était anglaise, était la veuve d'un chapelier hollandais qui lui avait enseigné les finesses de son métier. Elle portait ce jour-là un chapeau bleu ciel à bord étroit, dont le fond haut s'ornait, sur son pourtour, d'un tortillon plus foncé.

— Nicholas ! dit-elle avec un plaisir évident.

— Par Dieu, c'est bon de vous revoir !

Elle lui tendit sa main, qu'il baisa, et son sourire affectueux montrait combien elle aussi était enchantée de le retrouver. Nicholas ressentit un élan d'amour qu'il avait réprimé pendant douze longs mois. Mais avant qu'il ait pu trouver les mots pour l'exprimer, elle se tourna afin de lui présenter son compagnon, et il se rendit compte en frémissant qu'ils n'étaient pas seuls.

— Voici Ambrose Robinson, annonça-t-elle.

— J'ai tellement entendu parler de vous, messire Bracewell ! déclara le visiteur avec un sourire obséquieux. Et toujours en termes élogieux. Anne ressent à votre égard la plus haute estime.

Nicholas lui adressa un sourire courtois et lui serra la main, quoique sans chaleur. Il se sentit immédiatement de l'aversion pour cet homme, non seulement parce que sa présence transformait des retrouvailles amoureuses en une entrevue plus formelle, mais à cause de son ton de propriétaire. La façon qu'il avait de s'attarder sur le prénom d'Anne, de le rouler dans sa bouche pour mieux le savourer, lui était insupportable. Il indiqua des sièges à ses visiteurs et observa Ambrose Robinson plus attentivement.

Vêtu tel un marchand, c'était un homme gras, de stature moyenne, au visage glabre et rose comme celui d'un petit enfant. Ses grosses mains rouges serrées sur ses genoux, il courbait les épaules avec déférence.

— Ambrose est un voisin et un ami, précisa Anne.

— Boucher de mon état, expliqua-t-il. J'ai l'honneur d'approvisionner la table d'Anne. Je garde pour elle les volailles les plus fraîches et les morceaux de viande les plus fins.

Nicholas s'installa sur un tabouret en face d'eux, mais ne trouva pas le repos pour autant. Sa joie de revoir Anne avait été gâchée par cette présence intempestive. La jeune femme lui adressa un sourire d'excuse, puis respira profondément avant de commencer :

— Nous sommes venus solliciter votre aide, Nick.

— Elle est à votre service, répondit-il galamment.

— Vous êtes bien bon, messire Bracewell, dit Robinson avec un sourire mielleux. Vous ne me connaissez même pas, pourtant vous voici prêt à voler à mon secours sur la requête d'Anne.

— À votre secours ?

— Laissez-moi vous expliquer, reprit Anne. En bref, la situation se résume à ceci : Ambrose a un fils, âgé d'à peine dix ans, aussi brillant et doué qu'on peut le souhaiter. Il se prénomme Philip. Son père tient à lui comme à la prunelle de ses yeux.

Elle regarda son compagnon, qui hocha vigoureusement la tête.

— Jusqu'au mois dernier, Philip était choriste à l'église St Mary Overy. Il possède une voix très pure et fut choisi pour chanter en solo pendant l'office du soir.

— Philip chante comme un ange, approuva le père attendri.

— Où réside le problème ? s'enquit Nicholas.

— On m'a volé mon fils ! répondit Robinson avec fureur.

— Il s'agit d'un rapt ?

— Cela revient au même, messire Bracewell.

— Il a été pris à la Chapelle royale, expliqua Anne. La voix magnifique de Philip a causé sa perte. Un acte officiel a été signé afin de l'y faire entrer, comme par enchantement.

— N'y a-t-il pas là matière à se réjouir ? objecta Nicholas. St Mary Overy est réputée pour son chœur, mais chanter devant Sa Majesté est le plus grand honneur auquel un choriste puisse accéder.

— Tout irait au mieux si Philip n'était astreint qu'à cela, convint Robinson. Cependant, tel n'est pas le cas. Par décision du maître de chapelle, mon fils appartient à une troupe de théâtre qui donne ses représentations à Blackfriars. Le petit est jeune et innocent. Il ne devrait pas être exposé à la licence avec tant de cruauté.

— Il ne le sera pas nécessairement, messire Robinson, répliqua Nicholas d'un ton un peu cassant. Les théâtres ne sont pas le symbole du péché, au contraire de l'image que certains veulent en donner. Nous avons dans notre propre compagnie des apprentis guère plus âgés que votre fils, pourtant ils ne sont pas corrompus. La troupe des Enfants de la Chapelle risque encore moins de dévoyer votre fils. Son répertoire est choisi avec soin, et son public plus raffiné que le nôtre.

— Ambrose ne voulait pas vous offenser, Nick, intervint Anne, le sentant sur la défensive. Il ne désire en rien critiquer votre profession. Il n'a à se plaindre ni des Hommes de Westfield ni des autres compagnies, mais seulement des Enfants de la Chapelle.

— Et du misérable qui en assume la charge, précisa Robinson.

— Cyril Fulbeck ?

— Il en est le directeur, mais l'araignée venimeuse qui a pris mon fils dans sa toile est Raphael Parsons.

— Quels sont vos griefs contre lui ?

— Lisez les lettres de Philip et vous comprendrez. Parsons lui mène une vie infernale. C'est un véritable monstre.

— Pourquoi me soumettre ce problème ? demanda Nicholas, perplexe. J'ai peu à vous offrir, hormis ma sympathie.

— Nous sommes venus vous demander conseil, messire.

— Exposez votre cas à un juriste avisé. Obtenez audience auprès des tribunaux. Poussez l'affaire jusqu'à la Star Chamber[1], si besoin est. Votre cause est juste.

— Nous espérions qu'il y aurait peut-être un recours plus rapide, dit Anne.

— Plus rapide ?

— Et moins onéreux, ajouta Robinson. Les honoraires des avocats grèveraient lourdement ma bourse.

— Il peut falloir des mois avant d'accéder à la Star Chamber, souligna Anne. Nous avons besoin de quelqu'un qui puisse aller à la Chapelle royale parler directement à cet ogre de Raphael Parsons.

— Le père est l'interlocuteur le plus approprié.

— J'ai essayé, mais ils ne veulent pas m'entendre, dit Robinson avec colère. En outre, face à Parsons, je ne réponds pas de mes actes : je risquerais de l'étrangler de mes mains nues.

Il ouvrit ses paumes pour montrer des doigts épais et puissants.

— Cela me réjouirait, mais priverait Philip de son père. Il a déjà perdu sa mère et ne supporterait pas de me voir pendu sur le gibet.

1. Composée du Chancelier, du Trésorier, du garde des Sceaux, de deux Grands Juges et de deux membres du Conseil privé, cette institution avait compétence en matière judiciaire. (*N.d.T.*)

Tout, chez cet homme, mettait Nicholas mal à l'aise et il n'aurait voulu jouer aucun rôle dans ces affaires de famille ; d'autant, comme il venait de l'apprendre, que Robinson était veuf et cherchait sans doute une seconde mère pour son malheureux enfant. Mais Anne le regardait d'un air si confiant, si implorant que le régisseur ne se sentit pas le cœur de refuser. Il haussa les épaules.

— J'ai peu d'espoir de réussir là où vous avez échoué.

— Mais vous irez ? supplia Robinson.

— J'ai, certes, entendu parler de Raphael Parsons, toutefois je ne le connais pas.

— C'est le diable en personne !

— Il faut tirer Philip de ses griffes, insista Anne.

— Je vous paierai dans toute la mesure de mes moyens, promit son compagnon.

— Je ne veux pas d'argent, répondit Nicholas. Fournissez-moi de plus amples détails et je me pencherai là-dessus. C'est tout ce que je peux promettre. Mais je puis vous assurer une chose, messire Robinson : les Enfants de la Chapelle ne sont pas les pécheurs invétérés que vous imaginez. Nous avons dans notre compagnie un certain James Ingram, qui a appris chez eux le chant, la danse et l'art dramatique, dans l'ancien théâtre de Blackfriars. On ne saurait trouver jeune homme plus charmant. Je verrai ce qu'il peut m'apprendre sur Raphael Parsons.

— Les lettres de mon fils sont éloquentes, persista Robinson, tirant de sa poche une liasse de parchemins qu'il lui tendit. J'aimerais les ravoir, lorsque vous les aurez lues.

— Patientez quelque temps et elles vous seront rendues.

— Oui, dit Anne en se levant. Nick va rapidement en prendre connaissance. Attendez-moi dehors, Ambrose ; je vous rejoins dans un moment.

— Fort bien, dit Robinson, se levant lui aussi. Messire, je vous remercie.

— Épargnez votre gratitude jusqu'à ce que je la mérite.

— Écouter mon histoire était déjà une marque de bonté.

Ambrose Robinson sortit d'une démarche pesante. Nicholas se détendit légèrement et leva les yeux vers Anne. Elle posa une main sur son épaule et sourit.

— Comment allez-vous ? demanda-t-il.

— À peu près comme d'habitude, Nick. Et vous ?

— Toujours aussi occupé.

— Le travail est votre passion. Je suis navrée de vous imposer cette charge supplémentaire, mais cela signifie tant, pour Ambrose ! L'inquiétude le rend fou. Vous étiez la seule personne vers qui nous pouvions nous tourner, Nick.

— « Nous » ?

— Ambrose m'a montré de la bonté. Je lui dois cette faveur. Ne m'en gardez pas trop rancune… Philip Robinson souffre terriblement, comme vous le verrez dans ses lettres, et mon cœur s'emplit de tristesse chaque fois que je pense à lui. Mais il n'est pas la seule raison de ma venue aujourd'hui.

— Qu'est-ce d'autre qui vous amène ici ?

Anne se pencha pour l'embrasser sur les lèvres avec douceur.

— Vous, répondit-elle.

Puis elle quitta la pièce.

3

La représentation des *Infortunes du mariage* s'annonça sous de sombres auspices. La journée commença par une pluie torrentielle, qui détrempa la scène, arrosa les galeries et transforma la cour de *La Tête de la Reine* en bourbier. Une tempête d'émotions fortes suivit peu après. Barnaby Gill s'éveilla avec une violente migraine, fit savoir qu'il était trop mal pour bouger et refusa de paraître dans la pièce qui, à ses yeux, était la cause de son état. Lawrence Firethorn connut ses propres infortunes conjugales. Ayant commis l'imprudence de conserver la lettre d'une admiratrice parce qu'elle flattait sa vanité, il ouvrit les yeux, ce matin-là, pour trouver son épouse lisant la missive compromettante, avant de se déchaîner contre lui avec la sauvagerie d'une tigresse.

Puis ce fut le tour de Jonas Applegarth. Lui qui s'était tenu tranquille, après le sévère avertissement de Nicholas, travailla toute la nuit à des coupes et des ajouts qu'il voulait insérer dans sa pièce. En outre, il compila une liste de notes à l'intention des acteurs dont le jeu, estimait-il après mûre réflexion, exigeait un progrès radical pour que son œuvre connaisse quelque chance de succès. Lorsque sa femme, au réveil, le trouva encore absorbé dans ses brouillons, Applegarth était tel un baril de poudre n'attendant qu'une étincelle pour exploser. La vue du déluge faillit enflammer la mèche bien plus que l'éteindre.

Quant à Nicholas, il se mit à sa fenêtre pour voir Thames Street transformée en une réplique du fleuve dont elle portait le nom[1]. Les chevaux soulevaient la boue sous leurs sabots, les roues des chariots la dispersaient avec une force aveugle, et des silhouettes, trempées et pataugeant, avançaient aussi vite qu'elles en étaient capables. Nicholas poussa un soupir de résignation. Les théâtres en plein air étaient à la merci des éléments. Vu la satire religieuse qui était le pivot des *Infortunes*, il ne put s'empêcher de se demander si cette tempête n'était pas infligée par le Tout-Puissant, en guise de châtiment.

Bien que la représentation occupât la première place dans ses pensées, une autre contrariété persistait au fond de lui. L'appel à l'aide d'Anne Hendrik lui inspirait des impressions mitigées. Si fort qu'il désirât lui porter assistance, il ne se sentait nullement pareille obligation envers Ambrose Robinson ; il était encore piqué au vif au souvenir de l'affection non dissimulée du boucher de Southwark pour la femme qu'il aimait toujours profondément. Anne entretenait avec ce dernier des relations assez étroites pour qu'il se fût confié à elle au sujet de cette affaire personnelle, et cela ne laissait pas de préoccuper Nicholas. Certes, les lettres où Philip Robinson décrivait son épreuve étaient à fendre le cœur, cependant Nicholas ne voyait pas pourquoi Anne devait s'engager à le sauver, et encore moins pourquoi il le devait lui-même.

Se concentrant sur la représentation de l'après-midi, il fit appel à tout son courage en vue de la matinée difficile qui l'attendait à *La Tête de la Reine*, et quitta son logis. Il n'avait pas parcouru vingt pas dans Thames Street qu'un petit homme affairé le heurta. La tête pen-

1. Thames : le nom anglais de la Tamise. (*N.d.T.*)

chée, emmitouflé dans un manteau qui le dissimulait presque tout entier, Caleb Hay n'avait même pas vu son voisin approcher.

— Mille pardons, messire Bracewell !

— La faute m'en incombait tout autant, répondit Nicholas.

— Un déluge comme celui-ci rend aveugles et gauches les plus agiles d'entre nous. À la fin de la journée, il nous faudra peut-être regagner nos pénates en bateau.

— L'orage peut encore se calmer.

Caleb Hay eut un large sourire.

— J'admire votre disposition à envisager l'avenir avec espoir, mais je ne la partage guère. Je ne puis davantage vous exprimer ma sympathie en toute bonne conscience. Vous qui appartenez à une profession aussi douteuse, vous devez bien vous attendre à ce que les cieux, pris de dégoût, la lavent pour vous.

— À chacun ses opinions, dit Nicholas avec tolérance.

— Vous êtes un trop honnête homme pour le monde que vous servez.

— Il m'a apporté de vrais amis et de bons camarades.

— Je vous laisse les rejoindre afin qu'ensemble vous vous agenouilliez pour implorer un miracle. Sans deux bonnes heures de soleil, votre représentation tombera à l'eau.

Ajustant son chapeau et resserrant étroitement son manteau autour de lui, Caleb Hay lui dit au revoir et s'apprêta à partir. Nicholas le retint en lui effleurant l'épaule.

— Une chose m'intrigue, messire Hay.

— Laquelle ?

— Votre attitude lors de notre dernière rencontre.

— Ai-je été grossier ou discourtois ? demanda Hay avec une inquiétude sincère. Étais-je trop absorbé par mes propres affaires ? Je vous en prie, n'en prenez pas offense, messire Bracewell. Nous autres historiens vivons dans le passé. Nous oublions quelquefois les bonnes manières que nous devrions montrer à nos contemporains.

— Vous n'avez pas manqué de courtoisie et nous avons bavardé tout à fait aimablement. Mais vous êtes parti sur un accès de colère.

— Je m'en souviens, maintenant, dit Hay, qui se rembrunit. Jonas Applegarth.

— Vous le connaissez donc ?

— De réputation, messire.

— Assez pour que son nom vous mette en fuite ?

— J'ai vu naguère une de ses pièces au *Rideau*.

— Ainsi, il vous arrive de vous abaisser à notre niveau de temps en temps ! le taquina Nicholas. Quelle était la pièce ?

— Une vile invention située dans la Rome antique.

— Vous n'avez pas aimé l'œuvre de messire Applegarth ?

— Je l'ai détestée.

— Trop crue à votre goût ?

— Trop crue, trop brutale et trop fielleuse. Seule une profonde haine envers le genre humain peut inspirer de telles méchancetés. Intelligentes, à coup sûr. Pleines d'esprit et d'une haute érudition. Mais, oh ! si acerbes et désobligeantes ! Ses piques en latin déparaient cette langue superbe tels des ulcères sur un beau visage. Voilà qui est votre Jonas Applegarth, messire Bracewell. J'espère que cette pluie emportera sa nouvelle pièce à l'égout, car c'est la place qu'elle mérite !

La Tête de la Reine était un lieu de lamentation. Tels en une veillée funèbre, les acteurs trempés se tenaient autour de la cour fangeuse comme devant une fosse commune contenant les corps amoncelés de parents défunts. Edmund Hoode observait un fétu de paille emporté dans une course sinueuse par un minuscule ruisseau et y voyait l'image de sa propre vie. Peter Digby et ses musiciens interprétaient une marche funèbre. Owen Elias chantait en gallois d'un air lugubre. Lawrence Firethorn croyait encore entendre Margery clouer le cercueil de leur mariage alors que, déchirant en menus morceaux la lettre coupable, elle frappait d'une sentence de mort leurs délices conjugales. Jonas Applegarth, dans son affliction, restait debout sous la pluie qui se mêlait aux larmes sur ses grosses joues.

Alexander Marwood, à son habitude, se complaisait avec jubilation dans le malheur. Mugissant comme le vent prisonnier d'un arbre creux, il aborda Nicholas en roulant les yeux de désespoir.

— Votre pièce se noie, chuchota-t-il d'une voix rauque.

— Pas encore, répliqua Nicholas. Nous ne sommes qu'au milieu de la matinée ; il nous reste quelques heures.

— Cette pluie durera une semaine.

— J'en doute, messire Marwood.

— Elle vous chassera des planches. Pas de pièce, pas de clients pour boire mon ale. Quel désastre ! Comment surmonterai-je ce manque à gagner ?

— De la même manière que nous, messire. Avec patience.

— Mais je compte sur les rentrées que me valent les Hommes de Westfield.

— Nous payons notre loyer, que nous jouions ou non.

— Ce sont vos spectateurs qui me procurent mes bénéfices.

— Dès que les nuages se seront éloignés, ils afflueront à *La Tête de la Reine* pour remplir vos galeries et vos coffres.

— Plutôt pour causer du grabuge et endommager mon auberge.

Alexander Marwood était impossible à contenter. Lorsqu'une représentation était annulée en raison d'un temps peu clément, il se plaignait de la baisse des recettes, pourtant il maugréait tout autant quand les Hommes de Westfield emplissaient sa cour de clients. Ses relations avec la troupe étaient aussi moroses qu'avec sa mégère d'épouse. L'aubergiste était le héraut de la malédiction en tablier maculé de bière.

Tandis que Marwood rentrait dans le bâtiment, James Ingram rejoignit le régisseur sous le toit de chaume qui surplombait les écuries. Une douzaine de petites chutes d'eau ponctuèrent leur conversation d'un bruit d'éclaboussures.

— Qu'en pensez-vous, Nick ? demanda Ingram.

— Je n'ai pas encore perdu espoir.

— On ne peut en dire autant de notre auteur. Il verse un déluge de larmes.

— Chacun exprime sa souffrance à sa manière. Mais je suis heureux de vous parler seul à seul, confia Nicholas, tournant le dos à la scène désolante de la cour. J'ai besoin d'un conseil.

— À quel sujet ?

— Les Enfants de la Chapelle royale.

— Je vous dirai tout ce que vous souhaitez savoir, assura affablement Ingram. J'y suis entré à onze ans et j'y ai passé quatre années heureuses. Ils ont instillé en moi un tel amour du théâtre que j'ai décidé de tenter d'en vivre.

— Et vous vous élèverez rapidement dans la profession, James.

— Cette louange me va droit au cœur. Je ne me fierais à nul autre plus volontiers.

Nicholas appréciait immensément le jeune acteur et avait exercé une influence décisive dans son embauche. Ses qualités laissaient présager un grand talent, et il était assez souvent employé par la troupe. Il était généralement admis qu'au bout d'un certain temps, Ingram serait invité à s'associer aux Hommes de Westfield et connaîtrait ainsi un peu de sécurité dans un métier où l'incertitude était la norme.

— Vous devez en garder maints souvenirs agréables, dit Nicholas.

— Oui. On travaillait dur, mais la joie ressentie durant la représentation était incomparable. Que l'on ait treize ans ou bien trente, cela enflamme le sang. J'ai une dette de reconnaissance éternelle envers les Enfants de la Chapelle et l'on ne me fera jamais parler d'eux avec sévérité. Contrairement à certains, ajouta-t-il en jetant un regard hostile sur Jonas Applegarth.

— Cyril Fulbeck était-il le maître de chapelle, à votre époque ?

— Pas au début. Il dirigeait les jeunes choristes de Windsor. Ce fut seulement lors de ma dernière année qu'il prit la direction du chœur principal, à Londres.

— Quel genre d'homme est-ce ?

— Bon et honnête. Il fut d'abord aumônier à Windsor, puis accéda au rang de chef de chœur. C'était en outre un compositeur réputé, qui écrivit plus tard des chansons pour nos pièces. Je ne saurais vous le décrire en termes assez élogieux, Nick. Pourquoi me posez-vous ces questions ?

— J'ai un ami dont le fils a été engagé à la Chapelle royale. Comme vous, il reçoit une formation théâtrale. Hélas, il ne marche pas sur vos traces. Alors que vous étiez heureux, l'enfant est cruellement opprimé et supplie son père de le délivrer dans chaque lettre qu'il envoie à la maison.

— Les choses ont changé à Blackfriars, soupira Ingram.

— Cyril Fulbeck est-il devenu plus strict envers ses protégés ?

— Non, dit l'autre avec tristesse. Il a vieilli et se sent très diminué par la maladie. Remplir ses fonctions de maître de chœur lui coûte bien des efforts. La mise en scène a été confiée à un autre.

— Raphael Parsons.

— Le directeur de la troupe d'enfants de Blackfriars.

— Un maître plus sévère, au dire de tous.

— Oui, à ce que j'ai entendu.

— Depuis combien de temps occupe-t-il ce poste ?

— Depuis l'ouverture du nouveau théâtre. Raphael Parsons l'a pris à bail et a financé la rénovation. C'est une salle magnifique, Nick, grandement améliorée depuis mon époque. À Blackfriars, ils n'accueillent sans doute pas autant de spectateurs que nous à *La Tête de la Reine*, mais ils ne souffrent pas du temps exécrable qui nous accable. Les Enfants de la Chapelle peuvent jouer, qu'il vente ou qu'il neige.

— En cela, ils ont l'avantage sur nous, convint Nicholas non sans une pointe d'envie. Donc, vous n'avez jamais rencontré ce Parsons ?

— Une fois seulement, de façon très brève, à la toute première représentation donnée par le nouveau théâtre. Ils interprétaient *Les Délices de Mariana*, dont ils s'acquittèrent fort bien. Raphael Parsons est peut-être un tyran, mais c'est un véritable homme de théâtre.

— Il serait un tyran, selon vous ?

— C'est un bruit qui court. Dans son acharnement à obtenir la perfection, il impose de longues heures de travail aux garçons et les punit avec sévérité s'ils osent le décevoir.

— Les lettres dont je parlais évoquent de dures réprimandes et des châtiments corporels.

— Cela n'était pas de mise au temps de Cyril Fulbeck.

— Où pourrais-je trouver ce Raphael Parsons ?

— Au théâtre de Blackfriars. Il y répète chaque jour.

— Et messire Fulbeck ?

— Là-bas aussi, probablement. Messire Parsons apprend aux enfants le métier d'acteur, mais seul Cyril Fulbeck peut en faire de vrais choristes. Si vous pensez y aller, Nick, je serais heureux de vous tenir compagnie.

— J'accepte cette proposition avec reconnaissance.

— Cyril Fulbeck est toujours enchanté de revoir ses anciens élèves. Ma présence peut ouvrir des portes qui, pour vous, resteraient fermées.

— C'est entendu, James : nous irons ensemble.

Des hourras interrompirent leur discussion. Ils se tournèrent pour découvrir qu'un petit miracle avait eu lieu. La pluie avait cessé. Le soleil luttait avec les nuages. Les Hommes de Westfield criaient, applaudissaient et trépignaient de joie. Jonas Applegarth, trempé jusqu'aux os, était le plus heureux de tous. *Les Infortunes du Mariage* seraient peut-être, après tout, présentées cet après-midi-là.

La foule qui pénétra dans la cour quelques heures plus tard n'avait aucune idée de l'activité frénétique qui avait précédé son arrivée. Sous la supervision de Nicholas, les assistants machinistes avaient refoulé l'eau de la scène à l'aide de balais, et l'avaient parsemée de roseaux afin qu'une répétition condensée pût commencer. Pendant que celle-ci se déroulait, on repoussa la boue vers les coins de la cour et l'on sécha les bancs des galeries à grand renfort de linges. George Dart, le membre le plus humble de la troupe, se vit confier la tâche d'essorer la bannière afin que, lorsqu'elle serait hissée à deux heures pour annoncer qu'on jouait, elle se déploie fièrement sous la brise.

Edmund Hoode fut dépêché auprès de Barnaby Gill avec la fausse nouvelle que le rôle de ce dernier avait été assigné à Owen Elias. La fierté professionnelle était un chirurgien avisé : elle provoqua une guérison complète. En un rien de temps, Gill bondissait de son lit de douleur avec un cri d'indignation. Les deux hommes prirent bientôt place sur scène à *La Tête de la Reine*.

Seul un double miracle avait pu rendre la représentation possible. Non seulement le déluge avait cessé, mais une seconde merveille se produisit. Jonas Applegarth se conduisit avec une retenue irréprochable. Au lieu de décontenancer les comédiens par sa présence redoutable, il fut tenu à l'écart par Nicholas, pendant que les acteurs se désaltéraient à la hâte avant la représentation.

Le temps que Lord Westfield et sa suite s'installent sur les sièges garnis de coussins à la place d'honneur, dans la galerie du bas, tout fut prêt. Un soleil éclatant transformait le chaume en or. Les dames et les gentilshommes paraient les bancs d'une profusion de couleurs. Le régisseur effectua une dernière vérification dans les coulisses, puis fit signe à Peter Digby. La musique s'éleva et marqua le début des *Infortunes du mariage*.

En quelques instants, l'introduction déclencha les rires parmi les spectateurs. Quatre apprentis — Martin Yeo, John Tallis, Stephen Judd et Richard Honeydew —, vêtus en jeunes choristes, surgirent en se chamaillant pour savoir qui aurait le rôle principal dans une pièce sur Samson. Ils se disputèrent la massue du héros, chacun l'agrippant tour à tour pour frapper les autres. Comme tous quatre étaient beaucoup trop jeunes et chétifs pour camper un personnage d'une force herculéenne, le public se tordait de rire.

Cette rivalité pour le rôle de Samson s'accompagnait d'un rejet unanime de celui de Dalila. Aucun des garçons ne souhaitait coiffer la longue perruque rousse de la traîtresse, et ils se la jetaient continuellement les uns aux autres comme un chat crevé, au contact répugnant. Dès cette brève introduction, la scène s'était animée par les allées et venues, et les spectateurs captivés avaient, comme ils le comprendraient plus tard, découvert le thème central de cette comédie.

Les rapports entre le mariage et la religion fascinaient Jonas Applegarth. Peu importait que Samson et Dalila fussent amants plutôt que mari et femme. Le récit biblique était ancré dans toutes les mémoires. Alors que le public du parterre s'esclaffait devant les pitreries des jeunes garçons, l'esprit plus pénétrant des spectateurs des galeries se délectait de cette satire. Quand la scène s'acheva sur Richard Honeydew, le plus jeune des apprentis, en costume de Samson et John Tallis, le plus gros d'entre eux et affligé de surcroît d'une mâchoire saillante, en Dalila, les défauts des Enfants de la Chapelle et des Enfants de St Paul étaient d'une évidence flagrante. Se faisant le champion des troupes adultes avec lesquelles il travaillait, Jonas Applegarth brocardait leurs jeunes rivaux sans pitié.

L'intrigue de cette comédie réjouissante sur un thème sérieux s'articulait autour de Sir Marcus Coldbed[1], un riche propriétaire terrien en quête d'une jeune et jolie épouse pour satisfaire une concupiscence presque incontrôlable. Il se mariait avec la belle Araminta, puis découvrait que, fervente catholique romaine, elle répugnait au contact physique et n'éprouvait qu'horreur envers les plaisirs de la chair. Pour tenir son époux lubrique à distance, Araminta faisait appel à son confesseur jésuite, le père Monfredo, tel à un saint garde du corps, qui couchait devant la porte de sa chambre afin de protéger sa vertu. Frissonnant de désir inassouvi, Sir Marcus passait sa nuit de noces dans un lit glacé.

Poussé par son extrême désespoir, Sir Marcus cherchait secours auprès de l'étrange Dr Epididymis, un charlatan notoire se prétendant astrologue, alchimiste et nécromancien ; celui-ci lui préparait un philtre qui endormirait le père Monfredo et une poudre qui éveillerait les sens de la jeune épouse, au point qu'elle serait en proie à une passion effrénée. Le philtre et la poudre étaient intervertis, et Araminta dormait comme une souche vingt-quatre heures durant, pendant que son vieux confesseur pourchassait tous les jupons passant à

1. Coldbed : « Du lit froid ». (*N.d.T.*)

sa portée, tel un bouc en rut. Sir Marcus Coldbed retournait une fois encore à son lit glacé.

Lawrence Firethorn, en forme éblouissante dans le rôle de l'infortuné mari, pleurait sur son sort avec des gestes et des mimiques qui plongeaient le public dans une hilarité presque continuelle.

Eh quoi, qu'est le mariage, sinon une licence octroyée à l'homme de prendre sa femme à volonté ? D'investir son corps par la plus grosse preuve d'amour qu'il puisse donner, et de cueillir le fruit le plus délicieux de son verger ? Repousser un époux, c'est châtrer un étalon en pleine vigueur. Les cuisses papistes d'Araminta ne ressentent-elles pas l'aiguillon du désir ? Rome est-elle quelque région glacée au-dessous de la taille ? Comment se perpétuera donc cette religion ancienne, si elle ne veut croître et se multiplier ? Et comment récolter une moisson de petits jésuites, hormis par la voie directe de la procréation ? L'homme est au-dessus de la femme selon la loi de Dieu. Il doit être en la femme selon la loi de l'époux ! Donnez-moi la récompense qui m'est due. Couvrez ce lit glacial des draps les plus brûlants, que je puisse me griser de l'ardeur de ma belle. Jetez vos vêtements austères, Araminta ! Soyez nue dans mes bras. Soyez mon esclave, ma maîtresse, ma putain. Soyez l'éternelle épouse de mon éternelle luxure. Ô douce Araminta, entendez ma prière. Soyez mienne !

Barnaby Gill, qui campait le grotesque Dr Epididymis, était non moins brillant. Il trottinait autour de la scène après son client impatienté et lui fournissait toutes sortes de poudres de perlimpinpin. Quand tout le reste eut échoué, le rusé docteur expliquait à Marcus que le seul moyen de coucher avec sa femme était de se déguiser en cardinal et de lui enjoindre solennellement de servir l'Église. L'astuce réussissait et Araminta se soumettait avec grâce. Dans son empressement,

Sir Marcus se dépouillait de son déguisement, mais n'étreignait plus que l'oreiller tandis qu'elle s'enfuyait, affolée.

Abandonnant tout espoir et ne pouvant divorcer, Sir Marcus épousait en secret — sur la suggestion du Dr Epididymis — une seconde beauté, cherchant dans la bigamie un exutoire pour ses appétits. Arabella, la nouvelle Lady Coldbed, ignorait l'existence de la première, et mille stratagèmes étaient improvisés pour les empêcher de se rencontrer. Hélas, Sir Marcus découvrait au soir de ses noces qu'Arabella, puritaine dévote, refusait de partager sa chambre, et plus encore son lit.

Durant le reste de la pièce, Sir Marcus expérimentait toutes les manœuvres de séduction, prônant des valeurs puritaines face à Arabella tout en promettant d'embrasser le catholicisme si Araminta se radoucissait et acceptait son étreinte. La similitude des prénoms était une source réjouissante de quiproquos. Quand la bigamie de Coldbed éclatait enfin au grand jour, les deux femmes unissaient leurs forces pour se venger, et ôtaient définitivement à leur époux commun l'envie de coucher avec qui que ce fût.

La pièce remporta un succès tonitruant et fut saluée par une ovation de plusieurs minutes. Lawrence Firethorn reparut à la tête de la troupe sous les applaudissements. Barnaby Gill et lui, dans les rôles principaux, s'étaient mutuellement mis en valeur de manière éblouissante ; ils avaient été excellemment soutenus par Edmund Hoode, qui prêtait au père Monfredo son visage lunaire, par Owen Elias en prêtre ivre, soudoyé pour célébrer le second mariage, par James Ingram — le véritable amour d'Arabella, elle-même incarnée par Martin Yeo — et par Richard Honeydew dans le rôle de l'épouse catholique.

Jonas Applegarth nageait dans le bonheur. Oubliant son intransigeance, il était totalement conquis et fermait les yeux sur les erreurs minimes et les manques de concordance, inévitables dans une œuvre complexe jouée à une folle allure. Ravi par l'extravagant Dr Epididymis, il oublia toutes ses préventions contre Barnaby Gill et résolut de réparer ses torts en le couvrant de bravos. Alors qu'il applaudissait à tout rompre, Applegarth n'acclamait pas simplement sa propre pièce. Il exprimait sa profonde gratitude envers les Hommes de Westfield. Un auteur chassé par toutes les autres compagnies théâtrales de Londres avait enfin trouvé un foyer.

Néanmoins, cette approbation n'était pas universelle. Un spectateur, en particulier, avait détesté chaque minute du spectacle. Le spectre du festin hantait la galerie du haut. Hugh Naismith avait choisi une position lui permettant d'observer le dramaturge plutôt que la pièce. Ce fut pour lui un très pénible après-midi. Son bras blessé et son poignet bandé étaient sans cesse heurtés par ses voisins surexcités, mais sa fierté, surtout, fut réellement au supplice. L'homme qu'il exécrait était encensé, la compagnie qu'il méprisait était portée aux nues.

Hugh Naismith était un acteur privé d'emploi par la lame acérée de Jonas Applegarth. Renvoyé des Hommes de Banbury à cause de ses blessures, il s'était juré de se venger de son ennemi. Applegarth devait mourir.

— Je n'avais jamais vécu pareille journée, dit Nicholas.

— Moi non plus, approuva James Ingram.

— Ce matin, on eût dit que notre pièce serait engloutie sous un déluge. Cet après-midi, elle a vogué sur les vagues du triomphe. En vérité, notre profession est celle des extrêmes.

— Certes. Festin ou famine, sans rien entre les deux.

— Aujourd'hui, nous avons eu droit à un banquet royal.

À *La Tête de la Reine*, les joyeuses libations se poursuivraient toute la soirée, mais Nicholas et Ingram les partagèrent seulement une heure avant de s'esquiver. La marche était longue, de Gracechurch Street à Blackfriars, et le régisseur préférait garder l'esprit clair pour une confrontation qu'il prévoyait difficile. Ingram aussi n'avait bu qu'un peu d'ale avant de quitter la salle avec son ami.

— Il me reste une petite consolation, dit-il.

— Laquelle, James ?

— Ils n'auront pas vu *Les Infortunes* aujourd'hui. Cyril Fulbeck est trop souffrant et Raphael Parsons trop occupé à mettre en scène ses propres pièces pour s'intéresser à l'œuvre de ses rivaux.

— En quoi est-ce une consolation ? s'étonna Nicholas.

— Ils n'auront pas été offensés par l'introduction, qui clouait les Enfants de la Chapelle au pilori. L'écho leur en parviendra bientôt et l'on ne me réservera plus un accueil aussi cordial à Blackfriars. Menez rapidement vos transactions avec eux, Nick, avant qu'ils s'aperçoivent que vous avez pris part à cet outrage.

— Jonas a simplement exercé son esprit à leurs dépens.

— Il les a calomniés de la façon la plus honteuse.

— Il est normal que vous défendiez les Enfants de la Chapelle, mais n'accordez pas aux critiques de Jonas Applegarth plus d'importance qu'elles n'en méritent. L'ironie y avait sa place, certes, mais j'espère que cela ne ternira pas votre propre nom à Blackfriars.

— Ils entendront très vite parler de cette introduction implacable et y répondront sur le même ton.

Ils suivaient un chemin parallèle au fleuve le long de Thames Street, retraçant l'itinéraire que Nicholas empruntait chaque nuit pour regagner sa mansarde. Même à cette heure du soir, la rue était aussi animée, bruyante et malodorante que de coutume. James Ingram était trop équitable pour que ses réserves au sujet de la pièce l'empêchent d'en discerner les finesses.

— L'introduction mise à part, c'est une œuvre remarquable. Il m'a fallu la voir jouée pour ressentir à quel point. Combien d'entre ceux qui applaudissaient à ces pitreries comprenaient un tant soit peu la véritable intention de l'auteur ?

— Nul ne peut le deviner, James, toutefois je sais ceci : le maître des Divertissements n'a pas mesuré sa portée. Il n'a exigé que des changements infimes avant de nous accorder une licence. Jonas Applegarth a dissimulé subtilement ses flèches sur les pages du manuscrit.

— Mais pas sur les planches.

— En effet. C'est là que toute pièce se révèle sous son vrai jour. Les plus perspicaces ont sans doute trouvé à Sir Marcus Coldbed une forte ressemblance avec le père de notre chère reine, le roi Henri. Sir Marcus a converti toute sa maisonnée afin de mettre une femme dans son lit, en pure perte. Le roi Henri non plus n'eut guère à se louer d'avoir changé d'épouse.

Ils discutèrent des ramifications profondes de la pièce tout le long de Thames Street. Les bouleversements religieux survenus sous le règne d'Henri VIII avaient été habilement transposés dans la vie intime d'un riche propriétaire terrien. Nicholas tentait encore de décider si les accusations portées contre le catholicisme étaient plus accablantes qu'envers le puritanisme, quand leur destination fut en vue.

Le monastère de Blackfriars avait été bâti plus de trois siècles auparavant, pour offrir son premier foyer londonien à l'ordre dominicain. Occupant un magnifique emplacement au bord du fleuve, il avait rapidement crû en taille, en richesse et en influence, au point que les affaires majeures de l'État étaient occasionnellement décidées en son sein. Bien que dissous et en grande partie démoli en 1538, le monastère conservait son statut privilégié de lieu d'asile. Ses derniers vestiges incluaient la maison du portier, l'ancien office et le réfectoire des moines. De leur réunion était né le théâtre de Blackfriars.

Nicholas était passé cent fois devant l'édifice sans jamais en franchir le seuil. Il était curieux de découvrir tous les changements, et s'irritait de ce que l'affaire qui l'amenait risquât de lui rendre la chose impossible. Qu'allait-il dire pour aider Philip Robinson ? Il n'en savait rien, mais il pourrait au moins s'informer du traitement infligé au jeune garçon. Ingram l'avait averti que l'engagement officiel était rarement révoqué et qu'ils risquaient de repartir les mains vides, mais il aurait accompli sa promesse envers Anne, ce qui était essentiel. Guidé par James Ingram, il traversa la cour d'honneur.

— Bien le bonsoir, Geoffrey !

— Quoi ? Qui êtes-vous, jeune homme ?

— Avez-vous si vite oublié votre choriste préféré ?

— Seigneur ! Si c'est pas messire Ingram !

— Lui-même.

— Bienvenue, mon bon monsieur. Mes yeux de vieillard sont enchantés de vous revoir.

Le vieux portier somnolait quand ils avaient actionné la cloche. À l'évidence, il ressentait une grande affection pour Ingram, et Nicholas dut attendre quelques minutes pendant que les deux hommes évoquaient le passé.

— Qu'est-ce qui vous amène ici ? croassa Geoffrey.

— Nous venons parler à messire Parsons à propos d'un des choristes et nous espérons nous entretenir avec l'enfant.

— Alors vous avez accompli ce voyage en vain. Messire Parsons n'est pas là et le chœur chante dans un service spécial à la Chapelle royale.

Il tenta d'atténuer leur déception :

— Néanmoins, il se peut que messire Fulbeck y soit encore.

— Il ne dirige pas le chœur ? interrogea Ingram, surpris.

— Non, hélas. Il est trop vieux et trop infirme, comme moi.

— Vous semblez vous porter comme un charme, Geoffrey.

— Mes soixante-dix ans sont derrière moi, messire.

Après que le portier et l'ancien choriste eurent échangé d'autres propos aimables, les visiteurs partirent à la recherche du maître de chapelle. Ils gravirent les marches et pénétrèrent dans le théâtre. Nicholas s'arrêta pour le contempler avec admiration. C'était une petite salle propice à l'inspiration, auprès de laquelle *La Tête de la Reine* offrait un aspect rudimentaire. James Ingram fut aussi frappé par les améliorations majeures apportées au théâtre qu'il avait connu, cependant aucun des deux compagnons n'eut la possibilité d'en observer tous les détails.

Dès que leur regard se posa sur la scène, ils cessèrent de s'extasier sur l'édifice, car ils fixaient l'événement le plus tragique jamais survenu sur ces planches. Cyril Fulbeck était bien là, mais sa situation ne lui permettait plus de s'entretenir avec eux. Pendu par le cou, il oscillait lentement d'avant en arrière, ses jambes grêles à cinq pas au-dessus du sol.

Le silence stupéfait fut brisé par un rire sinistre qui semblait provenir des coulisses. Le maître de chapelle était mort et quelqu'un savourait sa disparition. De plus en plus sonore, le rire se répercutait à travers le théâtre avec une jubilation effrénée.

4

Nicholas réagit avec célérité. Il courut jusqu'à la scène et, y prenant appui d'une main, sauta sur les planches d'un seul mouvement souple. Son premier souci fut pour la victime ; il voulut voir si Fulbeck vivait encore, mais on ne pouvait plus rien pour lui. James Ingram le rejoignit et, levant les yeux, découvrit la langue enflée, les traits déformés. Les dernières onces de vie avaient été arrachées au corps émacié du vieillard. Ayant servi son créateur avec douceur et dévouement, il était allé à sa rencontre dans les souffrances les plus atroces.

Le rire sardonique s'arrêta, une porte claqua dans les coulisses, une clef tourna dans une serrure. Nicholas s'engouffra par une des issues à l'arrière de la scène et se retrouva dans la loge, divisée en trois. Des costumes étaient accrochés sur des portants et toutes sortes d'accessoires étaient empilés sur une table basse. Un examen rapide révéla une porte dans un coin, mais Nicholas la trouva close. Il ne semblait y avoir aucune autre issue depuis la loge.

Bondissant au bas de la scène, il traversa la salle en courant et descendit l'escalier en colimaçon vers la maison du portier. Geoffrey s'était assoupi, mais se réveilla au moment où le régisseur filait comme un lièvre devant lui et débouchait dans la cour d'honneur.

Nicholas se précipita vers l'extrémité sud du bâtiment et la scruta, mais ne vit personne. Quand il essaya la porte de la pièce située immédiatement sous la loge, celle-ci était fermée à clef, comme tous les accès latéraux donnant sur le rez-de-chaussée.

Nicholas mit fin à sa poursuite. Pour contourner l'édifice, il avait parcouru bien plus de cent pas, laissant au fugitif tout le loisir de s'échapper. Il regagna vite le théâtre par la maison du portier. Curieux de savoir ce qui se passait, Geoffrey avait péniblement gravi les marches et était entré dans la salle. Il se figea à la vue de l'odieux spectacle. Nicholas arriva juste à temps pour le soutenir au moment où ses jambes se dérobaient sous lui. Ingram, qui regardait par une des fenêtres cintrées surplombant Water Lane, accourut pour l'aider. Ils transportèrent le vieillard jusqu'à un banc où ils l'installèrent, en s'interposant devant la scène afin de lui dissimuler le pendu.

Geoffrey respirait bruyamment et tremblait de tous ses membres. Une main pressée sur sa poitrine, il donnait libre cours à ses larmes. Plusieurs minutes passèrent avant qu'il fût capable de prononcer un mot.

— Non, pas messire Fulbeck ! gémit-il.

— C'est ainsi que nous l'avons trouvé, dit Ingram avec douceur.

— Il m'était très cher.

— À moi aussi, Geoffrey.

Le portier voulut se lever.

— Laissez-moi couper la corde !

— Du calme, dit Nicholas, le forçant à se rasseoir.

— Faites-le descendre ! insista le vieil homme. Je ne laisserai pas messire Fulbeck accroché ainsi.

— Je m'y emploie sur-le-champ, assura le régisseur.

Pendant qu'Ingram tentait d'apaiser le portier, Nicholas remonta sur les planches. La corde à laquelle était pendu le maître de chapelle passait par une trappe au plafond. On distinguait, tout en haut, le mécanisme compliqué qui permettait aux décors, voire aux acteurs eux-mêmes, de descendre sur scène pendant une représentation. Ce dispositif dont Cyril Fulbeck était sans doute très fier avait été l'instrument de sa mort.

Nicholas entra dans la loge, escalada l'échelle jusqu'à l'étage supérieur et découvrit le treuil qui contrôlait la machinerie. Lentement, avec respect, il abaissa le corps jusqu'à la scène, puis redescendit rapidement afin de l'examiner. Les yeux de Cyril Fulbeck semblaient prêts à jaillir de leurs orbites. Sur sa peau blafarde, une trace rouge effrayante cernait son cou. Mais ce fut avant tout le filet de sang sur l'épaule qui retint l'attention du régisseur. Et quand, avec douceur, il retourna le corps sur le flanc, il découvrit sans surprise la plaie béante dans le cuir chevelu.

Tout en reposant le défunt sur le dos, Nicholas remarqua l'ourlet déchiré de la soutane et les bas noirs tout plissés. Un des souliers était tombé. Il fit glisser le nœud coulant et dégagea la corde. Puis il regagna la loge, où il choisit, parmi les costumes, un ample manteau dont il se servit pour couvrir entièrement la dépouille.

— Laissez-moi le regarder ! sanglotait Geoffrey.

— Restez là, mon vieil ami, recommanda Ingram en posant la main sur son épaule. Vous en avez déjà assez vu.

— On l'y a poussé, messire Ingram.

— Poussé ?

— À en finir. C'est honteux !

— Un suicide ? Par qui ou par quoi aurait-il pu s'y sentir contraint ? interrogea Nicholas en les rejoignant.

— Ce n'est pas à moi de le dire, répondit Geoffrey, mais je puis vous assurer que messire Fulbeck était très malheureux. Ça lui brisait le cœur, certaines des choses qui se passaient ici. Il m'a confié une fois qu'il était si accablé qu'il envisageait même de mettre un terme à son malheur. Et voilà qu'il l'a fait ! conclut-il en tendant le doigt vers la silhouette prostrée, sur la scène.

— Du calme, du calme ! l'exhorta Ingram en lui tapotant le dos. Messire Fulbeck ne s'est peut-être pas donné la mort.

— En effet, confirma Nicholas. Il ne s'agit pas d'un suicide.

Le portier tressaillit à cette nouvelle.

— Assassiné ! dit-il d'une voix pantelante. Jamais ! Qui aurait voulu faire du mal à messire Fulbeck ? C'était l'être le plus doux qui fût !

Nicholas soupira.

— Doux, faible et sans défense. Qui d'autre se trouvait ici, aujourd'hui ?

— Personne, à part messire Parsons et les choristes. Les garçons sont tous partis cet après-midi.

— Et Raphael Parsons ? demanda Nicholas.

— Il est resté quelque temps avec messire Fulbeck, puis il est parti lui aussi.

— Vous l'avez vu s'en aller ?

— Non. Il est sorti de l'autre côté.

— Par la porte de la loge ?

— Il passe toujours par là.

— Comment, dès lors, avez-vous l'assurance qu'il avait bien quitté le théâtre ? Cette porte est loin d'ici.

— J'ai bavardé avec messire Fulbeck moins d'une heure après, expliqua Geoffrey. Il est venu tirer un peu d'eau du puits pour se désaltérer. C'est lui qui m'a dit que messire Parsons était parti. Je crois qu'ils avaient encore eu des mots. Messire Fulbeck était très contrarié.

— A-t-il indiqué pourquoi ? le sonda Nicholas.

— Non, messire. Et il ne m'appartenait pas de m'en enquérir.

— Quelqu'un d'autre est-il entré cet après-midi ?

— Pas âme qui vive.

— Y a-t-il une possibilité qu'on se soit introduit ici sans que vous le remarquiez ?

Le portier prit cette question comme un affront.

— Non, messire. Je m'en porte garant. Je suis vieux, il est vrai, mais pas aveugle et sourd. Personne au monde ne pourrait se faufiler à l'insu de Geoffrey Bless. Même quand mes yeux se ferment dans le sommeil, mes oreilles restent grandes ouvertes. Nul n'est passé devant moi.

— Mais on a pu entrer par quelque autre chemin.

— Pas au théâtre, messire. L'accès principal se trouve en haut du grand escalier. Le seul autre moyen d'atteindre la scène est l'escalier de derrière, et la porte reste constamment verrouillée.

— Qui en possède la clef ?

— Nous ne sommes que trois. Moi, messire Parsons et messire Fulbeck. Nous veillons avec un soin extrême à ce que le bâtiment soit bien fermé et protégé à toute heure. Autrement, des voleurs pourraient s'y introduire.

« Ou des meurtriers », pensa Nicholas.

— Je n'ai pas trouvé de clefs sur messire Fulbeck. Où les conservait-il ?

— Toujours à sa ceinture.

— C'était son habitude ?

— Il ne s'en séparait jamais.

— Les clefs n'y sont plus, à présent.

— C'est qu'on les a volées ! s'écria Geoffrey.

— Et l'on s'en est servi pour fuir par la porte de derrière, poursuivit Ingram, essayant de reconstituer le fil des événements. Cela expliquerait de quelle manière l'homme s'est échappé. Mais comment a-t-il pénétré dans le théâtre, pour commencer ?

— Peut-être s'y cachait-il depuis le début, suggéra Nicholas en scrutant les galeries. Un assassin patient pouvait y attendre, soigneusement tapi. Les loges au-dessus de la scène lui auraient offert un refuge idéal.

— Il n'y avait personne ! insista le vieil homme, persuadé qu'on doutait de sa compétence. Mon premier travail du matin consiste à faire le tour de tout le bâtiment, et j'agis de même la nuit, pour fermer. Une souris ne pourrait s'y faufiler à mon insu.

L'indignation l'aidait à recouvrer son sang-froid et sa respiration ne se doublait plus d'un sifflement douloureux. Il se sentit assez remis pour se lever et marcher. Après quelques dernières questions, Nicholas l'envoya chercher les constables afin de parler seul à seul avec James Ingram.

Ils s'agenouillèrent près du corps au milieu de la scène. Nicholas ramena le manteau en arrière pour révéler le regard fixe. Ingram pâlit et ferma les yeux, priant en silence. Nicholas lui montra ensuite les traces de sang.

— Il a une blessure à la base du crâne. Je pense qu'il a été frappé par-derrière, de sorte qu'il était inconscient quand on a passé la corde autour de son cou. Peut-être n'a-t-il repris connaissance qu'une fois qu'il était trop tard.

— N'aurait-il pu appeler à l'aide ?

— Qui l'aurait entendu ? Le portier était trop loin et il n'y avait personne d'autre dans le bâtiment. Cela, le meurtrier le savait. Mais pour ne pas risquer d'être interrompu trop tôt, il a achevé sa victime plus vite que la corde seule ne l'aurait accompli.

— Comment ? Que voulez-vous dire ?

— Il a agrippé messire Fulbeck par les jambes et s'est accroché à lui de tout son poids. Vous voyez cet accroc à la soutane et les plis sur les bas ? dit-il en soulevant l'extrémité du manteau. Un des souliers a perdu sa boucle et le second est tombé.

— Il a hâté la strangulation ? demanda Ingram, atterré.

— Incontestablement, sans quoi la mort aurait pu être lente. Notre unique réconfort est qu'il a ainsi abrégé l'agonie.

— Qui donc aurait pu faire pareille chose au doux messire Fulbeck ?

— Quelqu'un qui ne lui trouvait pas tout à fait autant de douceur, James. Je compte bien attraper ce scélérat, quel que soit le temps qu'il me faudra. Le bourreau devra répondre de son crime odieux.

— Comment le découvrirez-vous, Nick ? Par où commencer ? Vous ne disposez d'aucun indice pour vous guider. L'assassin s'est volatilisé dans les airs. Je ne l'ai même pas aperçu quand j'ai couru à la fenêtre. C'est sans espoir. Vous ne savez absolument rien sur celui que vous cherchez.

— Mais si. Je connais au moins son rire.

Anne Hendrik n'attendait aucun visiteur ce soir-là, et elle fut par conséquent surprise quand on frappa à la porte d'entrée. Sa servante répondit et la voix de Nicholas résonna jusqu'à elle. Posant sa broderie, la jeune femme se leva et l'accueillit avec plaisir.

— Nick !

— Je suis navré de vous déranger si tard.

— Vous êtes tout à fait le bienvenu.

— Merci, Anne.

Elle lui tendit ses deux mains, qu'il pressa avec douceur. Ce moment, à lui seul, le dédommagea d'une soirée par ailleurs sinistre. Pour la première fois depuis un an, il était de retour dans la maison qu'il avait partagée avec elle ; c'était à la fois merveilleux et troublant. Émus de se trouver à nouveau entre ces murs, il avait douloureusement conscience que leur séparation avait eu lieu dans cette même pièce. Une profonde nostalgie s'emparait d'eux et lavait leurs plaies mutuelles.

Cette complicité silencieuse fut brisée par des coups impérieux à la porte. La servante laissa entrer un Ambrose Robinson frémissant d'impatience. Il fit irruption devant eux et saisit Nicholas par le bras.

— Apportez-vous des nouvelles de Philip ?

— Messire Ambrose…

— Je vous ai vu passer devant ma boutique, expliqua le boucher. Même dans la pénombre, impossible de se tromper. Cette large carrure et ces longues enjambées ne pouvaient appartenir qu'à notre Nicholas Bracewell. Êtes-vous allé à Blackfriars ?

— Oui.

— Je le savais ! Que s'est-il passé ?

— Si vous vous calmez, je vous le dirai.

— Avez-vous vu Philip ? Consent-on à le libérer ?

— Cessez de harceler Nick, intervint Anne. Prenez un siège, Ambrose, et laissez-lui le temps de s'expliquer.

Robinson accepta le blâme avec son sourire doucereux et s'installa sur un tabouret. Anne se rassit dans son fauteuil et Nicholas resta debout pour relater les nouvelles. La familiarité onctueuse de ce « notre Nicholas Bracewell » lui écorchait encore les oreilles. Après une seule brève rencontre, Robinson suggérait un lien d'amitié qui jamais n'existerait entre eux. Le régisseur se montra lapidaire.

— Je me suis rendu à Blackfriars ce soir dans l'espoir de m'entretenir avec Cyril Fulbeck, cependant cela n'est plus possible. Messire Fulbeck est mort.

— Mort ? répéta Anne. Son mal était-il aussi grave ?

— Il a été assassiné.

— Dieu du ciel !

Elle était complètement bouleversée, mais Ambrose Robinson laissa paraître un plaisir presque malsain à cette nouvelle. Tandis que Nicholas leur exposait en détail ce qui s'était passé, le boucher ne pouvait dissimuler un sourire suffisant. Si Anne compatissait de tout cœur au sort de la victime, son voisin n'y voyait qu'une forme expéditive de justice.

— Fulbeck le méritait, maugréa-t-il.

— Ambrose ! s'exclama Anne sur un ton de reproche.

— Nul ne mérite une fin pareille, dit Nicholas.

— Il m'a volé mon Philip.

— La mort de Cyril Fulbeck risque de rendre plus difficile la libération de votre fils. Selon tous les témoignages, c'était un maître de chapelle très aimé, notamment pour sa douceur. Son assistant remplira désormais ses fonctions, mais le théâtre tombera entre les mains exclusives de Raphael Parsons. C'est à lui que nous devrons arracher votre fils, et il se montrera bien moins accommodant que celui dont le meurtre vous procure un plaisir cruel. Votre joie est aussi prématurée que déplacée.

Robinson prit un air penaud, moins à cause des sévères critiques de Nicholas que du regard réprobateur d'Anne. Pour elle, il marmonna une excuse, mais ses yeux brillaient quand ils croisèrent ceux du régisseur. À chaque mention du nom de Cyril Fulbeck, le boucher contenait sa jubilation.

— Et maintenant, que va-t-il se passer ? interrogea Anne.

— La justice suivra son cours, quoique lentement, je le crains. On a appelé des constables, qui ont examiné le corps. James Ingram et moi les avons aidés de notre mieux, avant de témoigner sous serment devant le magistrat. L'enquête est ouverte.

— Je prie pour qu'on retrouve le meurtrier, dit Anne.

— Nous nous y emploierons, déclara Nicholas.

— Y a-t-il des indices suffisants pour le désigner ?

— Pas encore, mais on en découvrira.

— Pauvre homme ! soupira Anne. Avait-il une famille ?

— Seulement sa chorale. Tous le pleureront. Douze jeunes choristes et huit suppléants.

— Philip ne versera pas une larme, affirma Robinson.

— Il aura peut-être plus de compassion que son père.

— Et plus de délicatesse, Ambrose, le tança Anne. Montrez aux défunts le respect qui leur est dû. Votre attitude est inconvenante.

— Vous avez raison de m'en faire reproche, dit le boucher dans un élan de regret. Je ne voudrais vous contrarier en aucune manière, Anne, toutefois vous connaissez ma situation. Il m'est difficile d'éprouver autre chose que de l'hostilité envers celui qui m'a pris mon enfant. C'est naturel, mais c'est indigne, comme vous le soulignez. J'accepte votre remontrance. Pardonnez-moi.

— C'est le pardon de Nick que vous devriez solliciter, Ambrose. Pas le mien. Il ne se serait jamais aventuré à Blackfriars si vous ne l'en aviez chargé.

— Certes, certes. Je me suis mal exprimé. J'implore son pardon.

Il y avait chez cet homme une politesse maladroite qui incita Nicholas à se demander une fois encore comment il s'était insinué dans les bonnes grâces d'Anne, mais le régisseur avait donné sa parole et ne pouvait plus revenir là-dessus.

— Cela imposera forcément des retards, expliqua-t-il ; un certain temps peut s'écouler avant que j'obtienne une entrevue avec l'assistant de messire Fulbeck ou avec Raphael Parsons. Alors qu'ils ont un meurtre sur les bras, on ne peut s'attendre à ce que l'avenir d'un choriste occupe la première place dans leur esprit.

— Philip occupe toujours la première place dans le mien ! répliqua le père avec fierté. Nous devons le secourir. Si un tueur rôde à Blackfriars, il faut ramener mon fils dans la sécurité de son foyer aussi tôt que possible. Sa vie pourrait être en danger.

— Laissons Nick s'occuper de cela, conseilla Anne.

— Bien sûr, bien sûr.

— Il décidera du moment opportun pour y retourner.

— D'ici là, dit Nicholas au boucher, tempérez votre colère par un peu de patience. Votre fils n'est peut-être pas aussi mal traité que vous le redoutez. Au théâtre, nous avons eu l'occasion de discuter avec le portier, un certain Geoffrey Bless, qui côtoie les choristes depuis maintes années. Il les connaît tous par leur nom, même le jeune Philip Robinson.

— Qu'en a-t-il dit ? voulut savoir le père.

— Peu de chose, excepté que votre fils a toujours un mot aimable à son égard et se donne tout entier à son travail. C'est un choriste zélé et talentueux.

— Quant à cela, aucun doute.

— Un autre point, néanmoins, laisse dubitatif. Philip n'est pas l'unique victime de Raphael Parsons. Tous ses camarades sont punis avec vigueur s'ils ne répondent pas à ses hautes exigences. Pourtant, aucun d'eux n'essaie de quitter les Enfants de la Chapelle, ni n'écrit à la maison pour supplier ses parents de s'interposer.

— Que dites-vous ? interrogea Robinson, les yeux plissés.

— Votre fils est le seul à se rebeller. Pourquoi ?

— Vous avez lu ses lettres. Vous avez senti sa terreur.

— Ses amis ne semblent pas la partager.

— Je me soucie des autres comme d'une guigne !

— Ambrose ! le réprimanda Anne.

— Mon fils souffre. Je dois le sauver.

— Nicholas y travaille.

— Oui, approuva le régisseur, et plus j'aurai d'éléments à ma disposition, mieux je serai à même d'agir dans son intérêt. C'est pourquoi j'aimerais comprendre comment onze choristes peuvent tolérer une situation qu'un autre trouve tout à fait insupportable. Je vais me pencher sur cette question. Cependant, gardez ceci à l'esprit : les Hommes de Westfield ont la priorité sur mon temps et mon énergie.

— Je le lui ai expliqué, dit Anne.

— Je veux entendre de la bouche de messire Robinson qu'il le comprend.

Le boucher s'agita un peu sur son siège avant de hocher la tête en signe d'assentiment. Ses traits formèrent un sourire apaisant, mais Nicholas discerna une rancœur silencieuse au fond de ses yeux. De toute évidence, Robinson pouvait passer de l'amitié à la haine sans transition. Il ne prenait plus tant de plaisir à la mort de Cyril Fulbeck. Il exsudait l'envie. Accoutumé à tuer les bêtes avec une efficacité brutale, il se sentait lésé que le maître de chapelle eût échappé à la mort encore plus atroce qu'il lui aurait infligée.

Nicholas pressentait aussi un danger d'une autre espèce, et qui éveillait à nouveau son instinct protecteur. Anne devait être préservée contre cet homme. Le boucher poursuivrait ses propres fins avec une détermination aveugle. Sauver son fils des Enfants de la Chapelle était un geste légitime de la part d'un père inquiet, mais Nicholas comprenait désormais que cela ne constituait qu'une première étape, dans les projets domestiques de Robinson. Le mariage avec Anne était la suivante. En se livrant à elle, il l'avait flattée tout en faisant naître en elle des élans maternels. Anne se dévouait entièrement à la cause de Philip.

Tout d'abord ennuyé de s'être laissé entraîner dans cette situation, Nicholas en éprouvait presque de la gratitude. Non seulement cela lui donnerait un prétexte pour s'introduire parmi les Enfants de la Chapelle et observer comment ses jeunes rivaux travaillaient, mais cela lui permettrait de surveiller de près le boucher amoureux.

— Quand retournerez-vous à Blackfriars ? demanda Robinson.

— Au moment voulu, répondit Nicholas.

— Veuillez me tenir informé du moindre changement.

— Je resterai en contact avec Anne.

Le sourire reconnaissant de la jeune femme fut une riche récompense pour ses peines.

Le succès était un plaisir éphémère, au théâtre. Il s'évaporait vite et ne pouvait jamais être tenu pour acquis. Un jour après que *La Tête de la Reine* eut vibré sous les acclamations saluant *Les Infortunes*, la troupe était de retour sur la même scène improvisée afin de répéter *L'Histoire du roi Jean*. C'était un drame éprouvé de leur répertoire qui commençait à paraître bien usé. Edmund Hoode le rapiéçait assidûment chaque fois qu'on le rejouait, cependant même son art ne pouvait en faire, tout au plus, qu'une chronique bien faite. Venant après la pièce de Jonas Applegarth, elle paraîtrait terne et peu exaltante. Les Hommes de Westfield devraient peiner pour porter *Le Roi Jean* à un niveau de qualité acceptable. Jamais ils ne pourraient égaler le triomphe de la veille.

Lawrence Firethorn ne le savait que trop bien.

— De la cime à l'abîme, déclara-t-il, prenant la pose. De Sir Marcus au méchant roi Jean.

— Cette pièce nous a été propice dans le passé, lui rappela Edmund Hoode. Vous y avez tracé votre chemin cinquante fois sans vous plaindre, exaltant les vertus de la Grande Charte.

— Oui, mais c'était avant que nous ayons Jonas Applegarth.

Hoode en frémit. Il était moins blessé par cette atteinte à son amour-propre que par les implications de cette remarque. Il avait supporté, les dents serrées, la proximité d'Applegarth dans l'espoir que ce dernier n'était qu'un oiseau de passage. Une place permanente au sein de la compagnie était-elle envisagée ? Naturellement, le poète résident ne pouvait que s'interroger sur son propre sort, dans cette éventualité.

— Ne voyez là aucune offense, s'empressa d'ajouter Firethorn, remarquant son désarroi. Et cela ne modifiera en rien votre position parmi nous, Edmund.

— Je suis soulagé de l'entendre.

— Vous serez toujours notre principal auteur. Vous êtes le pilier des Hommes de Westfield. Sans vous, nous chutons tous dans un gouffre sans fond.

Il enchaîna pendant plusieurs minutes un tel concert de louanges que Hoode baissa la garde. Ils étaient restés dans la cour après la répétition du matin. Quelques pas plus loin se dressait la scène sur laquelle la plupart de ses œuvres avaient vu le jour devant un public admiratif. Le panégyrique de Firethorn renforçait l'estime qu'il se portait et l'encourageait profondément. Cela ne dura pas. Les assurances se changèrent bientôt en menaces.

— Par ailleurs, l'avertit Firethorn, nous serions bien sots de mépriser un joyau tombé dans notre escarcelle, comme l'est sans conteste la pièce d'Applegarth. C'est pourquoi nous la rejouerons.

— Encore ?

— Encore, et encore, et encore.

— Ne donnerons-nous donc plus que cela ?

— Bien sûr que non, Edmund. Tout joyau a besoin d'être mis en valeur, aussi l'entourerons-nous de matériaux plus vulgaires.

— Mes pièces !

— Non, pas les vôtres ! protesta Firethorn, tentant de l'apaiser. Enfin, pas seulement. Non que votre talent soit vulgaire ou artificiel. Loin de là, mon cher. Chaque fois que vous prenez la plume, vous jonchez la scène de diamants éblouissants. Mais Jonas nous a offert une pierre beaucoup plus imposante.

— J'en sens le poids autour de mon cou.

— Il nous a enrichis au-delà de toute mesure. Les Hommes de Westfield doivent réagir en conséquence.

Firethorn décerna un sourire affectueux à son ami avant d'assener sa décision :

— Pour cette raison, nous jouerons *Les Infortunes du mariage* à *La Rose*.

— *La Rose* ? répéta Hoode, la gorge nouée.

— Dans dix jours.

— Mais ma nouvelle œuvre devait avoir cet honneur !

— Et elle l'aura, Edmund. L'heure viendra, l'heure viendra.

— Nous avons si rarement la chance de travailler dans un théâtre ! Des mois s'écouleront sans doute avant que *Le Berger fidèle* ne passe à Bankside !

— Une bonne pièce est comme un bon vin, mon ami. Elle gagne en bouquet avec le temps. Gardez-la en réserve jusqu'à un moment plus approprié.

— Pourquoi Jonas ne le ferait-il pas avec sa pièce ?

— Ce cru-là est déjà débouché. On l'a déjà goûté. Vous avez vu le public hier : ivre de joie grâce à l'intrigue, et doublement grisé par mon interprétation de Sir Marcus Coldbed. Ces gens en veulent encore. Nous devons étancher leur soif.

— Mais pas à *La Rose*, tout de même ?

— Voyez-vous un meilleur endroit ?

— Lawrence, vous aviez promis !

— Et je tiendrai parole — le moment venu.

— *Le Berger fidèle* a la préséance.

— Jonas Applegarth va s'y substituer.

— C'est injuste…

— Au théâtre, la douleur se mêle aux applaudissements.

— C'est cruel à l'extrême.

— N'est-ce pas plus cruel de refuser à nos clients ce qu'ils réclament ? Nous servons un public versatile, Edmund. Bientôt, il jettera *Les Infortunes* au rebut. Mais, pour l'instant, tout Londres ne parle que de cela. Lord Westfield lui-même a été si fasciné par la pièce qu'il tient à ce que chacun, à la cour, puisse la découvrir. Il insiste pour qu'elle occupe un cadre de choix, à *La Rose*.

— Lord Westfield insiste ?

— À ce que j'ai compris, mentit Firethorn, usant du seul argument contre lequel Hoode ne pouvait rien. Qui suis-je pour outrepasser les désirs formels de notre généreux mécène ?

Hoode était effondré.

— Alors, vraiment, je suis perdu.

— Votre jour reviendra.

— Vivrai-je pour le savourer ?

Firethorn rit dans sa barbe.

— Je savais que vous prendriez votre mal en patience. N'ayez pas peur de Jonas Applegarth. Il ne va nullement vous remplacer. Edmund Hoode reste ce qu'il a toujours été pour les Hommes de Westfield : notre fidèle berger.

— Mais pourquoi faire entrer le loup dans la bergerie ?

— Nous lui passerons une solide muselière.

— Prenez garde à vos moutons. Ses griffes sont encore capables de tuer.

— L'affaire est décidée.

Lawrence Firethorn enroula sa cape par-dessus son épaule et s'éloigna majestueusement vers la loge, laissant Hoode muet d'indignation. Une pièce à laquelle il travaillait avec ferveur depuis des mois venait d'être dédaignée. C'était un privilège de voir monter son œuvre dans un splendide théâtre tel que *La Rose*, et *Le Berger fidèle* avait été écrit tout exprès. Jonas Applegarth le privait de cet honneur. Hoode avait une raison supplémentaire d'en vouloir à l'intrus.

Accablé, il se sentait étranger parmi les Hommes de Westfield, comme si les membres de sa propre famille l'avaient chassé du foyer en faveur d'un nouveau venu. Hoode songea au suicide. Eût-il été sur le pont de Londres, il aurait certainement sauté, hurlant le nom d'Applegarth tel un défi avant de heurter l'eau froide où il se serait empressé de se noyer.

Alors que sa carrière touchait le fond, la destinée entra en scène pour le sauver. Elle survint sous la forme de Rose Marwood, la fille de l'aubergiste, une jeune brunette vive et accorte. Comment des parents aussi laids qu'Alexander et Sybil Marwood avaient pu engendrer cette exquise beauté était une question qui occupait souvent son esprit. C'était un peu comme si deux gargouilles s'étaient unies pour former une statue de la Vierge.

Naguère, Hoode avait conçu pour elle une passion stupide, qui ne lui avait valu qu'humiliation ; il avait donc soin de se tenir à l'écart de la fille du patron. Le visage radieux de Rose était devenu pour lui une cause d'embarras.

— J'ai un message pour vous, messire Hoode, annonça-t-elle.

— Pour moi ?

— À vous remettre en main propre ; elle me l'a bien recommandé.

— Qui donc ?

— La dame qui me l'a donné.

— Une dame ? Quelle dame ?

— Elle n'a pas voulu me dire son nom, messire.

Rose lui tendit la missive et esquissa une révérence.

— Pourriez-vous me la décrire ? demanda-t-il.

— Je ne l'ai vue qu'un instant, messire. Elle a dit que je devais vous remettre ce message à vous, en personne. C'est un présent.

— Un présent ?

— De sa maîtresse.

Rose pouffa de rire, ce qui creusa deux adorables fossettes dans ses joues, puis elle s'éloigna d'un pas dansant vers la salle. Hoode ne laissait pas d'être intrigué. Il brisa le sceau et ouvrit la lettre pour découvrir une rose rouge pressée à l'intérieur. Seuls trois mots étaient tracés d'une écriture élégante, mais ils l'étreignirent jusqu'au fond de l'âme.

« À mon amour… »

Jonas Applegarth se frottait la tête en ingurgitant sa bière. La chope vide, abattue à grand bruit sur la table en guise de signal, fut bientôt remplie par une servante.

— Qui pouvait souhaiter la mort de Cyril Fulbeck ? s'interrogea-t-il.

— C'est ce qu'il nous faut découvrir, répondit Nicholas.

— J'aurais pendu avec joie son associé, Raphael Parsons. Si jamais un homme a mérité un nœud coulant, c'est ce gredin. Mais pas le vieux maître de chapelle, qui n'aurait pas fait de mal à une mouche.

— Tout le monde en dit le plus grand bien.

— C'était un homme charmant, qui avait un don pour enseigner, dit James Ingram. Cyril Fulbeck était la bonté même.

— Pourquoi s'était-il allié à ce poison de Parsons ?

— Je l'ignore.

— Moi aussi, ajouta Nicholas, mais il paraît que les deux hommes ne s'entendaient pas. Geoffrey, le portier, les entendait souvent se quereller.

— Voilà donc votre meurtrier, décida Applegarth. Ne cherchez pas plus loin que Raphael Parsons. C'est à lui que profite le plus la mort de Fulbeck.

— Il compte parmi les suspects, assurément, convint Nicholas, cependant je ne l'accuserais pas sans autre preuve à l'appui. D'ailleurs, un élément suggère plutôt son innocence.

— Lequel, Nicholas ? interrogea Ingram.

— La clef de la porte de derrière.

— Mais messire Parsons en possède une ! Lui seul avait le moyen d'entrer discrètement. À moins que vous ne soupçonniez le vieux Geoffrey d'une quelconque complicité ? Sa clef s'adapte à la serrure.

— Nous pouvons l'éliminer immédiatement, répondit Nicholas. Souvenez-vous de son émotion à la vue du vieil homme. Il était aussi bouleversé que nous. Non, le portier n'a joué aucun rôle dans tout cela.

— Vous parliez de l'innocence de Parsons, rappela Applegarth.

— D'un élément suggérant son innocence, rectifia le régisseur. Si Raphael Parsons possédait une clef de la porte de derrière, pourquoi aurait-il volé celle de messire Fulbeck afin de s'enfuir ?

— Pour nous empêcher de le suivre, dit Ingram.

— Nous étions des visiteurs inattendus ; le trousseau avait été pris à la ceinture du défunt avant notre arrivée.

— Je sais ! annonça Applegarth. Ce Parsons est trop tortueux et lâche pour agir lui-même. Il a engagé un comparse, l'a fait entrer et a fermé la porte après lui avant de quitter les lieux. Le tueur a pris les autres clefs afin de s'échapper.

— Il ne s'agissait pas d'un comparse, affirma Nicholas.

— Comment le savez-vous ? s'étonna Ingram.

— Vous avez entendu son rire, James. Ce n'était pas un homme de main, payé pour occire un parfait inconnu. Il connaissait fort bien Cyril Fulbeck et se glorifiait de sa mort. Ce bourreau-là n'aurait jamais délégué à un autre une tâche qui lui procurait tant de plaisir. Quelque chose le liait au maître de chapelle.

— Oui : il était son associé, persista Applegarth.

— Messire Parsons n'est qu'un des nombreux coupables possibles.

— Je vous aiderai à en établir une liste, proposa Ingram.

— Merci, James.

En ce début de soirée, ils s'étaient installés dans la salle de *La Tête de la Reine* après avoir joué *L'Histoire du roi Jean*. La pièce avait remporté un succès modéré, mais semblait bien plate, comparée aux *Infortunes du mariage*. Jonas Applegarth avait ronflé pendant les deux derniers actes. Enchanté à l'idée que son œuvre serait présentée à *La Rose*, il en peaufinait déjà le texte. Il se considérait désormais comme un membre de la troupe, et était prêt, par loyauté, à en subir le répertoire même si cela distillait un ennui soporifique.

Nicholas vida sa chope et se leva.

— Je vous dis au revoir, mes amis.

— Attendez, dit Applegarth en se mettant laborieusement debout. Je vais faire un bout de chemin avec vous. Ma maison est proche de Thames Street et il y a un sujet dont j'aimerais vous entretenir pendant que nous marchons.

— Votre compagnie est la bienvenue.
— Et Blackfriars ? dit Ingram.
— Nous y retournerons demain, James. Entre-temps, rassemblez autant d'informations que vous le pourrez. Vous devez avoir d'anciens amis parmi les Enfants de la Chapelle, des choristes qui sont restés après votre départ. Peut-être pourront-ils verser quelque lumière sur cette tragédie. Je suis certain que celui que nous cherchons fait ou faisait partie du cercle de messire Fulbeck.
— Fiez-vous à moi, Nick. Je m'y emploie sur-le-champ.
Ils échangèrent des au revoir, puis Nicholas et Applegarth se dirigèrent vers la porte, passant devant Edmund Hoode. Son sentiment de trahison s'était évanoui et un sourire béat flottait sur ses lèvres. La rose de Rose Marwood avait transformé l'auteur rejeté en amant plein d'espoir. Reconnaissant l'expression familière sur les traits de son ami, Nicholas lui adressa un simple geste de la main en se gardant de tout commentaire.
Il sortit, Applegarth sur ses talons, et respira l'air pur.
— J'ai une idée pour ma pièce, dit son compagnon.
— Elle en fourmille déjà.
— Un procédé scénique. Quelque chose que nous pourrions abaisser grâce au treuil dont ils disposent à *La Rose*.
— Ils en ont également un à Blackfriars, remarqua Nicholas, songeant aux circonstances du meurtre. Que souhaitez-vous faire descendre sur scène ?
La question demeura sans réponse, car Jonas Applegarth trébucha sur le sol inégal de Gracechurch Street et tomba la tête la première. Ce faux pas lui sauva la vie. Un projectile siffla dans les airs à une vitesse stupéfiante et s'enfonça avec un bruit mat dans la porte d'une maison, juste derrière eux.
La dague l'avait manqué de quelques pouces.

5

La soudaineté de l'attaque les prit de court. Le temps que Nicholas fasse volte-face, il n'y avait plus trace de l'assaillant. Plusieurs autres personnes marchaient paisiblement dans Gracechurch Street, et il interrogea les plus proches, mais aucune d'elles n'avait vu quiconque lancer une dague. La peur du danger les poussa à presser le pas. Nicholas parcourut la rue dans les deux sens à la recherche de l'assassin, en pure perte. Pour la seconde fois en vingt-quatre heures, il pourchassait une ombre.

Il rebroussa chemin pour aider Applegarth à se lever. Ce dernier se souciait davantage de l'état de son costume que de l'embuscade.

— Mon nouveau haut-de-chausses est tout crotté ! se plaignit-il d'un ton amer. Et j'ai fait un accroc à ma manche.

— On a tenté de vous tuer, Jonas.

— Voyez l'état de mes souliers !

— Cela ne vous inquiète-t-il pas ?

— Terriblement. Ma femme va me sonner les cloches.

— Je parle de l'attaque.

— Une légère contrariété, sans plus, répondit Applegarth en s'époussetant. Pourquoi devrais-je craindre un assassin impotent ? Il faut qu'il soit aveugle, pour rater une cible aussi énorme. D'ailleurs, qui dit que c'est moi qu'il visait ? Peut-être la dague vous était-elle destinée, Nick. Y avez-vous songé ?

Oui, Nicholas y avait songé et avait écarté cette hypothèse. L'arme visait directement Applegarth et seule une chute avait permis à celui-ci d'en réchapper. Nicholas arracha la dague du bois dans lequel elle s'était logée et essaya de déterminer d'où on l'avait lancée. Une ruelle, en face, paraissait le lieu idéal. Elle aurait offert une bonne cachette à l'agresseur et une vue excellente sur ceux qui partaient de *La Tête de la Reine*. Il aurait pu s'enfuir sans se faire voir avant même que la dague eût atteint sa destination.

Après avoir examiné l'arme, Nicholas la présenta à son compagnon, qui n'y porta qu'un faible intérêt.

— La reconnaissez-vous ?

— C'est une dague comme toutes les autres.

— Les autres, Jonas, on ne vous les lance pas dans le dos.

— C'est bien arrivé une ou deux fois par le passé, avoua le dramaturge avec un petit rire. Celle-ci s'est égarée, comme les précédentes. Non, je ne la reconnais pas. Une méchante arme, c'est clair. Jetez-la et oubliez tout cela.

— Mais elle pourrait nous mener à votre agresseur !

— Laissez-le-moi.

— Vous savez qui c'est ?

— J'ai de nombreux ennemis.

— Reliez cette dague à l'un d'eux et vous tenez votre homme.

— Ne vous donnez pas tant de peine. Cette bataille-là, c'est à moi qu'il incombe de la livrer.

— À moi aussi, répliqua Nicholas, glissant la dague dans sa ceinture. Vous êtes la propriété des Hommes de Westfield, à présent. J'ai le devoir de vous protéger, comme tout ce qui nous appartient.

Applegarth se raidit.

— Je n'ai pas besoin de garde du corps.
— Vous courez un grave danger, Jonas.
— Je peux vivre avec cette peur.

Ils reprirent leur chemin et le dramaturge en revint au sujet de *La Rose*. Son œuvre serait vue par un public plus vaste et plus pénétrant, à Bankside. Il tenait à l'améliorer dans toute la mesure de ses moyens. Applegarth exposait encore ses idées quand ils tournèrent dans Thames Street. Leurs narines furent envahies par l'odeur du fleuve, dont ils entendaient le clapotis contre les quais, en bas, sur leur gauche.

Applegarth s'arrêta au coin de la rue suivante.
— Permettez-moi de la revoir, Nick.
— Quoi donc ?
— La dague. Peut-être la reconnaîtrai-je, finalement.
— Voici, dit Nicholas en la lui tendant. Il y a sur la garde des marques qui pourraient être des initiales.
— Ah oui ! En effet.

Feignant d'examiner l'arme, Jonas Applegarth se tourna, puis la projeta de toute la puissance de son bras. Elle tournoya dans les airs et s'enfonça au milieu du fleuve dans un grand bruit d'éclaboussures. Nicholas resta interloqué, mais son ami éclata d'un rire joyeux.
— Là ! Maintenant, c'est du passé. N'y pensez plus.
— Cette dague était celle d'un meurtrier !
— Je l'ai chassée de mon esprit.
— Vous avez éliminé le seul indice en notre possession.
— Il y aura d'autres nuits, et d'autres dagues.
— La prochaine fois, il n'est pas sûr que vous ayez autant de chance.
— La prochaine fois, on ne me prendra pas à l'improviste. L'avertissement me sera utile, mais ne me fera pas perdre le sommeil.

Nicholas était convaincu que le dramaturge connaissait le nom de son attaquant et refuserait de le révéler. Il adoptait un ton joyeusement bravache, à l'épreuve de toute question. Même si cela lui imposait un détour, Nicholas insista pour retourner jusqu'au logis de son ami, afin de s'assurer qu'il l'atteignait sain et sauf. Le trajet se déroula sans plus d'incident.

Applegarth considéra son collègue d'un air réjoui et proposa avec hospitalité :

— Voulez-vous que nous poursuivions notre discussion à l'intérieur ?

— Pas ce soir, Jonas.

— J'ai encore beaucoup à dire sur ma pièce.

— Nous trouverons du temps pour en causer demain. Restez vigilant et fermez bien votre porte. L'agresseur pourrait revenir pendant la nuit.

— Quel agresseur ? fit Applegarth avec un haussement d'épaules.

Nicholas ne s'expliquait pas cette apparente indifférence. On avait voulu assassiner cet homme qui, pourtant, décidait de ne pas s'en soucier. Le régisseur pressentait de nouveaux ennuis, et son inquiétude concernait autant la compagnie que sa dernière recrue. Les Hommes de Westfield en viendraient peut-être à regretter leur association avec Applegarth, si brillant et talentueux fût-il.

— Êtes-vous certain de ne pas vouloir rester, Nick ?

— Malheureusement, je ne le puis.

— Nous avons du vin en abondance.

— Merci. Mais j'ai une autre visite à rendre.

Le bureau se trouvait au premier étage de la demeure de Thames Street. Tout le long des murs, des étagères de chêne étaient lourdement chargées de livres, de documents, de cartes et de manuscrits. Deux longues tables occupaient l'essentiel de l'espace, couvertes d'autres ouvrages et de parchemins. Des plumes bien taillées attendaient dans un coffret de bois. Le flacon d'encre était prêt. La pièce entière respirait l'érudition.

Caleb Hay, assis sous les poutres affaissées, examinait un document médiéval avec une intense concentration. Il utilisait un verre grossissant afin de déchiffrer les signes minuscules en latin. Les yeux brillant, il parcourait en promeneur privilégié le passé de sa ville bien-aimée. Absorbé comme il l'était dans ses recherches, il n'entendit pas les petits coups respectueux à sa porte. Sa femme dut frapper plus fort avant de capter son attention.

Excédé, il leva la tête et demanda sèchement :

— Qu'est-ce que c'est ?

— Pouvez-vous vous arrêter une minute, Caleb ? demanda son épouse avec hésitation.

— Non !

— Il a dit que c'était important.

— Je vous l'ai répété cent fois, Joan : mon travail ne souffre aucune interruption. Sous quelque prétexte que ce soit.

— Mais vous avez un visiteur…

— Renvoyez-le.

— Il insiste beaucoup, mon époux.

— Je n'y suis pour personne.

— Il affirme être de vos amis.

— Mes amis sont trop avisés pour me déranger dans mon travail. Ils ne viennent chez moi qu'à mon invitation, et ce rarement. Il insiste, dites-vous ? Qui est cet impudent ?

— Nicholas Bracewell.

— Transmettez-lui ma réponse et saluez-le de ma part, répliqua Caleb d'un ton brusque. Et puis, non, attendez un instant ! ajouta-t-il, la curiosité aux prises avec l'irritation. Nicholas Bracewell, hein ? Que me veut-il ? A-t-il précisé quelle affaire l'amène ?

— Non, Caleb.

— Mais il prétend que c'est important ?

— Oui. C'est un gentilhomme fort poli et courtois, néanmoins il tient absolument à vous parler.

Caleb Hay jeta un bref coup d'œil sur son travail. Pinçant les lèvres, il secoua la tête avec agacement avant, enfin, de se radoucir.

— Priez-le de rester. Je descends immédiatement.

— Merci !

Nicholas, qui attendait en bas, perçut le soulagement dans sa voix. Joan Hay était une épouse soumise, anxieuse de ne pas provoquer le déplaisir de son mari. L'historien aux manières affables que connaissait Nicholas montrait un tempérament plus despotique dans son foyer.

Joan Hay descendit vivement l'escalier pour rejoindre le visiteur. Toute menue et timorée dans sa robe des plus simples, elle lui adressa un petit sourire nerveux en manière d'excuse et transmit le message avant d'esquisser une révérence. En haut, un lourd verrou fut tiré. Une clef cliqueta dans une grosse serrure et la porte du bureau grinça sur ses gonds. Elle fut immédiatement fermée et verrouillée. Des pas sourds descendirent les marches de bois.

Caleb Hay apparut et dit avec une politesse mêlée d'irritation :

— Bien le bonsoir, messire Bracewell !

— Je suis désolé d'interrompre vos recherches.

— Un motif important vous amène sans doute.

— Oui, répondit Nicholas. Cela concerne Blackfriars.

— Continuez, messire.

— J'ai besoin que vous me parliez de son passé récent.

— Ce n'est guère l'heure qui convient pour une leçon d'histoire, s'offusqua son hôte. M'avez-vous arraché à ma table de travail à seule fin d'apprendre quelques anecdotes sur une confrérie ?

— Avec une bonne raison, messire Hay.

— Laquelle, je vous prie ?

— Un meurtre vient d'être commis.

— Un meurtre ?

— La victime est Cyril Fulbeck.

— Cyril Fulbeck ? répéta Hay d'un ton incrédule. Le maître de chapelle a été assassiné ? Comment ? Quand ?

— On l'a pendu sur la scène de son théâtre, pas plus tard qu'hier.

— Mon Dieu ! Cela se peut-il ? Cyril Fulbeck était un vrai chrétien. La bonté même. Qui a pu lui infliger pareille vilenie ? Les vauriens ont-ils été pris ? interrogea-t-il en saisissant Nicholas par le bras. Ils devront répondre pour ce crime abominable.

— Justice sera faite, messire Hay. Grâce à votre aide.

— Elle est à votre disposition, messire.

L'hôte indiqua un siège à Nicholas et s'assit près de lui. Il oscillait entre l'émotion et la tristesse. D'un ton pressant, il sollicita d'autres détails et le régisseur lui relata les faits. Caleb Hay hocha la tête, ne pouvant y croire.

— Cyril Fulbeck ! soupira-t-il. Je discutais avec lui voilà à peine dix jours. Un parfait honnête homme à tous égards.

— Vous le connaissiez donc bien ?

— Assez bien, oui. Il m'assistait avec beaucoup d'obligeance dans mon travail. Le maître de chapelle est un personnage influent. Par son entremise, j'ai eu accès à maints documents qui eussent été hors de ma portée. Il n'aurait pu être plus prévenant, ni moi plus reconnaissant pour son aide.

— Comment l'avez-vous trouvé, à votre dernière rencontre ?

— Sa santé n'était pas des meilleures, hélas. Il souffrait terriblement.

— Je parle de son état d'esprit.

— Sombre. Sombre et troublé par les remords. Il semblait accablé par les soucis de sa charge.

— En a-t-il confié les raisons ?

— Non, non, répondit Hay avec fermeté. Pas plus que je n'ai cherché à les connaître. Je n'avais pas à me mêler de ses affaires privées. Je suis un érudit, pas un confesseur.

— Quels rapports entreteniez-vous avec Raphael Parsons ?

— Absolument aucun, le ciel soit loué !

— Pourquoi dites-vous cela ?

— De l'avis de tous, c'est un homme fort désagréable. Je m'étonne que Cyril Fulbeck ait toléré sa présence auprès de lui. Je n'avais aucun motif de rencontrer messire Parsons. Si vous voulez des informations à son propos, il vous faudra chercher ailleurs.

— Parlez-moi de Blackfriars, demanda Nicholas.

Le visage de Hay s'illumina.

— Ah ! Là, je me trouve en terrain sûr ! Je suis à même de vous apprendre tout ce qui se peut savoir à ce sujet. Un monastère dominicain fut d'abord fondé à Londres en 1221 sur un site de Chancery Lane. Une cinquantaine d'années plus tard, Robert Fitzwalter fit don à l'ordre de Baynard's Castle et de Monfichet Tower, sur le fleuve, ce qui permit de bâtir un plus grand monastère. Le roi Édouard Ier, de mémoire bénie, offrit aux moines sa protection, en conséquence de quoi leur domaine devint prospère et influent.

— Je suis plus intéressé par les événements récents.

— On ne peut les juger correctement qu'au regard des anciennes traditions de Blackfriars, insista Hay, mû par un zèle pédagogique. Là, le Parlement se réunit pour la première fois en 1311. Il servit plus tard d'Archives pour tous les documents relatifs aux affaires de l'État. Plus tard encore — en 1343, 1370, 1376 et 1378, pour être exact —, ce fut le lieu de réunion de la cour de la chancellerie. Les sessions du Parlement et du Conseil privé s'y tenaient souvent. Les ambassadeurs étrangers y séjournaient en hôtes distingués. Dans notre propre siècle, dit-il, reniflant bruyamment afin de marquer sa réprobation, une cour siégea à Blackfriars pour prononcer le divorce de la très noble Catherine d'Aragon. En cette même année fatale de 1529, le Parlement déchut à jamais le cardinal Wolsey de ses droits civils.

— Tout cela est fascinant, dit patiemment Nicholas, mais sans rapport direct avec mon enquête.

— Mais il vous faut comprendre la grandeur de cette maison pour mesurer son pitoyable déclin. Avant la suppression des religieux, elle constituait un haut lieu de la cité. Mais à présent…

— Elle est en grande partie démolie.

— Et les dominicains furent expulsés… pour faire place aux membres de votre profession, dit Hay avec un frisson involontaire.

— Le théâtre ne fut construit que des années plus tard.

— En 1576, pour être précis. Une terre consacrée servant de scène à des représentations obscènes, données, qui plus est, par des enfants ! De doux choristes, dont les voix auraient dû s'élever à la louange de leur créateur… Mais j'outrepasse mon rôle, en l'occurrence, se reprit-il d'un ton critique. Un historien se doit de relater le cours des événements sans commentaires indus. Ce qui est fait est fait. Qui se soucie le moins du monde de ce que Caleb Hay peut penser des Enfants de la Chapelle ?

— Moi, répondit Nicholas.

— Vous êtes trop indulgent, mon ami, dit l'autre avec un sourire. Quand je fulmine contre les pièces et les acteurs, vous recevez ces coups sur le dos avec une résignation stoïque, sans jamais m'adresser de reproche en retour.

— J'admire la franchise.

— Cela n'atténue pas mes remords. Vous ne méritez pas de subir mes opinions tranchantes. Je me console à la pensée qu'un homme de théâtre entend sans doute un vocabulaire plus rude que le mien au cours de sa journée de travail.

— C'est vrai, convint Nicholas, songeant aux tirades cinglantes de Lawrence Firethorn. Mais vous oubliez que j'ai navigué autour du monde avec Francis Drake. Les paroles châtiées n'ont pas leur place à bord d'un navire. Les hommes emploient un langage des plus crus. Vos railleries sont bien suaves, comparées aux grossièretés des marins. Ragez contre le théâtre tant que vous voudrez, messire Hay. Donnez-moi simplement l'information que je cherche.

— À quel sujet ?

— Décrivez-moi le premier théâtre de Blackfriars.

— L'antre de l'enfer !

Nicholas éclata de rire.

— Je désire avoir une idée de son apparence et de ses dimensions. Comportait-il des passages secrets, ou une salle souterraine juste au-dessous ? Quels changements furent apportés quand il fut rénové ? Indiquez-moi, s'il vous plaît, tous les accès possibles à l'édifice.

— Il vous faut d'abord pénétrer dans le domaine.

— Bien sûr.

— Cinq arpents de terre, voilà tout ce qui reste du monastère. Ils forment ce que l'on nomme la « liberté » de Blackfriars et conservent leur ancien statut de lieu d'asile. Savez-vous quel autre privilège leur est octroyé ?

— Oui, hélas ! répondit Nicholas avec envie. Bien que situés dans l'enceinte de la ville, ils ne dépendent pas de sa juridiction. Nous ne jouissons pas d'une telle faveur. Pendant que nous, à *La Tête de la Reine*, sommes contraints d'observer le repos dominical, le théâtre de Blackfriars donne des représentations le jour du Seigneur en toute impunité. C'est un privilège d'une importance cruciale.

— Le théâtre ne constitue qu'une petite partie du tout. Il partage ces terres avec les belles demeures de familles respectables. Le domaine est entouré d'une enceinte dont les quatre entrées sont fermées à clef chaque nuit par le portier. Blackfriars est un quartier réputé. Vous savez, j'en suis sûr, que nombre de ses habitants ont combattu âprement pour empêcher la réouverture d'un théâtre.

— Je crois qu'une pétition avait été rédigée.

— Rédigée et signée de bon cœur. Cela tint un certain temps les acteurs à l'écart des planches. Puis Cyril Fulbeck conclut cet accord honteux avec Raphael Parsons.

— Est-ce ainsi que le qualifiait le maître de chapelle ? Un accord honteux ?

— Mes préjugés personnels font intrusion une fois de plus, répondit Hay d'un ton d'excuse. Ce n'est pas bon, pas juste, pas rigoureux. Dorénavant, je m'en tiendrai aux faits. Qu'est-ce donc que vous souhaitez ? Les dimensions et les altérations ? Vous ne manquerez pas d'informations en la matière, messire Bracewell. Je m'en vais tout vous exposer.

Caleb Hay tint promesse. Il entraîna son hôte dans une visite guidée de Blackfriars ; il mesura chaque mur, signala chaque porte, indiqua chaque détail, fût-il d'une importance secondaire, et brossa par ses mots un tableau si vivant que Nicholas vit les vestiges du monastère se dresser sous ses yeux. C'était étrange et irréel. L'érudit s'exprimait avec pondération, mais la passion vibrait de temps en temps dans ses propos. Il était si profondément attaché au passé glorieux de Londres qu'il y vivait encore.

Nicholas se pénétra des éléments les plus marquants et le remercia.

— Je vous en dirai plus, si vous le désirez, offrit son hôte.

— Vous m'avez appris tout ce dont j'ai besoin, messire Hay.

— Plaise à Dieu que cela s'avère utile ! Si je pensais que mes connaissances sur cette cité incomparable sont aptes à vous conduire à ces criminels, je vous ferais un cours différent sur l'histoire de Blackfriars chaque jour de la semaine.

— Vous m'avez très généreusement accordé votre temps.

— Revenez me voir, dit Hay. Je désire suivre la progression de votre enquête. Dans toute la chrétienté, il n'y avait pas meilleur homme que Cyril Fulbeck. Traquez ses assassins.

— Je m'y attellerai, promit Nicholas, mais je pense qu'une seule personne est impliquée dans cette affaire. Un être pervers qui prend plaisir à sa vilenie.

Il songea au corps sans défense, oscillant au-dessus de la scène. On n'avait laissé au maître de chapelle aucune chance de résister tandis qu'on exprimait peu à peu son souffle vital. Cette fin brutale constituait un message à glacer le sang. Nicholas n'oublierait pas de sitôt l'horreur figée sur le visage livide. Il ne pourrait non plus effacer de son esprit l'exultation du meurtrier. C'était ce qui l'épouvantait le plus. L'écho de ce rire impitoyable emplissait encore ses oreilles si complètement, si douloureusement, qu'il dut secouer la tête pour le dissiper.

Trop d'ale et trop peu de conversation avaient laissé Edmund Hoode dans un état de confusion larmoyante. Assis seul dans un coin, à *La Tête de la Reine*, il restait indifférent à la gaieté tapageuse qui l'entourait. Il buvait à petits traits, réfléchissait, sombrait de plus en plus dans la stupeur. Hoode ne savait s'il devait être accablé par les paroles de Firethorn ou exalté par le message de Rose Marwood, aussi passa-t-il du désespoir à l'espoir jusqu'à ce qu'ils se confondent dans son esprit. Une perplexité éméchée s'installa sur son visage lunaire.

Un bras amical se posa sur son épaule.

— Allez, Edmund ! dit une voix aux intonations chantantes. Il est temps de partir.

— Qu'est-ce que c'est ? murmura-t-il.

— Vous avez besoin d'aide pour rentrer chez vous. Appuyez-vous sur moi.

— Pourquoi ?

— Parce que vos jambes ne vous porteraient pas bien loin vers Silver Street.

Afin de le prouver, Owen Elias le souleva, puis le lâcha. Hoode vacilla violemment, s'appuya contre le rebord de la table et éprouva alors un élan de confiance. Il accomplit trois enjambées intrépides avant de perdre l'équilibre et de tomber en avant. Le Gallois le rattrapa juste à temps.

— Employons plutôt ma méthode, dit-il d'un ton jovial. Autrement, vous devrez regagner votre logis à quatre pattes.

— Vous êtes un véritable ami, Owen.

— Je sais que vous feriez de même pour moi.

— Il est vrai, marmonna l'autre.

L'éventualité était improbable. Hoode était souvent vaincu par l'alcool, par le chagrin ou par un amour sans retour — et quelquefois par une combinaison fatale des trois. Elias, en revanche, pouvait festoyer des nuits entières en ne s'abandonnant qu'à la gaieté ou à la musique ; il ne succombait presque jamais à la tristesse et poursuivait une carrière de joyeuse débauche parmi la gent féminine de Londres. Portant à demi le poète avachi, il sortit dans la nuit et se dirigea lentement vers Cripplegate Ward.

— Comment se nomme-t-elle, Edmund ?

— Qui cela ?

— Votre cœur est lourd, mon ami. Je le sens peser sur moi de tout son poids. C'est un fardeau que je connais trop bien. De qui s'agit-il, cette fois ?

— Je ne sais pas, Owen.

— Une dame sans nom ?

— Sans nom, sans visage ni substance d'aucune sorte.

— Une créature invisible ?

— À tous égards.

— Expliquez-vous.

Fournir une explication logique imposait une tension énorme à l'esprit bouleversé de Hoode, mais il s'y efforça de son mieux. Tandis qu'il avançait, soutenu par son ami, il essaya de reconstituer les événements d'une journée qui l'avait anéanti puis ressuscité. Sa nouvelle pièce n'avait pas plus tôt été évincée qu'une locataire anonyme s'installait dans son cœur. Il sortit la fleur qu'il conservait sous son pourpoint. Écrasée et pitoyable, elle n'en demeurait pas moins un doux message parfumé. Elias fut sensible à l'ironie de la situation :

— Vous avez perdu *La Rose* pour en conquérir une autre. Deux, si l'on compte la jolie fille de l'aubergiste ! Rose Marwood est une fleur épanouie. C'est pour moi une grande source de regret que, malgré tout mon doigté, je n'aie pu la cueillir. Ses parents sont constamment sur elle et la protègent mieux que des épines. Ils ont tiré du sang de mes mains avides en plus d'une occasion.

— Laissons Rose Marwood se débrouiller comme bon lui semble, dit Hoode. Elle n'était que la messagère, or c'est le message qui m'intéresse. Ou plutôt, la dame qui l'a envoyé.

— Votre amoureuse.

— Cela reste à voir, Owen.

— Aucun doute là-dessus. Vous en tenez la preuve certaine.

— Je tiens une rose, il est vrai, répondit Hoode d'un air lugubre. Mais fut-elle envoyée par une main féminine ?

Elias éclata de rire.

— Il s'agirait d'un admirateur ! Avez-vous éveillé une sombre passion chez un adolescent, terrassé par le coup de foudre ? Ne parlez pas à Barnaby de cette conquête, il serait dévoré par l'envie.

— Vous vous méprenez.

— Alors, exprimez-vous plus clairement.

— Je crains un mauvais tour.

— De la part de qui ?

— D'un membre de la troupe qui veut faire rire à mes dépens. La chance n'a jamais servi mes amours, Owen. Depuis des années, Cupidon s'entraîne cruellement sur mon cœur. Pourquoi la fortune me sourirait-elle à présent ?

— Parce que vous le méritez.

— Le destin ne m'a jamais récompensé selon mes mérites, rétorqua Hoode. Non, c'est une farce. Cette preuve d'amour m'a été envoyée afin de me tourmenter. Quelqu'un dans la compagnie veut éveiller mes espoirs pour les fracasser sur les rochers de sa dérision. Je ferais mieux de fouler cette rose aux pieds.

— Arrêtez ! s'écria Elias en lui saisissant le poignet. Ne voyez-vous pas un trésor, quand on en place un devant vous ? Ce n'est pas une farce, mon ami. Les Hommes de Westfield vous aiment trop pour user d'une telle méchanceté contre vous. Ce message ne pourrait être plus précis. Vous avez fait une conquête, Edmund. Poussez-la jusqu'au bout.

Hoode s'arrêta net.

— Se pourrait-il que ce soit vrai ?

— Incontestablement.

— J'ai enfin conquis le cœur d'une femme ?

— Le cœur, les pensées et le corps.

— Merveille des merveilles ! s'extasia Hoode, humant la rose avant de la glisser de nouveau sous son pourpoint. Je commence presque à y croire. Un cadeau si inattendu !

— Ce sont les plus beaux.

— Si c'est de l'amour, il faut certes y répondre.

— Et le savourer !

— Promis, Owen.

— Allez vous coucher afin de faire des rêves heureux.

— Continuons vite.

Toujours soutenu par le Gallois, Hoode repartit en titubant avec une détermination nouvelle. On l'aimait.

Il se délecta de cette pensée pendant toute une somptueuse minute. Une gelée blanche attaqua alors les pétales de son bonheur. L'autre *Rose* — le théâtre — lui signifiait un message d'un ordre différent.

— J'ai perdu mon travail, se lamenta-t-il.

— Il n'en est rien, Edmund.

— Je suis écarté au profit de cette grande carcasse d'Applegarth. Il n'y a pas assez de place chez les Hommes de Westfield pour lui et pour moi.

— Bien au contraire ! Il manque à la plupart des compagnies un génie pour façonner leurs pièces. Nous, nous en avons deux ! Nos rivaux se consument de jalousie devant notre bonne fortune.

— Mon talent est éclipsé.

— Ça, jamais !

— Mais si, Owen. *Les Infortunes du mariage* sont une œuvre bien supérieure à tout ce que je peux créer. Elles m'ont chassé de *La Rose*, à juste titre.

— Le tour viendra bientôt pour votre nouvelle pièce.

— Quel sort connaîtra-t-elle, à l'ombre de Jonas ? *Le Berger fidèle* est un Pygmée à côté d'un géant. Pourquoi le mettre en scène et encourir l'humiliation ? J'ai déjà suffisamment souffert.

— Vous vous faites grand tort, le raisonna gravement Elias. Jonas a un genre de talent, le vôtre est différent. Les deux éblouissent en égale mesure. Jonas met sans doute plus de force brute dans ses vers, mais vous possédez une grâce, une subtilité dont il ne sera jamais capable.

— Il est meilleur.

— Différent, voilà tout.

— Différent par le genre, supérieur en qualité.

— Simple question d'opinion.

— C'est le point de vue de Lawrence, soupira Hoode, et son point de vue est l'opinion qui prévaut chez les Hommes de Westfield. Il avait commandé ma nouvelle pièce pour *La Rose* et s'en montrait enchanté au-delà de tout. Du moins, jusqu'à ce qu'il distingue cette nouvelle étoile au firmament. Mon *Berger* est donc écarté tel un lépreux, et je deviens un poète maudit.

— Cessez de vous complaire dans cette mélancolie !

— Je suis fini, Owen. Renvoyé dans les limbes.

— Suffit ! mugit l'autre, le plaquant contre un mur et l'y maintenant d'une main. Jonas Applegarth ne remplacera jamais Edmund Hoode. Vous nous avez donné quantité de pièces superbes, il en a fourni une. Vous avez tissé la trame de la compagnie, il n'est qu'un bout d'étoffe chatoyante qu'on y a appliqué.

— Londres ne parle que de sa pièce.

— Pour combien de temps ?

— Jusqu'à ce qu'il en crée une nouvelle pour m'humilier davantage.

— Non ! protesta Elias.

— Il m'a volé mon avenir.

— Contemplez plutôt le passé.

— Pourquoi ?

— Parce que vous y lirez la véritable histoire de Jonas Applegarth, affirma le Gallois sur un ton persuasif. Un immense talent emplit cet immense haut-de-chausses, toutefois les Hommes de Westfield ne sont pas les premiers à s'en rendre compte. Jonas a été pris, puis rejeté par toutes les autres troupes londoniennes. Il était trop coléreux à leur goût.

— Que me dites-vous ?

— Il ne restera pas avec nous longtemps. Cette gloire flamboyante ne sera qu'un feu de paille, qui embrase le ciel avant de s'éteindre entièrement. Profitons de son éclat tant que nous le pouvons. Jonas ne survivra pas, assura Owen, tapotant son ami sur la joue. Vous, si, Edmund.

Nicholas était presque toujours le premier membre de la troupe arrivé à l'auberge au début de la journée. Le lendemain matin, pourtant, le bruit sourd d'un maillet lui apprit qu'un autre s'était montré plus matinal. Nathan Curtis, le maître charpentier, réparait une table qui serait employée dans la représentation, cet après-midi-là. Affairé à son travail, il ne vit pas le régisseur traverser la cour d'un pas énergique dans sa direction.

— Bonjour, Nathan ! le salua Nicholas.

— Ah ! dit le charpentier en relevant la tête. Bien le bonjour !

— J'aimerais que tout le monde accomplisse sa tâche avec autant de diligence. Vous aurez fini cette table avant que certains de vos camarades réussissent à sortir du lit.

— Il y a beaucoup à faire. Quand je l'aurai remise en état, je devrai fabriquer de nouvelles machineries pour les effets scéniques. Et vous avez parlé, je crois, de certains accessoires ?

— Un rocher, une cage, une crosse.

— J'aurai besoin d'instructions précises.

Nicholas les lui donna aussitôt et le charpentier hocha la tête. Curtis avait une allure rude dans sa tenue de travail, mais sa voix était douce et son attitude presque timide. Ses talents d'artisan contribuaient à donner corps à leurs pièces. Nicholas avait une autre raison de se féliciter de se trouver seul quelques instants avec lui. Curtis résidait à Bankside. Quand le régisseur logeait chez Anne Hendrik, ils étaient voisins. Le charpentier pouvait fort bien connaître les autres habitants du quartier.

— Le nom d'Ambrose Robinson vous serait-il familier, par hasard ?

— Robinson le boucher ?

— Lui-même.

— Je le connais suffisamment à mon gré, Nick.

— Vous ne l'appréciez pas, semble-t-il.

— Il ne m'inspire aucune confiance, admit l'autre. Il vend de la bonne viande et se montre assez poli dans son échoppe, cependant il dissimule ses sentiments. On ne sait jamais à quoi s'en tenir avec ce gaillard. Sa bouche sourit, mais ses yeux sont froids et méfiants. Mon épouse ne peut le souffrir.

— Ce n'est pas un homme très plaisant, approuva Nicholas.

— Comment l'avez-vous rencontré ?

— Par une connaissance mutuelle.

— Ah, oui ! s'exclama Curtis. J'aurais dû faire le rapprochement.

— Pourquoi dites-vous cela ?

— Nous parlons de dame Hendrik, n'est-ce pas ?

— Oui, Nathan, en effet.

— Alors c'est elle qui vous l'aura présenté. Le boucher est en passe de compter parmi ses intimes.

— Vraiment ? fit Nicholas, sentant monter sa colère.

— Ma femme le voit souvent rendre visite à dame Hendrik, et nous les avons remarqués le dimanche.

— Comment cela ?

— Nous fréquentons la même paroisse, Nick. Cela dure depuis plus d'un mois, à présent.

— Quoi donc ?

— Dame Hendrik et Ambrose Robinson. J'ai été surpris, au début, et ma femme plus encore. Nous avons l'un et l'autre le plus grand respect pour dame Hendrik. Nous n'aurions pu choisir meilleur voisin que son défunt mari. Pas comme ce boucher. Il n'est pas digne d'elle. Mais on ne peut nier la chose, puisque nous l'avons vue.

— Et qu'avez-vous vu ?

— Ils viennent ensemble à l'église.

L'information était extrêmement troublante, et Nicholas mit un certain temps à en mesurer les implications. Si Anne permettait à Robinson de l'accompagner, leurs relations étaient plus sérieuses que Nicholas ne s'en était douté. Avant qu'il eût pu questionner Curtis davantage, une voix âgée les interrompit. Thomas

Skillen, le vénérable machiniste, parlait à un inconnu de l'autre côté de la cour, et tendait un doigt osseux vers le régisseur. Le visiteur le remercia et s'approcha de Nicholas, ne lui laissant guère qu'une seconde ou deux pour le jauger.

De taille moyenne et les épaules carrées, il portait un pourpoint et un haut-de-chausses noirs, qu'éclairaient une collerette en linon et les plumes d'autruche de son chapeau. Sa cape espagnole, noire elle aussi, était doublée de rouge. Net et digne, il devait aller sur ses quarante ans. Sa voix, d'une singulière profondeur, avait un léger accent du nord de l'Angleterre.

— Puis-je vous dire un mot seul à seul ? demanda le visiteur d'un ton qui donnait à sa requête la force d'un ordre. C'est nécessaire.

— Mettons-nous à l'écart.

Nicholas le conduisit quelques pas plus loin afin que Nathan Curtis puisse reprendre son ouvrage. Le maillet du charpentier était assourdissant et une âcre puanteur montait du crottin. Plissant le nez de dégoût, le visiteur refusa d'un geste de la main.

— Je ne resterai pas au milieu de cette cour tel un palefrenier désœuvré se plaignant du prix du foin. Je désire un entretien privé.

Nicholas tint bon.

— Quelle affaire avez-vous avec moi ?

— Une histoire des plus fatales.

— Qui êtes-vous, messire ?

— Raphael Parsons.

Nicholas se sentit aussi surpris qu'intrigué. Ce nom expliquait les airs d'histrion du nouveau venu. Parsons évoluait avec grâce et parlait comme s'il déclamait. Sous la barbe et la moustache noires bien taillées, ses traits exprimaient une arrogance étudiée. Il avait coutume d'être obéi.

— Venez avec moi, suggéra Nicholas.

— Cette discussion doit se dérouler en privé.

— Nous disposons d'une pièce à proximité.

Le régisseur le conduisit dans le local qui servait de garde-robe aux Hommes de Westfield. Raphael Parsons parcourut d'un œil expert les costumes sur leur tringle, palpa les étoffes et émit un murmure approbateur. Nicholas ferma la porte derrière lui.

— Comment saviez-vous où me trouver ? interrogea-t-il.

— James Ingram m'a conseillé de venir ici.

— Ainsi, vous avez parlé avec James ?

— Brièvement. Geoffrey, notre portier, m'a mis en rapport avec lui. Je souhaitais voir si votre témoignage confirme, dans le moindre détail, les allégations d'Ingram.

— Mon témoignage ?

— Sur ce que vous avez découvert au théâtre de Blackfriars. Mon cher ami et associé, Cyril Fulbeck, pendu par le cou. De plus, poursuivit Parsons, qui se détendit assez pour esquisser un fin sourire, j'espérais depuis longtemps une occasion de rencontrer Nicholas Bracewell. Votre renom vous précède à grands pas, messire.

— Mon renom ?

— Vous jouissez d'une certaine réputation.

— Je ne suis qu'un simple régisseur, messire Parsons.

— Cette modestie est tout à votre honneur, mais trahit votre vraie valeur. Vous vous adressez à un homme de théâtre. Je sais qu'un régisseur assure la cohésion d'une troupe, et nul n'y parvient mieux que vous. Je me suis assis dans vos galeries une douzaine de fois, m'émerveillant de votre talent. Quoique, ajouta-t-il, le visage soudain plus dur, je ne me sois pas trouvé à *La Tête de la Reine* quand la dernière vomissure d'Applegarth a rejailli sur votre scène. C'est sans doute aussi bien.

— *Les Infortunes du mariage* sont une œuvre superbe.

— Elle nous a durement fustigés, paraît-il.

— On s'y moque avec mesure des enfants comédiens.

— Jonas Applegarth ne saurait faire preuve de mesure même s'il essayait, répliqua Parsons, véhément. Il taille notre travail en pièces et conteste notre droit d'exister. Les enfants sont des agneaux innocents sous son couteau acéré. Je ne le pardonnerai pas. Applegarth paiera cher ses attaques.

— De quelle manière ?

— Vous verrez. Vous verrez.

— Formulez-vous des menaces contre notre auteur ?

— Qu'il surveille ses arrières, je n'en dis pas plus.

— Prenez garde, avertit Nicholas en le regardant durement dans les yeux. Touchez à un seul membre de cette compagnie et vous aurez affaire à moi.

— La preuve par l'exemple ! approuva Parsons, un sourire désarmant aux lèvres. Vous n'êtes pas un simple régisseur, mais le véritable gardien des Hommes de Westfield. L'essence même de la troupe, d'après certains.

— Je me range du côté de mes amis.

— Eh bien, moi aussi ! C'est justement pourquoi je suis ici ce matin. Baste de ce tas d'immondices de Jonas Applegarth ! Parlons d'un gentilhomme plus doux, dont la mort appelle un juste châtiment. Cyril Fulbeck.

— Interrogez-moi comme bon vous semble, messire Parsons.

— Décrivez la scène avec vos propres termes. Quand James Ingram et vous êtes entrés dans le théâtre, qu'avez-vous vu exactement ?

— Je vais vous l'expliquer.

Nicholas reconstitua les événements avec soin, autant pour lui-même qu'au profit de son visiteur. Il tint à mentionner le moindre détail, dans l'espoir d'y trouver l'indice qui, jusqu'alors, lui échappait. Raphael Parsons était un auditeur patient. Quand il eut écouté toute l'histoire, il caressa sa barbe, songeur. Un long silence s'installa.

— Eh bien ? dit Nicholas.

— Votre version concorde avec celle d'Ingram.

— Comme il se doit.

— À une différence près, cependant, remarqua Parsons. Votre témoignage est plus long, plus rigoureux. Vous êtes un témoin plus fiable, mais il fallait s'y attendre.

— Pourquoi ?

— Parce que vous n'aviez jamais rencontré Cyril Fulbeck jusqu'à ce moment fatal. Vous n'avez vu qu'un vieillard au bout d'une corde. James Ingram, il faut s'en souvenir, contemplait un maître qu'il vénérait, et fut donc trop bouleversé pour observer tous les détails que vous venez de citer.

— On le conçoit.

— En outre, poursuivit sèchement Parsons, vous êtes plus âgé et plus avisé qu'Ingram — donc, mieux au fait des horreurs dont l'homme est capable envers ses semblables. Vous avez déjà été témoin de morts violentes.

— Bien trop souvent, par malheur !

— Cela a aiguisé votre jugement.

Parsons caressa à nouveau sa barbe pendant qu'il continuait à réfléchir. Il reprit d'un ton affable :

— Vous m'avez répondu de bon gré et avec franchise. Je vous en suis reconnaissant au plus haut point. Permettez-moi de votre rendre la pareille ; je suppose que vous avez des questions à me poser.

Étonné par cette offre, Nicholas en profita néanmoins promptement. Sa première question fut sans détour :

— Où étiez-vous à l'heure du crime ?

— Chez des amis, dans Ireland Yard.

— Près du théâtre, par conséquent ?

— À un jet de pierre.

— Quand avez-vous vu votre associé pour la dernière fois ?

— Environ une heure avant sa mort, répondit Parsons avec un hochement de tête affligé. Si seulement j'avais su que Cyril courait un tel danger, je ne l'aurais pas quitté. Je m'en veux de l'avoir laissé seul, sans défense. Et la manière dont nous nous sommes séparés ne fait qu'accroître mes remords, avoua-t-il avant de se mordre la lèvre.

— Que voulez-vous dire ?

— Un différend nous opposait. De dures paroles furent échangées.

À quel sujet ?

— Lequel, sinon le théâtre de Blackfriars ? Cyril admirait les œuvres que je présentais sur scène, mais critiquait mes méthodes. Il me trouvait trop strict avec les enfants dont j'ai la charge.

— Comment avez-vous répondu ?

— Vertement, je le crains.

— Était-il contrarié par cette altercation ?

— Je ne suis pas resté pour m'enquérir de ses sentiments. Je suis sorti sans un regard en arrière.

Il claqua la langue d'un air de regret.

— Comprenez-vous quel poids pèse désormais sur ma conscience ? Nous nous étions déjà quittés en colère, mais nous redevenions vite bons amis. Pas cette fois-ci. Une longueur de corde a étouffé tout espoir de réconciliation. Cyril est mort sans que notre querelle soit oubliée. J'en suis atteint au plus profond.

Nicholas était impressionné par sa bonne volonté à s'expliquer et par son apparente candeur. Parsons semblait sincèrement peiné par la disparition de son ami et associé. Il avait laissé voir un aspect nouveau, plus compatissant, de sa nature. D'aucuns parlaient de lui comme d'un tyran, partisan de la manière forte, et Nicholas avait perçu de temps à autre une certaine combativité, mais il avait aussi discerné de la sensibilité. Quand Raphael Parsons lui tendit la main, il la serra sans réserve.

— Je dois prendre congé, dit le visiteur.
— Laissez-moi vous montrer un raccourci.
Nicholas le guida par une seconde porte, puis ils empruntèrent un long couloir afin que Parsons puisse sortir dans Gracechurch Street sans avoir à repasser par la cour. Le régisseur le retint sur le seuil.
— J'aimerais vous entretenir d'une autre affaire.
— Soyez bref. Je dois, moi aussi, assister à une répétition.
— Vous avez, parmi vos acteurs, un jeune garçon nommé Philip Robinson.
— Un enfant doué à tous égards.
— On l'a engagé contre son gré à la Chapelle.
— De qui tenez-vous cela ?
— Du père. Il va entamer une procédure pour obtenir le retour de son fils.
— En ce cas, il se donne du mal en vain.
— Pourquoi ?
— Parce que Philip est heureux avec nous, dit Parsons de but en blanc. Oui, tout à fait heureux. Adieu, messire.
Avec un brusque hochement de tête, il sortit dignement dans la rue.

6

Pendant le reste de la matinée, Nicholas fut tellement accaparé par son travail qu'il n'eut pas le loisir de réfléchir à la visite inopinée de Raphael Parsons, ni de s'interroger sur les véritables sentiments de Philip Robinson envers les Enfants de la Chapelle. La représentation de l'après-midi était sa préoccupation première, et *Les Demoiselles d'honneur* réclamaient maints préparatifs. Il lui fallut d'abord empêcher le chef machiniste de malmener le plus petit et le plus humble de ses assistants.

— Non, non, non, George ! Vous n'êtes qu'un nigaud.

— Puisque vous le dites.

— Je le dis parce que je le sais ! s'écria Thomas Skillen avec fureur. Vous vous êtes trompé de décor, d'accessoires et de pièce.

Incrédule, George Dart se gratta la tête.

— Je me suis trompé ? Je croyais qu'il fallait, pour *Les Demoiselles d'honneur,* un banc, un arbre, un rocher, une tombe, un puits et trois seaux.

— Vous confondez avec *Les Deux Jouvencelles de Milchester.*

— Je confonds ? répéta le jeune homme, rouge d'embarras. Mais oui, bien sûr ! Nous n'avons besoin ni de banc ni de seaux. Notre pièce exige un grand lit à baldaquin en bois, un tabouret, les ailes de Mercure et un arc-en-ciel. Dites-moi que j'ai raison.

— Vous vous trompez encore plus, répliqua l'autre en lui allongeant un soufflet. Lourdaud ! Triple buse ! Imbécile ! Les ailes de Mercure et l'arc-en-ciel sont destinés au *Mariage forcé*. Ne vous ai-je rien appris ?

Quatre décennies dans le monde du théâtre avaient doté Thomas Skillen d'un grand sens pratique. Les acteurs pouvaient convoiter un rôle sublime et les auteurs se griser de la musique de leurs propres vers ; le machiniste, quant à lui, résumait personnages et dialogues par quelques éléments clefs.

— Table, trône et billot.

— Oui, oui, bredouilla Dart.

— Nous donnons *Les Demoiselles d'honneur*.

— Table, trône et billot. Je les apporte sans tarder.

Il se mit à courir puis s'arrêta net, le visage contracté par la perplexité.

— *Les Demoiselles d'honneur*... Il n'y a pas de billot dans cette pièce. Pourquoi le requérez-vous ?

— Afin d'aplatir votre tête sans cervelle !

Le vieux machiniste se précipita sur son pauvre assistant, mais Nicholas s'interposa avec bonne humeur. Reconnaissant, Dart se cacha derrière son robuste défenseur.

— Ce garnement mérite une belle raclée ! vociféra Skillen.

— Laissez-le, dit le régisseur d'un ton apaisant. George a confondu ses demoiselles d'honneur avec ses jouvencelles de Milchester — une erreur bien naturelle. Ce n'est pas un crime.

— Pour moi, si !

— Au point de mériter une exécution ?

— Oui, Nick. La perfection est tout.

— Alors nous sommes tous destinés à la hache du bourreau, Thomas, car qui peut se targuer d'être parfait ? George est plein de bonne volonté et cherche à bien faire. Fondez-vous sur ces vertus pour lui apprendre à dominer ses défauts.

Sa colère passée, Skillen gloussa de joie.

— Je lui ai donné une peur bleue ! Il ne confondra plus jamais *Les Demoiselles d'honneur* avec une autre pièce. Pas vrai, George ? demanda-t-il avec un sourire édenté.

— Jamais. Une table et un trône. Je cours les chercher.

— Inutile, dit Nicholas en lui montrant la scène improvisée. La table est prête, car Nathan Curtis est venu à la première heure pour la réparer. Il est en train de clouer des blocs de bois sous le trône pour le rendre plus majestueux.

— Que dois-je faire, alors, messire Bracewell ?

— Allez chercher le reste des accessoires.

Ces mots agirent sur Skillen tel un signal :

— Acte premier. Scène 1 : une table et quatre chaises. Scène 2 : une haie de buis. Scène 3 : des rideaux et un lit derrière. Scène 4 : le susdit trône. Scène 5…

Cette rapide litanie couvrit les dix-sept scènes dans leur intégralité et donna le vertige à Dart. Il s'élança pour réunir ce dont il parvenait à se souvenir et pour s'éloigner du vieillard colérique. Nicholas le suivit du regard avec affection.

— Vous êtes trop dur avec ce gamin, Thomas.

— Les maîtres sévères obtiennent les meilleurs résultats.

— George a trop à apprendre en trop peu de temps.

— Sa stupidité et sa paresse en sont la cause.

— Non, nous le surchargeons, c'est tout. Cette saison, les Hommes de Westfield monteront trente-six œuvres différentes, dont dix-sept entièrement nouvelles, comme celle de Jonas Applegarth. Demander à George de mémoriser l'intrigue et les accessoires de trente-six pièces, c'est exiger l'impossible.

— Moi, je sais pourtant ce que chacune requiert, remarqua fièrement Skillen.

— Vous êtes passé maître dans votre art, Thomas. Lui est encore novice.

Le vieil homme se laissa attendrir. Il aimait sentir que l'expérience de l'âge le rendait précieux à la compagnie. Après avoir discuté plus longuement du spectacle avec lui, Nicholas s'en fut exécuter les multiples tâches qui l'attendaient avant que la répétition pût commencer. Il n'accorda qu'un salut de la main à chaque nouveau membre de la troupe arrivant dans la cour.

Edmund Hoode vint le premier, soutenu par la pensée que son admiratrice lui enverrait peut-être une autre preuve d'amour ou se révélerait à lui. Barnaby Gill partageait son exaltation, quoique pour une raison purement professionnelle. *Les Demoiselles d'honneur* comptaient parmi ses œuvres favorites, car la pièce lui offrait un excellent rôle de bouffon, avec pas moins de quatre chansons et trois gigues. Owen Elias et James Ingram arrivèrent ensemble, plongés dans une conversation animée. Trois des jeunes apprentis entrèrent de front dans la cour, pouffant de quelque plaisanterie obscène. Le quatrième, Richard Honeydew, apparut en compagnie de Peter Digby, le chef des musiciens.

Comme c'était à prévoir, Lawrence Firethorn s'arrangea pour produire le maximum d'effet. Il surgit à cheval, dans un grand fracas de sabots, alors que tout le monde était assemblé dans la cour, et souleva son chapeau en guise de salut. À son sourire épanoui, ses camarades supposèrent que, ce matin-là, il avait goûté des délices conjugales passionnées. Le fait fut confirmé par les ricanements des apprentis, qui vivaient sous son toit et avaient entendu chaque soupir d'extase, chaque grincement du lit. Le plaisir silencieux était contre nature, chez les Firethorn.

— Nick, cher cœur ! s'exclama le comédien en mettant pied à terre près du régisseur. Tout est-il prêt, ici ?

— Oui, maintenant que vous voici.

— Alors ne perdons plus un instant de ce jour merveilleux.

Il jeta les rênes à un palefrenier qui attendait, puis s'éloigna à grands pas vers la loge. Nicholas appela le reste de la troupe et s'assura que rien ne manquait pour la première scène.

Les Demoiselles d'honneur étaient une œuvre qu'ils présentaient régulièrement, plus parce qu'elle plaisait à coup sûr que pour ses mérites intrinsèques. Cette comédie alerte, fondée sur un thème politique, avait pour cadre la cour de France à une époque indéterminée du passé. Le roi se sentait profondément troublé par des rumeurs selon lesquelles son existence était menacée. La reine refusait de prendre son inquiétude au sérieux jusqu'à ce qu'une tentative d'assassinat contre lui fût déjouée, grâce à la courageuse intervention du prince de Navarre, un hôte de la cour.

Convaincu qu'à l'intérieur du palais un traître aidait ses ennemis, le roi commençait à soupçonner les trois demoiselles d'honneur de la reine. Celle-ci était outrée qu'il accuse ses amies les plus chères, mais le monarque se fiait à son intuition. Travesti en noble italien, il les mettait tour à tour à l'épreuve pour voir si la promesse d'argent pouvait les corrompre. Deux d'entre elles acceptaient sans vergogne, prouvant qu'elles n'avaient ni honneur ni vertu ; mais la troisième, Marie, dont les traits ingrats servaient de repoussoir à ses belles compagnes, rejetait ses flatteries avec véhémence.

Ôtant son déguisement, le roi retournait trouver son épouse. Fort de ce qu'il avait découvert, il s'attendait à ce qu'elle le crût sur parole, mais elle entrait dans une colère folle et l'accusait de vouloir séduire ses demoiselles d'honneur. Elle courait alors s'enfermer dans sa chambre. Le bouffon de la cour, agissant tout du long tel un chœur ironique, prenait un plaisir particulier à cette discorde entre époux. Dans son désespoir, le roi se confiait au beau prince de Navarre.

On voyait alors les deux demoiselles d'honneur conspirer avec le duc de Brabant en exil, afin de renverser le roi. Une seconde tentative d'assassinat était contrecarrée par Marie, qui donnait l'alarme. Les conspirateurs étaient faits prisonniers par le prince. La reine, contrite, pansait la blessure de son époux et promettait de ne plus jamais le juger si cruellement. En récompense de sa loyauté, Marie, resplendissante de joie, épousait le prince. La pièce s'achevait dans une atmosphère de liesse, l'honneur ayant été satisfait à tous points de vue.

La répétition fut hésitante, mais exempte d'incident majeur. Un nombreux public emplit la cour de l'auberge en vue de la représentation. Jonas Applegarth, dans la galerie du haut, avait déboursé le prix d'une place mais en occupait au moins trois. Hugh Naismith s'était installé de façon à surveiller son ennemi juré. Lord Westfield et sa suite sortirent d'une pièce privée, derrière la galerie inférieure, afin de prendre leurs sièges habituels ; ils se mirent en bouche pour le spectacle par quelques coupes de xérès et de menus propos non dénués de causticité. Alexander Marwood tournait autour de la cour tel un charognard.

Votre plaisir et votre indulgence, très chers amis,
Sont tout ce que nous cherchons, et à ces fins
Nous vous entraînons dans la brillante cour de France,
Où somptueux costumes, musiques, chansons et danses,
Affaires d'État et affaires de cœur,
Joyeuses plaisanteries dont Barnaby joue avec
[bonheur,
En grande pompe et cérémonie
Rehaussent la scène pour notre très honorable pièce
Qui a pour héroïnes trois demoiselles d'honneur.

Vêtu d'un manteau noir, Owen Elias prononça le prologue avant de s'incliner sous les applaudissements, puis il s'esquiva tandis que des cuivres signalaient l'arrivée de la cour de France. Lawrence Firethorn et Richard Honeydew — le roi et la reine — firent une magnifique entrée en tenue d'apparat, et prirent place à la tête du banquet. La solennité générale fut bien vite brisée par le bouffon, qui exécuta une série de cabrioles pour s'emparer d'une coupe de fruits, dont il se ceignit le front telle une couronne. Barnaby Gill donnait libre cours à son art sous les yeux captivés des spectateurs.

Firethorn menait la troupe avec son brio caractéristique. James Ingram incarnait un fringant prince de Navarre, Owen Elias un duc de Brabant véritablement perfide et Edmund Hoode, en robe écarlate, un superbe connétable de France. En outre, *Les Demoiselles d'honneur* offraient aux quatre apprentis une meilleure occasion de démontrer leur talent qu'en ornant simplement la scène sous une apparence féminine. Richard Honeydew montrait un courroux royal tandis que Martin Yeo et Stephen Judd déployaient la rouerie consommée que l'on attendait des deux peu honorables demoiselles.

Mais c'était John Tallis qui apparaissait réellement au premier plan. L'adolescent était un acteur compétent, auquel des traits disgracieux interdisaient les rôles sentimentaux. Le personnage de Marie était donc une exception notable. Éclipsée par la beauté superficielle de ses compagnes, elle finissait par laisser transparaître son éclat intérieur. Dissimulant avec soin son menton en galoche derrière un éventail, elle s'agenouilla avec gratitude devant son roi tandis que celui-ci unissait symboliquement sa main et celle du prince de Navarre.

Ce fut alors que survint la catastrophe. John Tallis avait donné la plus belle interprétation de sa jeune carrière lorsque la puberté s'abattit sur lui de tout son poids. Quand le roi de France invita Marie à accorder sa main au prince, les mots qu'il employa tentèrent la providence :

Chantez votre tendre réponse de votre douce voix,
Dont la musicale beauté fait notre joie.

Bien que John Tallis mît toute la douceur dont il était capable dans sa réponse, il ne fit jaillir de sa bouche qu'un énorme croassement de crapaud. Il muait, et cela rompit le charme si soigneusement créé au long des deux heures précédentes. Un moment touchant entre amoureux donna lieu à une hilarité grossière. Les spectateurs se tordaient de rire. John tenta de sauver la situation par une série de distiques, mais il ne put émettre que des exhortations rauques qui accrurent encore le fou rire général.

Pour limiter les dégâts, Lawrence Firethorn entama le monologue final, au grand dam de Peter Digby et de son orchestre. Au lieu d'accomplir en musique une sortie empreinte de dignité, la cour de France se retira dans un silence sinistre, et ce fut seulement quand la scène fut presque déserte que les instruments résonnèrent. De nouveaux éclats de rire retentirent. Firethorn ramena la troupe sur les planches pour savourer les applaudissements, mais son large sourire trembla quand l'entrée de John Tallis fut accueillie par des quolibets.

Firethorn quitta la scène, bouillant de rage.

— Où est-il, cet assassin infâme ? gronda-t-il.

— Ne le réprimandez pas, conseilla Nicholas.

— Oh, mais je ne vais pas le réprimander, Nick. Je vais le rouer de coups ! Lui arracher ses couilles turgescentes et les rôtir comme des marrons au feu ! Il a tué mon personnage ! Il a poignardé la pièce dans le dos !

— Ce n'est pas la faute de John si sa voix s'est cassée.

— Alors je lui romprai les bras, les jambes et son maudit cou pour mettre le reste à l'avenant ! Vous, vous avez seulement entendu le désastre, Nick. Moi, j'en ai eu le sinistre signe avant-coureur.

— De quel signe parlez-vous ?

— Sa virilité a dressé sa tête ingrate, déclara Firethorn avec un geste éloquent. Quand le prince de Navarre a volé un premier baiser à Marie, sa robe s'est agitée comme si un mât se soulevait au-dessous. Si John Tallis avait porté un haut-de-chausses, l'étoffe se serait fendue pour exposer ses marchandises au monde entier. Je m'étonne que James Ingram ait gardé son sang-froid ! Quel homme voudrait passer sa nuit de noces dans les bras d'une grenouille affligée d'un vit monstrueux ! Où est cette aberration de la nature ? demanda-t-il en lançant des regards furibonds dans la loge. Où est-il, que je le châtre !

— Calmez-vous, dit Nicholas. La pièce est finie.

— Et c'en est fini de la pièce !

— Elle a été bien reçue par le public.

— Avec des quolibets.

— Il arrive au meilleur cheval de trébucher.

— Non content de trébucher, celui-ci est tombé en nous entraînant tous dans sa chute. Personne ne pourra nous accuser d'avoir refusé à Tallis son heure de gloire, souligna Firethorn, s'efforçant de refréner sa fureur. Marie est au centre de chaque scène où elle apparaît. Nous avons fait tout notre possible pour aider ce lourdaud. Nous avons masqué son menton en galoche sous un éventail, nous avons presque caché sa laideur sous une perruque et nous l'avons paré d'un costume et de bijoux opulents pour détourner l'attention de ses traits hideux. Et comment nous a-t-il remerciés ?

— Hélas, John n'a pu contrôler sa voix. Elle était sur le point de muer ces derniers mois.

— Quelle humiliation ! soupira Firethorn, frémissant à ce souvenir. Il n'aurait pas provoqué un gâchis plus complet s'il lui avait tout à coup poussé une barbe et des poils sur la poitrine. Palsambleu ! hurla-t-il, sa colère éclatant à nouveau. Il a fait des Hommes de Westfield la risée de Londres. Au lieu d'incarner une modeste demoiselle d'honneur, ce gamin en pleine mue nous a joué le lever du drapeau ! Amenez-moi ce vaurien, que je le tue de mes propres mains !

Nicholas parvint à le distraire en le complimentant sur son jeu. Quand Barnaby Gill arriva pour se plaindre que Firethorn avait volontairement gâté une de ses gigues en s'interposant entre le public et lui, le régisseur en profita pour s'éclipser. John Tallis, assis dans un coin de la loge, encore vêtu de son costume de demoiselle d'honneur, versait des larmes amères. Richard Honeydew tentait de le consoler, cependant sa voix flûtée ne faisait que rappeler à Tallis ce qu'il avait perdu.

— Mon heure sur scène est terminée ! gémit-il.

— Ne parlez pas ainsi, dit Nicholas, s'accroupissant près de lui. Une porte se ferme, mais une autre s'ouvre pour vous.

— Oui ! La porte de la maison de messire Firethorn. Sûr qu'il m'en chassera à coups de pied. Ce matin, j'étais un apprenti ; cet après-midi, je suis maudit.

— Vous devenez un homme, John. Cela nous est arrivé à nous aussi.

— Pas au milieu de la cour de France !

Il sanglota de plus belle et il fallut plusieurs minutes à Nicholas pour le calmer. Tallis se défit enfin d'une robe qu'il ne porterait plus jamais et passa ses propres vêtements.

— Que vais-je devenir ? soupira-t-il, désespéré.

— Nous vous trouverons un autre emploi, lui promit Nicholas. D'ici là, évitez messire Firethorn et, je vous en conjure, John, veillez à ce qu'il n'entende plus le son de votre voix.

— Pourquoi ? croassa affreusement le jeune homme.

Même Nicholas eut grand-peine à réprimer un sourire.

Elle était là. Il le sentait. Sans savoir qui elle était ni où elle pouvait être assise, Edmund Hoode percevait sa présence. Son sang s'accéléra dans ses veines. Il scrutait les galeries chaque fois qu'il montait sur scène, cherchant un visage particulier, espérant un sourire, un geste révélateurs. Qu'elle choisît de ne pas se révéler l'excitait plus encore. En préservant son mystère, elle se rendait infiniment attirante. La simple certitude qu'elle existait était, en soi, une source d'inspiration.

Seul d'entre les comédiens, le connétable de France resta imperturbable devant la soudaine métamorphose d'une demoiselle d'honneur en adolescent en pleine mue. La rose pressée contre son cœur, sous son costume, il était indifférent à toute interruption. John Tallis aurait pu se transformer en cerbère à trois têtes et danser une gaillarde sans attirer son attention. Elle était là. Rien d'autre n'importait.

— Que signifie cette hâte, Edmund ?

— Je dois me rendre ailleurs.

— On déserte si vite ses camarades ?

— Je ne leur manquerai pas.

— Oserai-je supposer que vous avez un rendez-vous galant ?

— Osez tout ce que vous voulez, Jonas. Mes lèvres sont scellées.

Jonas Applegarth partit d'un grand éclat de rire et donna à Hoode une claque entre les omoplates. Ce dernier s'apprêtait à quitter la loge après s'être changé. Mû par l'espoir que son admiratrice se signalerait à nouveau, il ne se réjouit guère quand Applegarth lui barra le chemin.

— Vous avez un grand talent de comédien, Edmund.

— Merci.

— C'est la plus belle interprétation que je vous aie vu donner.

— Je l'avais longuement mûrie, Jonas.

— Cela a porté ses fruits. Je n'ai rien pu trouver à redire.

— Voilà certes un compliment.

— Le rôle était quelconque, la pièce plus encore, mais vous avez su pallier ces lacunes. C'est là votre vrai métier.

— Je suis poète. Écrire des pièces est un dur labeur, mais aussi un acte d'amour.

— Cependant, on y sent trop le labeur et pas assez l'amour, Edmund. Abandonnez cette plume qui vous égare. Que des esprits plus vifs, des imaginations plus amples créent de nouvelles pièces ! Votre destin est simplement de les jouer.

L'aimable mépris de ses remarques ne blessa pas Hoode. Il était cuirassé contre les railleries d'un rival, même aussi direct qu'Applegarth. S'excusant avec un sourire aimable, Hoode l'écarta pour passer et se précipita dans le couloir. Il ne savait où il allait, mais l'espoir le portait.

Le hasard guidant ses pas lui fit traverser la salle, parcourir un couloir, monter un escalier, en descendre un second qui le conduisit dans un cellier, jusqu'à ce qu'enfin il se retrouve dans la cour presque déserte. La plupart des spectateurs s'étaient dispersés, hormis quelques retardataires. Hoode s'arrêta, désappointé. Aucun signe de son amoureuse languissante, ni même d'une présence féminine dans la cour ou dans les galeries.

Rose Marwood se matérialisa alors du néant et vint vers lui d'un pas léger. Il se sentit revivre. Une autre rose ? Quelque nouvelle preuve d'amour ? Un plus long message ? Mais elle se borna à lui adresser un sourire timide en passant près de lui. Elle rentra dans le bâtiment et ferma la porte.

Hoode se sentit dépité. Son instinct l'avait-il trahi ? L'admiratrice secrète n'avait-elle pas assisté à la représentation de l'après-midi ? Ou, en observant l'ancien objet de son amour d'un œil plus critique, l'avait-elle jugé indigne de son affection ? L'esprit fertile du poète inventa une douzaine de raisons pour expliquer son absence, chacune plus décourageante que la précédente.

Il rit ironiquement de sa folie abyssale. Il avait arpenté les planches en connétable de France, suprêmement conscient de son regard sur lui. Tant de vanité était à peine croyable. Pourquoi une femme se serait-elle pâmée pour lui, fou qu'il était ? Comparées au charme impérieux de Lawrence Firethorn, à la vitalité sensuelle d'Owen Elias ou à la beauté saisissante de James Ingram, ses qualités étaient négligeables. C'était inepte que de prétendre le contraire. La rose qui avait réchauffé son sein tout l'après-midi le transperçait désormais tel un pieu. Sa main pressa sa poitrine pour contenir la douleur déchirante.

C'est alors qu'elle survint. Pas en personne, c'eût été trop demander. Une cour d'auberge après une représentation n'était pas le lieu idéal pour une première rencontre. Il était trop public, trop terre à terre, jonché par les détritus des spectateurs. On lui envoyait un jeune émissaire, grand, favorisé par la nature, en livrée de laquais. Il s'approcha de Hoode d'un pas vif, s'inclina poliment et lui mit un rouleau de parchemin dans la main avant de s'éloigner aussitôt.

Le parfum grisant de la lettre confirmait l'identité de son expéditrice. Hoode brisa le sceau et déroula le parchemin. Son cœur ressuscité palpitait de joie. Une main élégante n'avait tracé qu'un mot, mais qui lui fit ressentir un élan d'allégresse.

« Demain… »

— Quand avez-vous parlé avec Raphael Parsons ?

— Hier soir.

— Vous êtes allé le trouver ?

— Il est venu à moi, Nick. Le portier lui avait indiqué mon adresse. Il m'attendait là-bas quand j'y suis retourné, après mon départ de l'auberge.

Nicholas et James Ingram partageaient une cruche de bière et comparaient leurs impressions à *La Tête de la Reine*. Tous deux avaient été stupéfaits par l'arrivée inattendue de Parsons, mais chacun avait beaucoup appris de sa visite.

— Je l'ai jugé très différent de ce que j'imaginais, expliqua Ingram. Ma première rencontre avec lui avait été trop brève pour que j'aie pu former une opinion correcte. Cette fois, j'ai conversé seul avec le directeur. Il ne ressemble pas du tout à un ogre comme j'avais été porté à le supposer. Un homme doté d'une forte volonté, certes, et prompt à s'emporter. Mais trop poli et raisonnable pour être un odieux tyran.

— La tyrannie peut s'exercer de maintes façons, objecta Nicholas. Il est parfois plus difficile de résister à un despote éclairé. Messire Parsons s'est conduit avec civilité envers moi, mais j'ai senti qu'il pouvait en aller autrement. Nous n'avons vu qu'une facette de son caractère.

— Un homme prévenant, profondément ébranlé par le meurtre d'un ami.

— C'était ainsi qu'il voulait se présenter, James.

— Une forme de déguisement, en quelque sorte ?

— Je n'en suis pas sûr, mais, quoi qu'il en soit, Raphael Parsons savait comment obtenir notre aide. Il s'est montré pressant mais non autoritaire, insistant mais pas trop exigeant. Il m'a même invité à l'interroger ! Cela s'est révélé très instructif. Cependant…

— Vous ressentez des doutes à son égard ?

— En effet.

— Il a su dissiper les miens.

— Et la plupart des miens, je l'avoue. Il a été très adroit. Ce fut peut-être son aisance à apaiser mes doutes qui m'en a fait conserver un ou deux. Il y a de la ruse là-dessous. Une profonde malice.

— Vous discernez des traits de caractère qui m'ont échappé.

— Je peux me tromper, James. J'espère que c'est le cas.

— Il parlait avec tant de chaleur de Cyril Fulbeck ! se remémora Ingram. Je peux presque tout pardonner à quiconque s'exprime ainsi. Pour ce qu'il vaut, mon jugement lui est favorable. Je ne crois pas que Raphael Parsons soit impliqué dans ce crime.

— Je remets mon verdict à plus tard.

— Il tremblait de chagrin en évoquant le meurtre.

— Un chagrin qui n'interfère pas dans ses affaires, remarqua Nicholas avec froideur. Bien qu'il pleure son associé, il n'a pas suspendu les représentations à Blackfriars en signe de respect. Sa troupe jouera à nouveau demain — de jeunes acteurs qui doivent être taraudés par l'affliction et par la terreur. Messire Parsons tempère sa peine par l'appât du gain.

— Une étrange attitude, en vérité.

— Étrange et intransigeante. Quelle profession exerçait-il avant de diriger le théâtre ?

— C'était un homme de loi.

— Ceci explique en grande part cela.

Ils finirent de boire, puis Nicholas prit congé. Il rejoignit la table où Owen Elias et d'autres membres de la compagnie imitaient à qui mieux mieux l'infortuné John Tallis. Nicholas attendit que les rires s'apaisent. Il s'accroupit près du Gallois, le tira par la manche et lui dit à voix basse :

— Voulez-vous entreprendre une mission particulière pour moi ?

— Volontiers, Nick.

— Menez la chose discrètement.

— Une mission secrète ? Vous piquez ma curiosité. De quoi s'agit-il ?

— Une rumeur voudrait que Jonas se soit battu en duel.

— Bien plus qu'une rumeur. Le fait est avéré.

— Découvrez qui était son adversaire.

— Pourquoi ?

— On a attaqué Jonas la nuit dernière alors que nous marchions vers Thames Street, expliqua Nicholas à mi-voix. L'embuscade pourrait être liée au duel. Nous devons connaître le visage de l'ennemi afin de protéger Jonas contre lui.

— Il n'a fait aucune allusion devant moi à cette embuscade.

— Il nie que ce soit arrivé, de même qu'il refuse d'admettre avoir participé à un duel. Mais j'étais là quand il a failli recevoir une dague dans le dos. Jonas est des nôtres, à présent. Il a besoin de notre aide, bien qu'il la dédaigne.

— J'accepte cette tâche de bon cœur, Nick, dit le Gallois d'un air soucieux. Je vous sais gré de m'avoir choisi.

— Vous semblez très proche de lui.

— C'est que Jonas et moi sommes de la même trempe. De gais lurons, avec du sang bien rouge dans les veines. Des amoureux de la vie, des troubadours de taverne. L'un et l'autre, nous sommes nés pour nous divertir. J'ai besoin qu'il vive pour payer son écot ! ajouta Elias avec un grand sourire. De plus, il m'a demandé de lui apprendre quelques chansons celtiques. Je ne vais pas laisser un assassin me priver d'un duo.

— Alors, il faut le retrouver avant qu'il ne frappe à nouveau.

— Je m'en occupe. Jonas était ici il y a un instant. Où est-il passé ? demanda-t-il en parcourant la salle des yeux.

— Il est rentré chez lui.

— Alors que le danger le guette dans les rues ? Il est trop insouciant. Chaque fois qu'il sort, il risque sa vie. Jonas a besoin de protection.

— J'ai tout arrangé, assura Nicholas. N'ayez crainte, il avait un compagnon durant son trajet. À cette heure, il est en sécurité.

Si la représentation avait diverti Jonas Applegarth pendant deux heures cet après-midi-là, elle avait également nourri son arrogance. Il jugeait la pièce infiniment inférieure à tout ce qu'il avait écrit et le proclama haut et fort dans la salle de *La Tête de la Reine*. Le spectacle des *Demoiselles d'honneur* lui donna envie de s'atteler à une autre comédie. C'est pourquoi, après seulement une cruche d'ale, il quitta l'auberge pour regagner sa demeure.

Quand Nathan Curtis lui emboîta le pas, il ne lui vint pas à l'esprit que le charpentier était chargé de lui servir de garde du corps. Il se réjouit plutôt d'avoir un compagnon jovial sur le chemin du retour, sans se demander un seul instant pourquoi un homme qui résidait à Bankside allait dans la direction opposée. La présence solide de Curtis tint à distance tout agresseur potentiel. Une fois qu'il vit l'auteur rentrer chez lui, il rebroussa chemin jusqu'au fleuve. Il s'était acquitté de la tâche que Nicholas lui avait confiée.

Jonas Applegarth gravit non sans peine l'escalier jusqu'à une petite chambre en façade. Il s'assit devant une table placée sous la fenêtre et couverte de parchemins. Après avoir taillé sa plume, il la plongea dans l'encrier et écrivit d'une main rapide. Cet élan d'inspiration le tint courbé au-dessus de la table pendant une heure. Les ombres du soir l'obligèrent à allumer une chandelle puis, à la lumière de la flamme, il lut ce qu'il avait écrit. Satisfait d'avoir bien avancé, il reprit sa plume.

Hugh Naismith l'observait, tapi au coin d'une ruelle fétide en face de la maison. Pendant que l'acteur restait debout dans la puanteur des immondices, le dramaturge, assis confortablement devant sa fenêtre, polissait une nouvelle gemme pour les spectateurs londoniens. Naismith cracha de dégoût en songeant à l'injustice de leurs situations. Il était réduit à une existence obscure par un homme auréolé de l'éclat du succès.

La vue de Jonas Applegarth attisait sa rage. Tout en respirant l'air vicié, il méditait diverses manières de tuer son ennemi et s'attardait longuement sur celles qui infligeaient le plus de douleur et d'humiliation.

Nicholas s'approcha de la maison par l'autre bout de la rue afin de ne pas passer devant chez Ambrose Robinson. Depuis qu'Anne était rentrée dans sa vie, il n'avait encore pu avoir de vraie conversation seul avec elle, ce qui l'agaçait passablement.

Quand la servante lui ouvrit, Nicholas entendit des voix à l'intérieur et craignit que le boucher ne fût déjà là, mais le visiteur était en fait un excellent ami.

— C'est merveilleux de vous revoir, messire Bracewell !

— Merci, Preben.

— Vous nous manquiez, à Bankside.

— J'habite au nord de la Tamise, à présent.

— C'est grand dommage pour nous.

Preben Van Loew était le chapelier en chef de la boutique léguée à Anne par son défunt mari, et qu'elle dirigeait dans la maison adjacente. Évoquant un spectre coiffé d'une calotte noire, le vieux Hollandais embrassa cordialement Nicholas avant de s'en aller. Pour sa part, Anne attendit qu'ils fussent seuls pour l'accueillir comme elle le souhaitait.

— Quelle charmante surprise, Nick !

— Suis-je passé à une heure inopportune ?

La réponse vint sous la forme d'un doux baiser sur la joue. Il avait envie de la serrer dans ses bras, mais elle alla prendre un siège et lui fit signe de s'asseoir en face d'elle. En silence, ils savourèrent le plaisir d'être à nouveau ensemble. Nicholas se laissa submerger par un flot de tendres souvenirs. Lorsque ce fut passé, il lui resta une profonde impression de gâchis. Pourquoi s'était-il éloigné d'une maison où il avait trouvé tant de bonheur ?

— Qu'interprétait la troupe cet après-midi ? demanda Anne.

— *Les Demoiselles d'honneur*.

— J'ai vu la pièce plus d'une fois.

— Pas tout à fait dans sa version d'aujourd'hui, dit-il avec un demi-sourire. John Tallis a joué de malheur au pire moment possible. Sa voix a mué alors qu'il allait épouser le prince de Navarre.

— Pauvre garçon !

— C'est un homme, à présent.

Nicholas relata l'incident par le menu et tous deux se mirent à rire. C'était exactement comme naguère, quand le régisseur regagnait son logis et la divertissait par le récit de ce qui s'était passé à *La Tête de la Reine*. Chaque jour apportait son lot de nouvelles aventures. Une compagnie théâtrale connaissait des hauts et des bas. Anne était bon public, attentive et enthousiaste. Elle se réjouissait des triomphes grisants des Hommes de Westfield, tout en compatissant à leurs nombreux déboires. La voir les yeux brillants, curieuse de son travail, était une des choses qui manquaient le plus à Nicholas.

— Et de votre côté ? s'enquit-il d'une voix douce.

— Les affaires vont bien.

— Bon.

— Nous allons embaucher un nouvel apprenti.

— Preben lui enseignera son métier.

— J'ai moi-même beaucoup appris de lui.

Nicholas hocha la tête.

— Et à la maison ?

— Quoi donc ?

— Avez-vous un locataire ?

— Cela ne regarde que moi, dit-elle d'un ton un peu réprobateur. Il se trouve que, pour le moment, je n'ai personne, toutefois cette situation pourrait changer.

Elle le considéra avec une affection teintée de prudence.

— Pourquoi êtes-vous venu ?

— Pour vous voir.

— Dans quelle intention ?

— Par plaisir. Ai-je besoin d'une autre raison ?

— Non, répondit-elle. Pas quand ce plaisir est mutuel.

Elle le regarda dans les yeux et Nicholas pensa à une dizaine de compliments qu'il aurait aimé lui dire. Il dut s'en abstenir car un obstacle les séparait, elle et lui. Tant qu'Ambrose Robinson s'interposerait entre eux, il se sentait incapable d'exprimer ses sentiments.

— Un visiteur bien particulier est venu me voir ce matin, lui dit-il.

— Qui cela peut-il être ?

— Raphael Parsons.

— Un visiteur singulier, en vérité ! Que voulait-il ?

— Vérifier les faits entourant la mort de Cyril Fulbeck. Messire Parsons avait déjà questionné James Ingram à ce propos. Ce matin, ce fut mon tour.

— Est-il le monstre pour lequel il passe ?

— Non, Anne, loin de là.

— On l'aurait donc calomnié ?

— Pas entièrement, répondit Nicholas. Il est juriste de formation. Il sait ce qu'il faut cacher ou bien montrer. Comme la plupart des avocats, il a un peu de l'acteur en lui. Je l'ai trouvé assez agréable et remarquablement franc. Les Enfants de la Chapelle le voient sans doute sous un jour qu'il m'a dissimulé.

— Ils le détestent.

— Il paraît.

— Vous avez vu les lettres de Philip Robinson.

— Oui, Anne.

— Il parle d'un maître cruel, qui leur impose un dur travail et les bat à la moindre velléité de désobéissance. Philip est pratiquement prisonnier, là-bas.

— Messire Parsons affirme le contraire.

— Ah oui ?

— Il soutient que ce garçon est très heureux à Blackfriars.

— Comment, heureux ? Alors que ce n'est pour Philip qu'un long calvaire ?

— Cela, c'est ce que prétend son père.

— Vous avez lu le témoignage de Philip.

— Oui, acquiesça Nicholas. C'est pourquoi l'assurance de messire Parsons me surprend. Pourquoi contredirait-il entièrement la version du petit ?

— Cet homme ment.

— Je n'en ai pas eu l'impression.

— Quelle autre explication y aurait-il ?

Nicholas laissa cette question en suspens.

— Dans quelle mesure connaissez-vous Philip Robinson ? demanda-t-il enfin.

— Relativement bien. Il ne vivait qu'à quelques pas d'ici.

— Le voyiez-vous beaucoup ?

— Non. C'était un enfant tranquille. Toujours poli mais assez timide. Et très solitaire depuis la triste disparition de sa mère. On ne voyait jamais Philip. Sauf le dimanche, tout du moins.

— Le dimanche ?

— Quand il chantait dans le chœur. Alors, il revivait. Je n'ai jamais vu un enfant éprouver un tel ravissement à chanter la louange du Seigneur. Son petit visage s'illuminait de joie.

— Ne ressent-il pas cette même joie à la Chapelle royale ?

— Je crains que non.

— Quel choriste n'apprécierait pas l'occasion de chanter devant Sa Majesté ?

— Son plaisir est gâté par les souffrances qu'il endure au théâtre de Blackfriars, où il est forcé d'être acteur.

— Par Raphael Parsons.

— Exactement. Le père de Philip vous a tout raconté.

— Est-ce bien sûr ?

— Mais oui, répliqua-t-elle, sur la défensive. Doutez-vous d'Ambrose ?

— Pas si vous pouvez vous en porter garante.

— J'y suis prête, Nick.

— Je vois, répondit-il sans pouvoir se défendre d'un pincement de jalousie. Vous et lui semblez bien vous entendre.

— C'est un voisin et un ami.

— Son influence sur vous se borne-t-elle à cela ?

— Que voulez-vous dire ?

— Nathan Curtis vous a vus ensemble à l'église.

— C'est donc cela ! dit-elle, se raidissant. Vous avez chargé votre charpentier de nous espionner.

— Pas du tout, Anne. Il m'en a informé spontanément.

— En réponse à vos questions.

— Je me demandais simplement s'il connaissait Ambrose Robinson.

— C'est indigne de vous, Nick.

— Puisque je me suis engagé à l'aider, j'ai bien le droit d'en apprendre autant que possible à son sujet. L'opinion de Nathan sur votre ami m'est utile, en ce qu'elle confirme ma propre impression.

— Vous n'appréciez pas Ambrose, je le sais.

— Ce qui m'ennuie, c'est que vous, vous l'appréciiez, Anne. Au point de vous rendre à l'église en sa compagnie, le dimanche, et de prier à côté de lui.

— Ce choix m'appartient.

— En êtes-vous sûre ?

— Oui ! rétorqua-t-elle, furieuse, en se levant. Si vous êtes venu me monter contre Ambrose, vous perdez votre temps. Je mène ma vie comme je l'entends, Nick, et vous n'en faites plus partie. Je vous sais gré de votre aide, mais elle ne vous donne pas le droit de vous mêler de mes affaires.

— Je suis poussé par l'affection.

— Exprimez-la de manière plus séante.

— Anne…

Il se leva à son tour et tendit la main vers la jeune femme, mais elle s'écarta. Il y eut un silence gêné. Avant qu'il ait pu exprimer ses regrets, un coup sonore retentit à la porte. La servante alla répondre et Ambrose Robinson entra, cramoisi d'indignation.

— Des nouvelles de Blackfriars ? Pourquoi ne m'a-t-on pas appelé ?

— Je suis venu causer avec Anne, expliqua Nicholas.

— Philip est mon fils. J'ai la préséance pour toute information.

— Comment avez-vous appris que j'étais ici ?

— Par Preben Van Loew, que j'ai rencontré dans la rue, répondit le boucher. Que s'est-il passé ? J'exige de le savoir.

— Ne pouvez-vous d'abord saluer mon hôte avec politesse ? le tança Anne. Vous surgissez ici avec une hâte inconvenante, Ambrose. Où vous croyez-vous ?

— Pardon, pardon, gémit-il, aussitôt repentant. Excusez ce manque de courtoisie, Anne. Mon anxiété pour Philip me fait perdre la tête.

Il prit une profonde inspiration et se tourna vers Nicholas.

— Je vous en prie, dissipez mon inquiétude. Qu'est-il arrivé ?

— Je me suis entretenu avec Raphael Parsons.

— Avez-vous insisté pour qu'il libère mon fils ?

— J'ai abordé la question avec lui.

— Quelle a été sa réponse, à ce serpent ?

— Il assure que votre fils est heureux de jouer sur scène à Blackfriars. Il possède un réel talent d'acteur, qu'il tient à développer.

— Mensonges ! Tromperie ! Perfidie !

— C'est tout ce que messire Parsons a bien voulu dire sur ce sujet.

— Quelle duplicité !

— Baissez le ton ! ordonna Anne.

— Pourquoi ne lui avez-vous pas arraché la vérité à coups de poing ?

— Il venait discuter du meurtre de Cyril Fulbeck, déclara Nicholas d'un ton ferme. Sa mort lui pèse terriblement. Comparé à la disparition du maître de chapelle, le sort d'un choriste n'était pas d'une importance majeure.

— Il l'est pour moi, monsieur !

— Je tâcherai de poursuivre l'affaire avec lui.

— Parsons est un misérable, décréta Robinson. J'aurais dû accomplir ce que me dictait mon amour de père dès le début. Assister à une représentation à Blackfriars et arracher Philip à la scène.

— Ce serait une folie, le raisonna Anne.

— Je veux que mon fils revienne à la maison.

— Il vous faut rechercher ce résultat par des voies pacifiques. Reprenez-le de force, et la justice s'abattra sur vous avec une telle sévérité que vous perdrez et Philip, et votre liberté.

— Anne vous conseille avec sagesse, approuva Nicholas. En quoi cela servira-t-il à votre fils que vous finissiez vos jours en prison ? Je m'entretiendrai à nouveau avec messire Parsons et j'userai de toute la persuasion possible. D'ici là, vous devrez apprendre la patience.

La fureur de Robinson sembla s'épuiser. Blême, les épaules affaissées, il restait debout, hébété et silencieux. Il paraissait si meurtri, si vulnérable qu'Anne posa la main sur son bras, comme une mère console l'enfant qui s'est fait mal. Le geste contraria Nicholas, toutefois il exerça un effet bien différent sur le boucher.

Cela exacerba sa soif de vengeance, qui brilla au fond de ses yeux. Prenant Anne par la main, Robinson la fit sortir avec douceur et ferma la porte afin de parler d'homme à homme à Nicholas. Il n'y eut pas de vociférations, cette fois, pas de grands gestes du bras, seulement une intensité froide et sinistre.

— Fort bien, déclara le boucher. Essayez une fois encore, Nick. Œuvrez dans le cadre de la loi. Usez d'arguments et de suppliques pour me rendre mon fils. Mais si vous échouez, ajouta-t-il, la mâchoire crispée, s'ils gardent Philip captif et s'obstinent à répandre des mensonges sur son prétendu désir de rester là-bas, j'irai trouver Raphael Parsons et je lui jouerai un rôle de ma composition.

— Quel rôle ?

— Celui du bourreau.

— N'approchez pas de Blackfriars.

— Anne le recommande aussi et, pour elle, j'ai retenu ma main. Mais pas beaucoup plus longtemps. Si Philip ne rentre pas bientôt à la maison, je pendrai Raphael Parsons au plus grand toit de Londres, et je rirai à m'en tenir les côtes.

La menace était à prendre au sérieux.

7

L'Éléphant était une longue auberge basse toute biscornue, réputée pour son ale revigorante et son inlassable hospitalité. Elle se trouvait près du *Rideau*, l'un des deux théâtres de Shoreditch qui faisaient affluer par Bishopsgate les Londoniens en quête de divertissement. Les Hommes de Banbury, la troupe résidente du *Rideau*, venaient y célébrer leurs fréquents succès ou, à l'occasion, noyer leur chagrin après un échec cuisant. Quand Owen Elias arriva à *L'Éléphant* ce soir-là, l'atmosphère euphorique lui apprit que la fête était à l'ordre du jour. Les Hommes de Banbury savouraient le triomphe de leur nouvelle pièce, *La Dot fatale*, qui avait reçu l'après-midi même des acclamations unanimes.

Elias baissa la tête pour passer sous une poutre et scruta la salle à travers l'épaisse fumée du tabac. Les Hommes de Westfield étaient les grands rivaux de la troupe du *Rideau*, et leur aversion réciproque allait bien au-delà d'une simple hostilité. En temps normal, le Gallois ne se serait pas aventuré chez l'autre compagnie, d'autant qu'il en avait naguère fait partie pendant une période aussi brève qu'acrimonieuse. La nécessité le forçait à venir, et il cherchait le moyen le plus rapide d'exécuter sa mission et de quitter le territoire ennemi.

Choisissant son homme avec soin, il s'en approcha.

— Tiens, Ned ! Comment va ?

— Vous, Owen ?

— Aussi beau et généreux que la vie même.

— Qu'est-ce qui vous amène à *L'Éléphant* ?

— Deux jambes solides et une soif de tous les diables. Prendrez-vous une ale avec moi ?

— Je bois avec quiconque paie l'addition, même s'il appartient à la maudite bande de Westfield. Hé, les gars ! lança-t-il en se tournant vers ses amis, à la table voisine. Regardez qui débarque. Owen Elias !

Des cris de réprobation s'élevèrent et Owen dut supporter des insultes cinglantes avant de s'installer auprès de son ancien camarade. On apporta de la bière, et celui-ci engloutit une longue rasade. Ned Meares était un employé, un des nombreux comédiens qui gagnaient tout juste de quoi mener une vie précaire ; aussi tiraient-ils le meilleur parti possible de leurs périodes de travail, tant qu'elles duraient. La trentaine robuste, Meares était un acteur capable qui possédait une gamme d'expressions variée. Depuis la dernière fois qu'Owen l'avait vu, une consommation régulière d'ale avait dilaté sa panse et avivé son teint fleuri.

— On est devenu partenaire, à ce que j'ai entendu, dit Meares non sans envie.

— J'ai eu de la chance, Ned.

— Ayez une pensée pour nous, qui n'avons pour tout destin que le labeur et l'incertitude.

— J'y pense. J'ai peiné sur la même route que vous.

— Hélas ! Pour moi elle n'aura jamais de fin. Allez, Owen, rusé Gallois, poursuivit-il en le poussant du coude. Ne feignez pas d'être ici pour renouer connaissance. Les Hommes de Westfield se terrent à *La Tête de la Reine*. Vous n'avez pas votre place à *L'Éléphant*. Que voulez-vous ?

— Parler d'un dramaturge de votre connaissance.

— Comment se nomme-t-il ? demanda Meares avant de boire à longs traits.

— Jonas Applegarth.

Elias s'écarta juste à temps pour éviter le jet de bière que recrachait son compagnon. Meares toussa jusqu'aux larmes. Il lui fallut quelques claques vigoureuses dans le dos pour se remettre.

— Je vois que vous vous souvenez de Jonas, constata Elias avec un sourire épanoui.

— Si je m'en souviens ! Pourrai-je un jour oublier ce monstre ? Jonas Applegarth reste dans nos mémoires comme la venue de la peste.

— Pourquoi ?

— Il a rendu malade la compagnie entière.

— Il n'a écrit qu'une seule œuvre pour les Hommes de Banbury.

— Une de trop ! grommela Meares. *Frère Francis*. Le nom de cette pièce terrible marque mon âme à jamais.

Il sirota sa bière avant de continuer.

— La plupart des auteurs nous vendent une œuvre, nous recommandent la meilleure façon de la jouer, puis nous laissent en paix. Pas Jonas. Auteur, acteur, régisseur, il cumulait tous les rôles à la fois. Il ne nous lâchait pas du matin au soir. Nous n'étions que des galériens attachés aux avirons, tandis que ses critiques nous cinglaient sans pitié et nous pressaient de ramer plus fort.

— Il emploie en effet un langage assez vif, concéda Elias.

— Sa conversation se bornait à des menaces et des malédictions.

— La troupe n'a pas résisté ?

— Si, Owen, pied à pied. Les Hommes de Banbury auraient joué *Frère Francis*, si ce taureau furieux n'avait tenté de faire de nous les Hommes d'Applegarth. Nous ne pouvions le tolérer.

Meares eut besoin de se revigorer par de nouvelles rasades avant de narrer en détail la bataille farouche livrée contre l'auteur arrogant. Feignant la compassion,

Elias tira une immense satisfaction du chaos provoqué dans la compagnie rivale, mais il se promit d'empêcher Applegarth de causer les mêmes ravages chez les Hommes de Westfield. Sous l'effet de ses souvenirs amers, Meares tremblait comme une feuille. Le visiteur dut lui payer un autre pichet d'ale afin qu'il surmonte son émotion.

— Quelqu'un haïssait-il Jonas au point de vouloir le tuer ?

— Oui, répondit Meares. Nous tous !

— S'était-il fait un ennemi particulier dans la troupe ?

— Une dizaine au moins, Owen.

— Qui avait le plus de raisons de le détester ?

— Le plus de raisons ?

Pensif, l'acteur lissa sa barbe avant de conclure :

— Hugh Naismith, forcément.

Nicholas dormit mal, cette nuit-là. Il rêva des jours heureux chez Anne, à Bankside, et se réveilla par intermittence pour se reprocher de l'avoir contrariée lors de sa dernière visite. Elle et lui avaient de fortes personnalités qui s'étaient maintes fois opposées, mais, dans le passé, ils oubliaient joyeusement leurs querelles dans le lit d'Anne. Cette voie de réconciliation lui était désormais fermée, et il craignait que la jeune femme ne soit hors de sa portée tant qu'Ambrose Robinson resterait dans sa vie.

La jalousie n'était pas son seul motif de vouloir évincer le boucher. Robinson s'emportait trop facilement et était capable de violents débordements. Nicholas redoutait qu'Anne fût un jour victime de ce tempérament coléreux. À sa grande perplexité, elle semblait apprécier l'amitié de cet homme, assez pour aller à l'église en sa compagnie et s'inquiéter de sa séparation forcée d'avec son fils.

La situation désespérée du jeune Philip les avait rapprochés et plaçait Nicholas devant un dilemme. S'il obtenait son départ des Enfants de la Chapelle, ne rapprocherait-il pas encore plus Anne de la famille Robinson, et n'avait-il pas intérêt à ce que le père et le fils restent séparés ? Mais son sens du devoir l'empêchait d'adopter cette ligne de conduite. Ayant promis son aide, il ne pouvait revenir sur sa parole.

Son esprit était encore tourmenté et ses sentiments contradictoires lorsqu'il sortit. La cacophonie matinale de Thames Street l'enveloppa si bien qu'il ne put entendre le pas léger qui s'était accéléré derrière lui.

— Attendez, messire ! héla une voix. Je voudrais vous parler.

Caleb Hay dut tirer sur la manche de Nicholas pour attirer son attention. Le régisseur se tourna et ils firent échange de civilités. Un enthousiasme juvénile éclairait le visage de l'érudit.

— J'espérais bien vous rattraper !

— Pourquoi ?

— J'ai quelque chose pour vous. Venez par ici, messire, loin de ce tumulte.

— Je ne peux m'attarder longtemps, messire Hay.

— Cela prendra à peine quelques minutes et, je crois, vous ne les trouverez pas mal employées.

Ils rebroussèrent chemin dans la rue animée, jusque chez lui. Dès qu'ils furent à l'intérieur, le bruit se réduisit à un léger brouhaha. Dans la pièce principale, Joan Hay travaillait à sa broderie. Sur un coup d'œil de son époux, elle se leva d'un bond et adressa au visiteur un sourire hésitant avant de disparaître dans la cuisine.

Caleb Hay s'approcha d'une cassette sur la table. Prenant un grand anneau de fer à sa ceinture, il y choisit une clef et ouvrit le coffret. Il tendit d'abord une feuille de parchemin à Nicholas, qui découvrit avec intérêt un plan du théâtre de Blackfriars.

— Pardonnez-moi cette œuvre grossière, dit Hay. Comme vous voyez, je ne suis pas un artiste, mais cette esquisse vous donnera une idée de la forme et des proportions de l'édifice. Elle est à vous, afin que vous l'examiniez à loisir.

— Merci. Cela me sera d'un grand secours.

— Chaque issue est clairement signalée.

L'esquisse était simple, mais tracée avec un grand souci de l'échelle. Elle permit à Nicholas de situer l'endroit exact où il s'était trouvé quand avait résonné le rire du bourreau, et de comprendre pourquoi il avait mis si longtemps à atteindre la porte du fond. Les noms des rues adjacentes avaient été ajoutés d'une main nette.

Caleb Hay sortit un second document de la cassette.

— Je tire beaucoup plus de fierté de ceci, confia-t-il avec un petit rire. Vous m'avez questionné au sujet de la pétition contre l'ouverture d'un théâtre à Blackfriars. Ce n'est pas le document original, mais sa copie conforme. Elle doit rester en ma possession, néanmoins je vous encourage à la parcourir, si vous le souhaitez.

— S'il vous plaît, dit Nicholas en prenant le document. Je vous suis très reconnaissant. Tout ce qui a trait à Blackfriars m'intéresse.

Il lut la pétition en portant attention aux détails :

Aux Très Honorables Lords du Très Honorable Conseil privé de Sa Majesté :

Nous, habitants du quartier de Blackfriars à Londres, venons vous solliciter humblement alors qu'un sieur Burbage, ayant récemment acquis dans ledit quartier certains terrains, presque adjacents à la demeure du Très Honorable Chambellan, Lord Hunsdon, les transforme présentement dans l'intention de les convertir sous peu en théâtre public, qui deviendra une très grande cause d'ennuis et de désordres...

Les plaintes à l'encontre des théâtres publics étaient, hélas, familières à Nicholas. Il en émanait chaque semaine des autorités municipales et de puritains outrés, qui cherchaient à refréner l'activité des

Hommes de Westfield. La pétition de Blackfriars était signée par trente et un citoyens éminents du quartier, à commencer par Lord Hunsdon qui, ironiquement, possédait sa propre troupe, les Hommes du Chambellan, mais qui refusait d'avoir un théâtre à sa porte. Nicholas parcourut les autres noms, qui incluaient la duchesse douairière Lady Russell, et un imprimeur respecté, Richard Field.

— Les termes ne sont-ils pas forts et soigneusement tournés ? interrogea Hay.

— Assurément.

— Ils expriment mon point de vue sur le théâtre. C'est vous dire mon soulagement quand la pétition fut acceptée par le Conseil privé.

— Avec de tels soutiens, la requête pouvait difficilement être refusée, remarqua Nicholas. Mais ce ne fut qu'une mesure temporaire. Vous avez, sans doute, évité l'installation d'un théâtre public à Blackfriars, mais un autre, privé, a ouvert.

— Maudit soit ce jour !

— Les spectateurs qui y affluent sont d'avis différent.

— Certes, répondit Hay, reprenant le document pour le serrer dans sa cassette. Cette pétition appartient au passé.

Nicholas s'apprêta à partir.

— Vous avez été très obligeant. Ce dessin de Blackfriars me facilitera beaucoup la tâche.

— Attrapez-le ! Attrapez ce misérable assassin !

— Je vais y consacrer tous mes efforts.

— Gardez fermement à l'esprit le nom de Raphael Parsons.

— Possédez-vous des preuves contre lui, messire Hay ?

— Rien qui puisse justifier son arrestation, admit l'autre. Mais je sens au fond de mes vieux os qu'il est impliqué d'une manière ou d'une autre dans ce forfait. C'est un être sans scrupule ni remords. Surveillez-le bien. D'après ce que j'ai ouï dire sur ce messire Parsons, le rôle de bourreau lui irait parfaitement.

Raphael Parsons endura la répétition tant qu'il le put, mais le jeu terne des acteurs et leurs erreurs fréquentes le poussèrent à bout.

— Arrêtez ! ordonna-t-il. Je ne supporterai pas plus longtemps cette épreuve, qui jette le discrédit sur notre réputation !

Les jeunes comédiens s'interrompirent brusquement au milieu du deuxième acte. Ils semblaient privés de leurs moyens, même dans une œuvre comme *Les Délices de Mariana,* à laquelle ils étaient pourtant habitués. Leur diction laborieuse, leurs gestes sans conviction, leur apathie pesaient comme du plomb dans cette pièce qui requérait de la légèreté. Parsons en était livide.

— C'est une honte ! gronda-t-il. Je n'oserais pas soumettre un travail si médiocre à une bordée de matelots ivres, encore moins à un public qui paierait pour vous voir. Où est votre art, messieurs ? Où est votre amour-propre ? Où est votre fierté envers votre métier ? Nous avons travaillé dur pour faire des Enfants de la Chapelle royale une troupe émérite. Allez-vous trahir tout ce que nous avons conquis de haute lutte ?

Les acteurs gardaient la tête baissée pendant que leur directeur les haranguait. Certains tremblaient d'appréhension, d'autres versaient des larmes, tous étaient plongés dans une sombre mélancolie. Parsons traversa la salle avec énergie pour taper du poing sur la scène.

— Pourquoi me faites-vous cela ? demanda-t-il, impérieux.

Le plus jeune membre de la troupe en fut le porte-parole.

— Nous sommes affligés, messire, dit Philip Robinson d'une voix douce.

— Votre façon de jouer affligerait n'importe qui !

— Messire Fulbeck ne quitte pas nos pensées.

Plusieurs enfants hochèrent la tête et d'autres yeux se mouillèrent. Les joues de Philip luisaient de larmes. Petit, frêle et pâle, il portait le costume de Mariana telles de lourdes chaînes. Ses traits, d'une beauté féminine quand ils s'animaient, étaient mornes et crispés. Son corps semblait tassé. Sa voix n'était qu'un gémissement pathétique.

— Messire, nous sommes trop tristes.

La première impulsion du directeur fut de remplacer la tristesse par la peur pure et simple. Ce n'eût pas été la première fois qu'il instillait la terreur à sa troupe afin de la forcer à se surpasser. Son instinct l'en dissuada. Ces circonstances exceptionnelles exigeaient une approche différente. Donc, au lieu de semoncer ses jeunes comédiens, il décida de leur manifester une extrême compassion.

Montant sur scène, il leur fit signe d'approcher.

— Nous le pleurons tous, dit-il avec douceur. Et comment en irait-il autrement ? La cruauté de sa mort rend cette perte intolérable. Messire Fulbeck était le seul véritable père de ce théâtre. Bien que la Chapelle royale eût été son premier amour, il tirait un plaisir égal de votre travail à Blackfriars. Accrochez-vous à cette idée. Nous ne jouons pas *Les Délices de Mariana* pour notre profit ni même pour divertir les spectateurs. Nous la présentons en souvenir de Cyril Fulbeck, notre défunt maître de chapelle. Honorerez-vous sa mémoire par une représentation languissante ?

— Non, messire Parsons ! répondit ardemment Philip.

— Fermerons-nous le théâtre, renverrons-nous les gens ? Est-ce donc ce qu'il aurait voulu ? Ou poursuivrons-nous la noble tâche qu'il avait entreprise ici ? Cyril Fulbeck est mort pour et dans ce théâtre. Il convient de célébrer sa mémoire sur cette scène, par une œuvre qui lui était chère.

— Soyons dignes de lui ! lança une voix, au fond.

— Nous devons continuer ! renchérit une autre.

— Selon vos instructions, ajouta Philip Robinson.

— Qu'il en soit ainsi, conclut Parsons, les voyant reprendre courage. Mais ne montrons ni tristesse ni accablement. *Les Délices de Mariana* sont une pièce joyeuse. Prononcez ces vers avec passion. Dansez sur ces mesures avec vigueur. Entonnez ces chansons avec exaltation. Dites-nous pourquoi, Philip.

— Elles furent écrites par messire Fulbeck lui-même.

— Exactement. La plupart d'entre elles sont interprétées par Mariana. Chantez à pleine voix, mon garçon, comme en un hymne de louanges !

— Oui, messire !

La répétition reprit avec un nouvel enthousiasme. Malgré sa jeunesse et son inexpérience, Philip Robinson mena les Enfants de la Chapelle comme s'il assumait une mission. Il éleva son premier solo vers le ciel, sûr d'être entendu et applaudi par l'homme qui l'avait composé pour lui.

Être mariée à un acteur aussi brillant et viril que Lawrence Firethorn apportait son lot de souffrances, mais elles étaient largement compensées par les plaisirs. Le principal d'entre ceux-ci, pour Margery, sa redoutable épouse, était l'inlassable bonheur de le voir jouer, arpentant la scène avec une autorité impérieuse et laissant un souvenir impérissable dans la mémoire des spectateurs. Inévitablement, son talent et sa vitalité faisaient battre d'innombrables cœurs féminins et Firethorn se délectait de cette adulation. Quand Margery se rendait à *La Tête de la Reine*, elle pouvait non seulement partager la magie de son art, mais aussi empêcher son œil de s'égarer et son corps ardent de vagabonder hors des confins légitimes de la couche conjugale.

La Vengeance de Vincentio, l'une des pièces les plus sombres du répertoire des Hommes de Westfield, donnait à son époux un rôle superbe en la personne du héros éponyme. Il ne manquait jamais de l'émouvoir aux larmes. Sachant que les comédiens jouaient à nouveau la pièce cet après-midi-là, elle abandonna ses corvées ménagères, revêtit sa plus jolie robe et prit la direction de Gracechurch Street avec une surexcitation presque enfantine. Le beau temps et d'heureuses perspectives faisaient converger un large public vers l'auberge. Satisfaite de voir la foule, Margery fut encore plus ravie de reconnaître deux des personnes qui la composaient.

— Anne ! cria-t-elle. Quelle merveilleuse rencontre !

— Vous venez voir *La Vengeance de Vincentio* ?

— La voir, m'en émerveiller et m'y abandonner.

— Nous asseyons-nous ensemble ? suggéra Anne.

— Mais certainement, bien que je doive vous avertir : j'userai de toutes les ruses féminines dont je dispose pour vous voler ce beau chevalier servant.

Preben Van Loew rougit violemment et fit un geste pour minimiser son importance. Le franc-parler et l'espièglerie coutumière de Margery le déconcertaient toujours. Quand tous trois eurent payé pour accéder à la galerie du bas, le vieux Hollandais s'assura qu'Anne serait assise entre lui et l'exubérante Margery. Cela permit aux deux femmes de converser librement.

— Je ne vous avais pas vue depuis bien longtemps, dit Margery.

— Mes visites à *La Tête de la Reine* sont moins fréquentes.

— Êtes-vous lasse des Hommes de Westfield ?

— Loin de là, répondit Anne. C'est le travail qui m'en éloigne et non l'ennui. J'aime le théâtre plus que jamais.

— Nicholas sait-il que vous êtes là ?

— Non.

— Ce serait une bonne action de le lui dire. Vous savoir dans le public le ragaillardirait.

— Je n'en suis pas sûre.

— Il est fou de vous, ma belle, lui dit Margery en la poussant du coude. Êtes-vous aveugle ? Avez-vous un cœur de pierre ? Si j'étais aimée d'un homme aussi beau et intègre que Nick Bracewell, je ne le quitterais pas une seconde. Vous lui manquez terriblement, Anne.

— Il me manque aussi, avoua la jeune femme malgré elle.

— En ce cas, pourquoi le laisser ignorer votre présence ?

— Cela vaut mieux.

— Pour qui ? Vous ou lui ?

— Je viens simplement voir une pièce, Margery.

— Alors pourquoi ne pas être allée à *La Rose*, qui est plus près de chez vous et tellement plus confortable ? Pourquoi pas à Shoreditch, où vous aviez le choix entre *Le Rideau* et *Le Théâtre* ? Croyez à vos mensonges si vous voulez, mais n'essayez pas de m'abuser. Vous êtes ici dans une intention précise.

— Voir *La Vengeance de Vincentio*, s'obstina Anne.

— Je n'insisterai pas.

— Ce qui s'est passé entre Nick et moi… appartient désormais au passé.

— Pas dans son esprit. Encore moins dans son cœur.

Anne resta pensive. La compagnie de Margery la réjouissait et l'embarrassait en égale mesure. Ses sentiments étaient confus ; elle n'était pas très sûre des raisons qui l'avaient décidée à prendre le temps d'aller au théâtre, et de libérer Preben Van Loew de son travail pour lui servir de chaperon. Elle avait suivi un élan qu'elle n'identifiait encore pas bien clairement.

— Pardonnez-moi, reprit Margery, lui pressant le poignet pour s'excuser. Mon affection pour Nick me fait parler de manière déplacée. Vous et lui n'avez pas besoin de Cupidon. Je me tais.

— Un conseil amical est toujours le bienvenu.

— Vous savez quel serait le mien. Je n'en dis pas plus.

Anne acquiesça, songeuse, et se sentit envahie par les regrets. Cela passa vite. *La Vengeance* commença et la femme formidable qui se trouvait à côté d'elle se transforma en une spectatrice éplorée. Anne aussi fut subjuguée par l'intrigue bouleversante et transportée pendant deux heures pathétiques mais sublimes par sa poésie poignante. Ce fut seulement quand la représentation fut finie qu'elle comprit pourquoi elle était venue.

Ayant mené une autre pièce à bon port, Nicholas supervisa le déchargement de la cargaison et de l'équipage. Une fois les derniers costumes et les accessoires rangés, il s'accorda enfin le temps d'écouter Owen Elias, qui lui rapporta ce qu'il avait découvert. Tous deux se trouvaient seuls dans la loge.

— Il se nomme Hugh Naismith.

— En avez-vous l'absolue certitude, Owen ?

— Autant qu'il est possible. Ce gaillard était un membre régulier des Hommes de Banbury, un acteur prometteur, jouissant de l'estime de la troupe et de taille à s'élever au rang de partenaire.

— Qu'est-il arrivé ? demanda Nicholas.

— *Frère Francis*, par un certain Jonas Applegarth.

— Je me rappelle en avoir vu les affiches.

— Hugh Naismith n'aimait pas la pièce. Elle contenait, à tout point de vue, une charge aussi furieuse contre le christianisme que dans *Les Infortunes*, sinon plus. Cet imbécile a osé émettre des critiques à portée d'oreille de l'auteur. Il fallut les séparer comme des coqs de combat.

— Est-ce contre ce Naismith qu'il s'est battu en duel ?

— Ned Meares le confirme, répondit Elias. Naismith fut grièvement blessé et garderait le bras dans une attelle pendant des semaines. Les Hommes de Banbury le renvoyèrent aussitôt. Son altercation avec Jonas porta une rude atteinte à son amour-propre et lui fit perdre son emploi.

— Deux solides raisons pour chercher vengeance.

— Malgré son bras invalide, il pouvait lancer une dague de l'autre main. C'est lui, Nick, à tous les coups.

— Où habite-t-il ?

— À Shoreditch. Je me suis rendu chez lui.

— Vous lui avez parlé ?

— Il n'était pas là. Sans doute suivait-il sa proie. À cette pensée, je suis allé tout droit chez Jonas, où j'ai trouvé notre ami à son bureau devant la fenêtre de sa chambre, en train d'écrire comme s'il n'avait pas un souci au monde.

— Je vous ai vus arriver ici tous deux ensemble.

— Oui. Je me suis senti obligé de retourner chez lui ce matin. L'assassin peut aussi bien le frapper lorsqu'il va à *La Tête de la Reine* que lorsqu'il en revient. En matière de prudence, deux paires d'yeux valent mieux qu'une.

— Comment Jonas paraissait-il ?

— Plus braillard et impertinent que jamais.

— Avez-vous mentionné le nom de Naismith ?

— Il feint de ne pas le connaître et refuse de discuter de son passage chez les Hommes de Banbury, sauf pour dire que ce fut un enfer.

— Pour lui ou pour eux ? demanda Nicholas en esquissant un sourire.

— Pour tous.

Le régisseur s'assura que l'on n'avait rien oublié dans la loge avant d'emmener son ami dans la salle toute vibrante de bruit. Comédiens et spectateurs étaient disposés à boire en échangeant leurs impressions après cette émouvante représentation.

Au beau milieu de la salle, Jonas Applegarth exposait ses critiques à qui voulait l'entendre. Son manque de délicatesse et de retenue laissa les nouveaux venus pantois.

— C'est une mauvaise pièce, incohérente et antédiluvienne, soutint-il.

— *La Vengeance de Vincentio* vaut de l'or, lui opposa James Ingram. Vous l'avez bien vu, le public l'a adorée.

— Les sombres ignares ! Que connaissent-ils à l'art dramatique ? Si on mettait sur scène dix culs à l'air pour leur péter dessus deux heures durant, ils applaudiraient tout autant. *Les Demoiselles d'honneur* étaient une œuvre assez vile, mais aujourd'hui, ce fut carrément immonde.

— Voilà des propos méchants et injustes !

— Et aussi mensongers ! ajouta Barnaby Gill, se jetant dans la mêlée. *La Vengeance de Vincentio* a toujours valu des triomphes à la troupe. Elle enflamme mon imagination chaque fois que nous la jouons, et rehausse la qualité de mon interprétation.

— Il est temps pour vous de faire vos adieux à la scène, déclara Applegarth, méprisant. Vous fûtes, sur ces planches, une abomination vivante. J'ai vu des moutons dotés de plus de talent et d'à-propos. Un peu de bienveillance envers l'humanité, Barnaby : quittez le théâtre pour de bon.

— Je me suis montré sublime ! hurla Gill.

— Ignoble !

— Sans pareil…

—… En absurdité.

— Barnaby a donné le meilleur de lui-même, le défendit Ingram avec vigueur.

— Si c'est le cas, le pire doit défier le sens commun, rétorqua Applegarth. Pourquoi agiter ses mains et grimacer ainsi ? railla-t-il en imitant grotesquement Gill, qui vira à l'écarlate. Votre jeu fut grossier, et presque aussi mauvais que celui de Vincentio lui-même.

— Que dites-vous là, messire ? gronda Firethorn, qui venait d'entrer fièrement dans la salle.

— La pièce était de mauvais goût.

— Pas autant que vos paroles, Jonas, l'avertit l'autre. Prenez garde, car nous aimons *La Vengeance de Vincentio*.

— Un homme sain d'esprit peut-il admirer une telle erreur de la nature ?

— Oui ! le défia Firethorn. Il se tient devant vous.

— Je vais donc énumérer dans l'ordre mes griefs contre cette pièce, persista Applegarth, nullement décontenancé. En premier lieu…

— Remettez vos attaques à plus tard, intervint promptement Nicholas pour empêcher la querelle de s'envenimer. Messire Firethorn reçoit son épouse et ne souhaite pas se laisser entraîner par des propos oiseux qui sentent la bière. Notre pièce a obtenu la faveur du public cet après-midi, il n'y a rien de plus à dire.

Aidé par Owen Elias, il guida Applegarth jusqu'à une table, dans un coin, et l'assit sur un banc. Barnaby Gill frémissait encore de rage et James Ingram de dégoût, mais la querelle était close. Lawrence Firethorn maîtrisa sa fureur. Se rappelant que Margery l'attendait dans la pièce voisine, il commanda du vin et alla chercher d'urgence le réconfort de ses bras. Un calme embarrassé s'installa dans la salle.

Jonas Applegarth était encore d'humeur belliqueuse.

— J'ai bien le droit d'exprimer mon opinion !

— Pas lorsqu'elle offense vos camarades, répliqua Nicholas.

— Ne supportent-ils pas la franchise ?

— La franchise, certes, mais pas une cruauté aveugle.

— Je me refuse à des louanges hypocrites.

— Alors, tenez votre langue, recommanda Elias. Sinon vous perdrez tous vos amis parmi les Hommes de Westfield. Insultez encore une fois messire Firethorn et votre carrière chez nous est terminée.

— Cette pièce était bancale.

— Pourquoi vous êtes-vous forcé à la voir ? remarqua Nicholas. Si *La Vengeance de Vincentio* n'est pas à votre goût, occupez-vous ailleurs. Ainsi, vous n'aurez pas à supporter ses défauts et vos camarades se verront épargner vos sarcasmes. Comment voulez-vous que les comédiens donnent le meilleur d'eux-mêmes dans votre pièce, quand vous raillez leur manière d'interpréter toutes les autres ?

— Ne mordez pas la main qui vous nourrit, conseilla le Gallois. Vous nous avez déjà suffisamment craché dessus. Respectez notre travail et nous finirons peut-être par respecter le vôtre.

— Mon art force l'admiration ! décréta Applegarth en tapant sur la table d'une main péremptoire. *Les Infortunes du mariage* sont un chef-d'œuvre absolu.

— À condition d'être jouées, rappela Nicholas.

— Mais elles le seront. À *La Rose*, la semaine prochaine.

— Pas si vos propos nous incitent à changer d'avis.

— Les Hommes de Westfield se sont engagés par contrat à les présenter.

— Avant votre arrivée, nous nous étions engagés par contrat à jouer *Le Berger fidèle*, d'Edmund Hoode. Si une pièce peut être remplacée aisément, il en va de même pour l'autre. Et, poursuivit Nicholas sans mâcher ses mots, si les Hommes de Westfield ne jouent pas votre œuvre, elle ne sera jamais rien de plus que des mots sur une page. Je vous ai averti loyalement dès le départ, Jonas. Vous serez exclu de la troupe, et nous célébrerons votre départ.

— Mais vous avez vu ma pièce, Nick, fit valoir Applegarth, ramené à la soumission. Elle est passée sur scène tel un météore. Owen se portera garant de sa qualité, lui qui a éprouvé sa vraie valeur en la jouant. Une compagnie théâtrale serait-elle prodigue au point de rejeter une œuvre d'art ?

— Nos doutes ne concernent pas *Les Infortunes du mariage*, argua Nicholas. La pièce possède des qualités exceptionnelles, nous en convenons tous. Mais son auteur nous pousse à les oublier. En termes clairs, vous nous amenez à déplorer les infortunes d'un mariage entre les Hommes de Westfield et Jonas Applegarth. Le divorce se rapproche chaque jour davantage.

— Qu'il vienne donc ! s'écria l'autre.

— Écoutez Nick, dit Elias. Vous avez besoin de nous.

— Pas si cela m'impose des liens et une muselière. Honte à vous !

— Songez à ce que je viens de vous dire, reprit Nicholas. La nuit porte conseil. Nous pourrions être amis. Pourquoi faire de nous des ennemis mortels ?

— Palsambleu ! s'exclama Applegarth. Je n'en supporterai pas davantage !

Il se leva et se dressa au-dessus d'eux en vacillant. Son haleine empestait l'ale. Il avait beaucoup bu avant, pendant et après la représentation, ce qui le rendait encore plus agressif, sans crainte des conséquences.

— Un étron dans vos dents ! brailla-t-il. M'exclure ? Je vous méprise tous, vauriens que vous êtes ! Il existe un monde ailleurs !

Écartant le banc d'un coup de pied, il tituba vers la porte. Owen Elias, outré par son comportement, laissa néanmoins son affection pour lui l'emporter.

— Des paroles irréfléchies, prononcées à la hâte.

— Sa langue lui fera perdre son travail.

— Je vais rejoindre ce coquin et veiller à ce qu'il arrive chez lui sain et sauf.

— Préconisez la modération, Owen.

— Ou plutôt un bon seau d'eau froide sur sa stupide caboche avant que je daigne lui parler. Si Jonas refuse d'entendre raison, il perdra mon estime. Je ne tenterai pas de raccommoder un nouvel accroc à notre amitié.

Dès que le Gallois partit, Nicholas fut rejoint par James Ingram, encore sous le coup de l'indignation.

— Applegarth est une menace pour nous tous, Nick !

— Mais surtout pour lui-même.

— N'attendez pas de moi une quelconque compassion à son égard.

— Jonas a abusé de la bière.

— Sobre, il est tout simplement odieux ; ivre, il est inexcusable. Il a déversé son fiel sur la troupe entière.

— J'ai entendu.

— Il n'est qu'une grosse outre bouffie d'orgueil.

— Son séjour parmi nous risque d'être fort court.

Assurément ! approuva Ingram avec vigueur. S'il veut nous donner la trique, nous répliquerons. Je vous le dis, Nick, je porterais volontiers le premier coup.

Nicholas fut surpris. James Ingram n'était pas enclin à des accès de colère. À l'exception d'Edmund Hoode, il était l'être le plus doux de la troupe ; et voilà qu'il retroussait les lèvres en un rictus plein de rancœur. Plusieurs minutes passèrent avant que le régisseur ne parvînt à le calmer. Lorsqu'il eut enfin réussi, il glissa la main sous son gilet de cuir pour sortir l'esquisse que Caleb Hay avait dessinée à son intention.

— J'ai quelque chose à vous montrer, James.

— Qu'est-ce que c'est ?

— Blackfriars. Je tiens cela d'un ami.

Ingram examina l'esquisse avec grand intérêt et suivit du doigt le contour du théâtre. Il dit non sans nostalgie :

— C'est très fidèle.

— L'artiste est un historien, passionné par cette ville.

— Dans ce petit dessin, l'histoire s'inscrit en grand. Le château et la tour, transformés en monastère. Le monastère en théâtre. Et cette semaine, le théâtre en lieu d'exécution. La mort de messire Fulbeck est encore un changement violent qui frappe Blackfriars. Dieu ait son âme !

— *Amen !*

— Quand y retournez-vous, Nick ?

— Ce soir.
— Emmenez-moi avec vous.
— Bien volontiers.
— Je suis prêt, annonça Ingram en lui rendant l'esquisse. Pourquoi tardons-nous ?
— Parce que je dois d'abord présenter mes respects.
— À qui ?
Nicholas jeta un coup d'œil vers une porte, tout au fond, et Ingram lui sourit d'un air compréhensif. Son ami désirait saluer Margery Firethorn.
— Je vous rejoins dans un moment.
Nicholas traversa la salle et frappa légèrement à l'huis.
— Entrez ! lança la voix retentissante de l'acteur.
Mari et femme étaient attablés lorsqu'il entra. Tous deux se levèrent instantanément ; Margery vint embrasser le visiteur et Firethorn vit là une occasion d'échapper à la vigilance matrimoniale l'espace de quelques minutes.
— Ce vantard insolent est-il encore là, Nick ?
— Jonas Applegarth est retourné chez lui.
— Il risque fort d'y rester s'il peste contre moi. Je fus la vivante incarnation de Vincentio, cet après-midi. N'est-ce pas, ma colombe ?
— Sans égale, roucoula Margery.
— Pourtant ce grincheux conteste mon génie. Je m'en vais lui administrer un soufflet qui l'estourbira jusqu'au Jugement dernier ! Je dois m'assurer qu'il a quitté l'auberge, sans quoi je n'aurai pas l'esprit en paix.
Firethorn se glissa au-dehors et ferma la porte derrière lui. Margery fut visiblement enchantée de se retrouver seule avec Nicholas. Le prenant par la main, elle l'entraîna vers un petit banc et ils s'assirent ensemble. Elle chuchota sur le ton d'une conspiratrice :
— Le ciel soit loué, vous êtes venu me voir ! Sans cela, vous auriez ignoré la bonne nouvelle.

— Quelle nouvelle ?
— Elle était ici.
— Qui ?
— Qui d'autre qu'elle, mon cher ?
— Anne ? Ici, à la représentation ?
— J'étais aussi près d'elle que de vous à présent. Comme moi, elle a adoré la pièce et a versé presque autant de larmes. Anne vous adresse un message personnel.
— Est-ce vrai ?
— Je dois vous transmettre son amitié la plus chaleureuse, dit Margery. Ce qu'elle voulait en fait que je transmette, c'est son amour éternel, mais elle ne pouvait l'exprimer de la sorte.
Nicholas se réjouit qu'Anne l'eût touché par son intermédiaire, tout en étant déçu qu'elle n'eût pas délivré son message en personne.
— Est-elle venue seule à *La Tête de la Reine* ? s'enquit-il.
— Non, répondit Margery avec un sourire taquin. Elle était au bras du jeune homme le plus séduisant que j'aie vu depuis longtemps. Si je n'étais une épouse comblée, je me serais battue bec et ongles pour le privilège d'être escortée par un tel galant. Un gentilhomme aux manières exquises.
— Quel était son nom ?
— Preben Van Loew.
Nicholas rit de soulagement. Il était inutile d'essayer de cacher à Margery son amour pour Anne. Elle les avait vus ensemble, auparavant, et ne cessait de lui reprocher leur séparation. Il ne pouvait ni ne voulait parler d'Anne à une autre qu'elle, et se trouvait maintenant avec la seule personne qui comprenait un tant soit peu leurs relations.
— Courez la retrouver, Nick, lui conseilla-t-elle.
— Ce n'est pas la solution, je le crains.
— Elle dépérit sans vous.

— Je n'en ai pas l'impression.
— Je sais reconnaître une femme qui se languit.
— Ce n'est pas à cause de moi, soupira-t-il. Quand je lui ai rendu visite, hier, je n'ai fait que la contrarier. Nous ne savons plus nous parler.
— Les actes valent mieux que des mots. Étreignez-la avec amour.
Il secoua la tête.
— Ma présence l'importune.
— Faites-lui une cour encore plus pressante.
— J'arrive trop tard. Il y a un autre homme dans sa vie.
— Ambrose Robinson.
Il battit des paupières, stupéfait.
— Elle a parlé de lui ?
— Pas un mot.
— Alors, comment connaissez-vous son existence ?
— Grâce au chevalier servant.
— Preben ?
— Oui, fit-elle, désinvolte. Anne ne voulait rien dire sur ses affaires personnelles, aussi ai-je attendu de pouvoir parler seule à seul avec le Hollandais. Pour une raison incompréhensible, j'inspire une sainte terreur à ce pauvre homme. Je me demande bien pourquoi. Moi qui suis la douceur même ! Y a-t-il à Londres une femme moins effrayante que moi ?
— Je ne le pense pas, répondit Nicholas, diplomate.
— Alors que nous quittions la galerie, Anne a rencontré une voisine avec qui elle a échangé quelques mots. J'ai saisi la balle au bond. Preben a été on ne peut plus franc.
— Qu'a-t-il dit ?
— Il n'aime pas cet Ambrose Robinson.
— Moi non plus.
— Anne l'apprécie, semble-t-il. Elle a d'ailleurs pour cela une bonne raison.
— Laquelle ?

— L'argent. Le Hollandais était trop loyal pour révéler tous les détails, mais il a fait suffisamment d'allusions pour que je reconstitue l'histoire. Plus tôt cette année, ils ont connu de graves difficultés.

— Anne m'a dit que tout allait bien !

— Seulement grâce au boucher. Des voleurs se sont introduits par trois fois dans la boutique. Des chapeaux ont été détruits, des formes emportées. Elle n'a pu honorer ses commandes et a perdu des clients. Pour comble de malheur, l'atelier a été endommagé par un incendie et beaucoup d'étoffes sont parties en fumée.

— Pourquoi Anne ne s'est-elle pas tournée vers moi ? demanda Nick avec inquiétude.

— Parce que vous étiez sorti de sa vie. Elle avait besoin d'argent pour reconstruire et réapprovisionner son commerce. C'est alors qu'Ambrose Robinson est entré en scène.

— Je comprends, maintenant, qu'elle se croie une obligation envers lui.

— Comprenez également ceci, Nick : elle est venue pour vous.

— Mais j'étais dans les coulisses.

— Vous étiez là, cela suffisait. Anne voulait être près de vous.

— Elle vous l'a dit ?

— Elle n'en avait pas besoin.

Nicholas fut touché. Margery n'avait pas ménagé sa peine pour l'aider, et quoiqu'elle eût la langue bien pendue, il savait qu'elle se montrerait discrète. Ce qu'elle avait découvert dissipait en grande part ses motifs de perplexité. Même si Anne ne s'était pas sentie capable de venir le trouver en personne, elle avait accompli un pas vers lui. C'était un fondement sur lequel il pourrait bâtir.

Edmund Hoode attendit une bonne heure avant de céder à la désillusion. Seul dans la cour vide, il commençait décidément à se sentir ridicule. Au début, il frémissait d'énergie comme un cheval fougueux prêt à caracoler. Ses hautes espérances s'étaient enfuies peu à peu ; il se sentait à présent abandonné, tel l'idiot du village planté sous l'orage.

Le message avait été explicite. « Demain. » Cela, c'était une solide promesse, non ? Il se trouvait au même endroit, dans la même cour, plus ou moins à la même heure. Pourquoi ne lui envoyait-elle pas de message ? Une nuit blanche, enfiévrée par l'espoir, avait été suivie par la répétition du matin. Sachant qu'elle le regarderait dans *La Vengeance*, il n'avait joué que pour elle, mettant dans son personnage jusqu'à la dernière once de son talent.

Après s'être changé dans la loge et avoir attendu que les spectateurs quittent la cour, il s'y était posté le cœur léger. Celui-ci lui faisait maintenant l'effet d'un énorme roc qui menaçait de faire éclater sa poitrine, faute de place. Une femme pouvait-elle être capable de tant de cruauté ? Une rose. Une promesse. Une trahison. Hoode était anéanti.

Il n'y avait aucun signe de Rose Marwood, cette fois, ni d'un laquais en belle livrée porteur d'une missive secrète. Le poète ne vit que deux palefreniers riant de lui dans l'ombre des écuries, et se demandant pourquoi un homme vêtu de son plus riche pourpoint restait debout au milieu d'une cour jonchée d'ordures. Il renonça. D'une démarche lasse, il se dirigea vers le porche qui donnait sur Gracechurch Street.

Quand le cheval et son cavalier pénétrèrent dans la cour, il se rangea prestement sur le côté pour les laisser passer, sans se douter que c'était lui qu'on cherchait. Le jeune homme en selle fit décrire un demi-tour serré à sa monture, dont le flanc frôla Hoode. Alors qu'il allait protester, le dramaturge se rendit soudain compte qu'il tenait quelque chose dans sa main. Une autre lettre avait été remise.

L'espoir prenait un nouvel essor. Il brisa le sceau et déroula le parchemin. S'attendant à un message, il fut d'abord interloqué en découvrant que la page ne comportait aucun mot. À la place, un dessin de ce qui évoquait une tête de cheval pourvue d'une longue pointe entre les yeux. Était-ce un message ou une plaisanterie ? Subitement, son esprit devint clair et il comprit.

La Licorne !

Une rose. Une promesse. Un rendez-vous galant. L'amour, après tout, s'envolait vers les nues. Elle l'attendait à *La Licorne*, une auberge sise à quelques pas de là. Sa première impulsion fut d'y courir aussi vite que ses jambes tremblantes pouvaient le porter, mais une ligne de conduite plus raisonnable s'imposait. Puisqu'elle l'avait mis sur des charbons ardents, il la laisserait attendre à son tour. Cela ne ferait qu'exacerber le plaisir de leur rencontre.

Ajustant son pourpoint et redressant son chapeau, il quitta *La Tête de la Reine* et emprunta Gracechurch Street avec dignité. Il n'était pas un rustre en mal d'amour se hâtant à l'appel d'une maîtresse capricieuse, mais un conquérant sur le point de savourer son précieux butin. Cette illusion le porta tout le long du chemin, jusqu'à ce qu'il franchisse la porte principale de *La Licorne*. Elle se brisa à l'instant où il fut abordé par une jeune femme souriante à la grâce de biche. Sa beauté le laissa bouche bée.

Elle lui fit une révérence, puis indiqua l'escalier.

— Ma maîtresse vous attend, messire. Suivez-moi.

D'un pas mal assuré, Edmund Hoode monta vers le Paradis.

8

En arrivant sur le palier, il s'efforça de composer son expression et se redressa de toute sa taille. C'est un homme de théâtre que son admiratrice voyait avant tout en Edmund Hoode. Elle perdrait tout respect à son égard s'il se présentait d'un air d'excuse et la courtisait avec maladresse, comme un jeune freluquet inexpérimenté. Une entrée solennelle s'imposait, et il fit de son mieux pour la réussir.

La servante toqua à la porte, l'ouvrit en réponse à un ordre lancé à l'intérieur, puis recula afin de laisser entrer le visiteur. Comme s'il allait se trouver face au public de la cour, Hoode pénétra dans la chambre d'une allure assurée et, ôtant son chapeau, s'inclina bien bas. La porte se referma sans bruit derrière lui. Quand il leva les yeux et contempla pour la première fois la dame mystérieuse, il fut ébloui.

Elle était belle. Le teint clair et les traits fins, elle avait un cou d'albâtre sous un visage ovale au charme discret. Elle portait une robe en velours bleu nuit, sans bijou d'aucune sorte. Ses cheveux blonds étaient soigneusement coiffés en arrière sous un bonnet bleu. Assise sur une chaise, ses mains gantées posées sur son giron, elle semblait l'image d'un portrait dont la fenêtre constituait le cadre.

Hoode fut frappé par son calme et par son élégance. Elle parla d'une voix grave, accompagnée par un doux sourire de bienvenue.

— C'est un plaisir de vous connaître, messire Hoode.

— Merci, répondit-il poliment, mais je crains que vous n'ayez l'avantage sur moi.

— Je m'appelle Cecily Gilbourne.

— Votre serviteur, dame Gilbourne, dit-il en s'inclinant derechef.

— Prenez un siège, messire, je vous en prie.

Elle lui indiqua une chaise en face d'elle et il s'assit avec circonspection, sans quitter un instant la jeune femme des yeux. Cecily Gilbourne était un tantinet plus âgée qu'il ne s'y attendait — sensiblement plus de vingt ans, peut-être —, mais sa maturité était pour lui une forme suprême de plénitude. Il ne l'aurait pas voulue plus jeune et n'aurait pas apporté la plus infime correction à son apparence. Il était rassuré qu'elle ne fût pas une enfant impressionnable, une oiselle ne sachant que glousser, une fille superficielle amoureuse du théâtre, mais une femme expérimentée, qui rayonnait d'intelligence.

— *Le Marchand de Calais*, annonça-t-elle.

— Une pièce bien faite, dit-il modestement.

— Je l'ai trouvée brillante. C'est la première œuvre de vous que j'ai vue et, depuis, j'aspirais à en connaître l'auteur.

— Ah oui ?

— Quelle compréhension du vrai prix de l'amour !

— Cet éloge me bouleverse.

— Pas autant que votre pièce ne m'a émue, soupirat-elle avec admiration. Vous êtes un poète de l'âme. *Le Marché corrompu*.

— Un autre fruit cueilli dans le verger de mon imagination.

— Délicieux à croquer. *Sacrifice d'amour*. Nous y avons tous été contraints un jour ou l'autre, hélas. Votre étude sur ce thème était si profonde !

— Inspirée de la vie.

— Je l'avais deviné. Seuls ceux qui ont connu les affres d'un cœur brisé peuvent comprendre la nature de cette souffrance. *Sacrifice d'amour* m'a procuré un plaisir indicible et m'a aidée à surmonter mon chagrin à une période très pénible de ma vie. Vos œuvres, messire Hoode… Puis-je vous appeler Edmund ?

— Mais je vous en prie ! l'encouragea-t-il.

— Vos œuvres, Edmund, sont pour moi une source de joie.

— Fût-ce pour mériter ce seul compliment, il valait la peine de les écrire.

— *La Double Imposture*.

— Une œuvre de jeunesse. J'étais encore novice.

— Aussi fraîche qu'un ruisseau de montagne.

— *Pompée le Magnifique*. Du plus pur Edmund Hoode.

— Je regrette de ne l'avoir jamais vue sur scène.

— Vous le devez, vous le devez, dame Gilbourne.

— Appelez-moi Cecily… si nous devons être amis.

— Merci, Cecily, dit-il avec animation. Nous le serons.

— Amis ?

— Je l'espère sincèrement.

— Et rien de plus ?

Elle lui adressa un sourire énigmatique. Hoode ne savait si elle voulait le séduire ou simplement le jauger. Peu lui importait. Il était prêt à une reddition sans condition. Une rose. Une promesse. Un rendez-vous galant. Cecily Gilbourne était l'âme sœur, éprise de romanesque, loin des sordides appétits de ce monde. Une femme qui le comprenait intuitivement et qui aimait sa façon de décrire l'amour.

— Eh bien ? reprit-elle. Vous ai-je surpris ?

— Surpris et enchanté, Cecily.

— Suis-je telle que vous l'imaginiez ?

— Oh, non !

— Vous êtes déçu ?

— Comblé de joie. La réalité dépasse de loin mes rêves les plus fous.

Elle rit tout bas.

— Je savais que j'avais bien choisi.

— C'est vrai ?

— Oui, Edmund. Vos pièces m'ont ouvert votre cœur.

— Qu'y avez-vous trouvé ?

Le sourire énigmatique flotta à nouveau sur ses lèvres.

— Vous.

Ce mot caressa ses oreilles ; il manqua défaillir. Il ne pouvait croire que cela lui arrivait. Tant d'années où il s'était vu repoussé par le beau sexe avaient sapé sa confiance. Le désert sentimental était son milieu naturel. Des femmes comme Cecily Gilbourne n'existaient dans sa vie que sous forme de chimères. Il n'y avait pas eu de cour assidue et douloureuse, pas de sonnets pour exprimer son désir en termes galants. Elle était venue à lui. C'était la relation la plus simple, la plus exempte de souffrance qu'il eût jamais connue avec une belle femme, rendue plus intense par l'élément de mystère et par le fait qu'elle adorait son œuvre autant que sa personne.

— Reviendrez-vous, Edmund ? murmura-t-elle.

— Toujours, lorsque vous m'appellerez.

— Ce sera très bientôt.

— Je vivrai dans cette attente.

— Merci.

Elle lui tendit la main et il y déposa un baiser délicat, les lèvres brûlantes de plaisir au contact de son gant.

— Au revoir, mon prince, lui dit-elle.

Cecily se détourna pour regarder par la fenêtre, lui permettant d'admirer son profil, la perfection marmoréenne de son menton et de son cou. À la lumière, sa peau était si blanche et satinée que le poète mourait d'envie de la caresser du bout des doigts. Au lieu de quoi, il s'inclina, bredouilla un au revoir et recula vers la porte, encore sous le coup de la stupeur.

Leur première rencontre était terminée. Il était pris au piège.

Quand ils atteignirent le domaine de Blackfriars, ils explorèrent les rues alentour et l'église avant d'entrer dans le théâtre. Geoffrey, le vieux portier, les accueillit à voix basse et leur apprit que Raphael Parsons se trouvait encore là. Nicholas monta vivement l'escalier, James Ingram à son côté.

La salle offrait un spectacle beaucoup moins sinistre qu'à leur précédente visite. Raphael Parsons s'adressait à un groupe de jeunes acteurs en costumes, assis au bord des planches. Derrière eux, le décor était planté pour la scène finale des *Délices de Mariana*. Sa voix était sonore, mais non menaçante. Aucun des Enfants de la Chapelle ne laissait paraître la moindre peur.

Les entendant approcher, Parsons fit volte-face et dit d'un ton cassant :

— Vous violez une propriété privée.

— Le théâtre est ouvert au public, rappela Nicholas. Vous avez joué ici cet après-midi même, semble-t-il. *Les Délices de Mariana*. Non que nous venions en spectateurs, messire Parsons. Nous souhaiterions vous parler.

— L'instant est mal choisi.

— Fort bien, nous attendrons.

Nicholas et son compagnon croisèrent les bras et prirent patience. On ne se débarrasserait pas d'eux facilement. Le directeur poussa un soupir exaspéré avant de renvoyer les acteurs d'un claquement de doigts. Ils filèrent dans la loge, sous le regard de Nicholas.

— Philip Robinson jouait-il dans la pièce ?

— Oui. Il incarnait Mariana elle-même.

— Ce garçon est capable d'interpréter un rôle principal ?

— Parfaitement. Ses chants plaintifs ont ému tous ceux qui les ont entendus. Mais vous ne venez pas débattre du talent de mes acteurs, je suppose.

— Nous sommes là pour messire Fulbeck.
— Y a-t-il quelque chose que vous ne m'ayez pas dit ?
— Bien au contraire, répondit Nicholas. Nous avons des questions à vous poser.
— À quelle fin ?
— L'arrestation et la condamnation d'un assassin. Un bourreau sardonique a transformé votre scène en échafaud. Vous, James ou moi ne le trouverons jamais si chacun œuvre de son côté. Mais si nous mettons nos informations en commun, si nous partageons opinions et conjectures, il se peut que nous réussissions, avec de la chance.
— Je n'ai nul besoin de votre aide, répliqua Parsons d'une voix sèche.
— Vous connaissez le meurtrier ?
— Pas encore, messire Bracewell.
— Comment vous proposez-vous de le démasquer ?
— Par la ruse, messire. Seul et sans assistance.
— Nous sommes venus par Ireland Yard, remarqua Ingram d'un ton lourd de sous-entendus.
— Et alors ?
— Vous affirmiez vous y trouver à l'heure où messire Fulbeck se balançait au bout d'une corde.
— Vous doutez de ma parole ?
— Pas le moins du monde.
— Nous voudrions simplement savoir à qui vous avez rendu visite, expliqua Nicholas. Votre hôte confirmerait l'heure où vous êtes arrivé, celle où vous êtes parti.
— La peste soit de votre impudence !
— Quel numéro, à Ireland Yard ?
— Je refuse d'être harcelé ainsi. Où je suis allé ce jour-là est mon affaire et le restera. Je ne fais pas l'objet d'une surveillance. Osez-vous insinuer que j'aurais une quelconque implication dans le meurtre ? Cyril Fulbeck était mon associé. Je le vénérais.
— Mais vous vous disputiez constamment.
— C'était dans la nature des choses.

— Pourquoi avez-vous ouvert le théâtre aujourd'hui ? interrogea Ingram.

— Parce qu'on avait annoncé la pièce.

— Malgré le meurtre de messire Fulbeck ?

— Il l'aurait approuvé.

— Laissez-moi la liberté d'en douter.

Parsons répondit de but en blanc :

— Notre bien-aimé maître de chapelle est mort, toutefois la vie continue.

— Sans une pause décente pour le pleurer ?

— Ce théâtre est son mémorial.

— Et votre source de revenus, observa Nicholas.

— Également.

— Là résident vos vraies raisons de jouer.

— Je dirige ce théâtre comme bon me semble !

— Non, rectifia Nicholas. Comme la nécessité vous y contraint, messire Parsons. En multipliant les représentations et en faisant travailler vos acteurs telles des bêtes de somme. Voilà pourquoi vous avez donné *Les Délices de Mariana* aujourd'hui. Non en hommage à Cyril Fulbeck, mais pour les recettes.

— L'entretien du théâtre entraîne des dépenses.

— Est-ce à ce propos que vous vous disputiez avec votre associé ?

— Brisons là, messire !

— Vous querelliez-vous à cause des bénéfices ?

— Je n'ai de comptes à rendre ni à vous ni à qui que ce soit sur ce que je fais entre ces quatre murs ! vociféra Parsons. C'est mon théâtre. Je vis pour Blackfriars.

— Messire Fulbeck est mort pour lui.

Avec une colère croissante, Parsons les dévisagea tour à tour.

— Vous crevez de jalousie, lança-t-il, méprisant. Je le vois à présent. Blackfriars est sans égal. Nous offrons à nos spectateurs une vraie salle de théâtre, non une cour puant le crottin et la bière éventée. Ici, ils s'assoient confortablement pour voir les meilleures pièces de Londres. À l'abri de la pluie et du vent, ils s'émerveillent de notre talent et de notre invention. Les Hommes de Westfield sont des vagabonds, à côté de mes jeunes garçons.

— Nous, nous payons nos acteurs, répliqua Nicholas. Et vous ?

— J'en ai assez entendu !

— Répondez juste à une question.

— Partez tous les deux ou j'appelle un constable !

— Les clefs de messire Fulbeck.

— Quoi, ses clefs ?

— Les a-t-on retrouvées ?

Raphael Parsons leur fit attendre la réponse, parcourant la salle des yeux avant de finalement poser un regard plein de défi sur Nicholas.

— Non, on ne les a pas retrouvées.

— Elles sont donc toujours en la possession du meurtrier ?

— On peut le présumer.

— Prenez garde, messire Parsons. Il est capable de s'introduire à nouveau dans ce théâtre.

Le directeur demeura impassible. Il alla ouvrir la porte afin qu'ils s'en aillent. Les visiteurs se consultèrent du regard et hochèrent le menton. Rester plus longtemps eût été une perte de temps. Nicholas sentait que l'attitude de Parsons leur en avait appris beaucoup plus que toutes ses paroles. Lorsqu'il les avait questionnés auparavant, il s'était montré calme et digne de foi. Acculé par surprise sur son propre terrain, il avait laissé voir sa rancœur et sa réticence à coopérer.

Alors qu'ils allaient sortir, Parsons leur lança :

— Venez demain et payez le droit d'entrée.

— Pourquoi ? demanda Nicholas.

— Pour voir une pièce superbe, magnifiquement interprétée sur une scène digne de ce nom — mais, pardessus tout, pour être témoins de notre vengeance.

— Contre qui ?

— Messire du Verbe haut. Jonas Applegarth.

— Que jouez-vous demain ?

— *Alexandre le Grand*. Une vieille pièce sur un thème ancien, mais dotée d'un prologue nouvellement forgé pour dégonfler cette outre monstrueuse. Les Hommes de Westfield sont, eux aussi, fustigés comme il se doit. Nul ne s'en prend à Blackfriars sans subir des représailles, les prévint-il en agitant l'index. Transmettez ce message à votre auteur immonde. Nous détruirons entièrement sa réputation. Nous pendrons sa carcasse répugnante à la plus haute poutre, par une corde de distiques rimés. Il s'en étranglera !

Les poussant par la porte, il la ferma avec détermination sur eux. Ils entendirent une clef tourner dans la serrure. Tandis qu'ils descendaient l'escalier, Ingram lança un coup d'œil par-dessus son épaule.

— Messire Parsons est bien irritable !

— Nous sommes venus dans son domaine sans nous annoncer et l'avons pris à l'improviste. Il a, sans aucun doute, un côté irascible. Je n'aimerais pas être à la place de ses jeunes comédiens.

— Moi non plus, Nick. Cela ne se passait jamais ainsi, avant.

— Vous avez été aussi bien formé à l'art du théâtre que nos apprentis.

— Et l'on me témoignait une grande bonté. Les temps changent.

Le portier attendait au pied de l'escalier pour bavarder avec Ingram. Nicholas sortit de l'édifice et reprit le chemin qu'il avait suivi à la poursuite du meurtrier, la toute première fois. Il s'arrêta derrière le théâtre et considéra les diverses voies qui s'étaient offertes au fugitif. En allant assez vite, il avait pu quitter le domaine avant que Nicholas fût parvenu à cet endroit. Ou se terrer dans n'importe quelle allée voisine.

En guise d'expérience, Nicholas se mit à courir, tourna à plusieurs coins de rues et se retrouva dans

Ireland Yard. Il observa les demeures avec intérêt avant de revenir sur ses pas. Au moment où il passait près du théâtre, la porte de derrière fut déverrouillée et plus d'une dizaine d'enfants en sortirent. Vêtus de surplis blancs sur des soutanes noires, ils s'alignèrent deux par deux et se mirent en marche, bien en cadence, les jeunes choristes suivis par les pasteurs.

— Philip ! cria Nicholas.

Surpris, l'un des garçons se retourna pour le regarder. La ressemblance avec Ambrose Robinson était évidente sur le jeune visage intelligent, intrigué par cet appel. L'enfant fut légèrement poussé par un autre choriste, derrière lui, et la procession continua d'avancer. Nicholas fut impressionné par l'ordre et l'assurance qui en émanaient. Philip en était un membre à part entière. Selon toute apparence, il n'était pas retenu contre son gré. Nicholas le scruta jusqu'à ce que la colonne fût hors de vue.

Le trajet dura une éternité. Owen Elias regretta vite de s'être offert à protéger Jonas Applegarth. Le dramaturge ivre ne cessait de s'arrêter dans la rue. Il accusait d'innocents promeneurs de crimes innommables, fulminait contre chaque église devant laquelle ils passaient et donnait des coups de pied aux chiens japant sur ses talons, quand il ne se soulageait pas sans vergogne sur le premier mur venu. À chaque remontrance d'Elias, soit Applegarth l'agonissait d'insultes, soit il l'étreignait, les larmes aux yeux, en lui jurant une amitié éternelle.

La patience celtique avait des limites. Applegarth injuria le Gallois une fois de trop et ce dernier exprima son mécontentement sans détour. L'empoignant par la nuque, il l'entraîna vers un abreuvoir à chevaux et l'y précipita la tête la première, dans une grande gerbe d'éclaboussures. Le visage d'Applegarth resta immergé pendant toute une minute, tandis qu'il émettait d'affreux borborygmes. Puis il parvint à se dégager et tomba par terre.

Il resta là, à se tordre comme un cabillaud géant sur le pont d'un bateau de pêche. Ses vêtements étaient trempés, ses cheveux et sa barbe ruisselaient, son chapeau flottait dans une mare, à côté de lui. Après avoir craché une pinte d'eau, il hurla de colère et tenta de se lever. Elias posa le pied au milieu de son torse pour l'en empêcher. Applegarth poussa un cri encore plus violent, qui fut vite remplacé par un rire pareil au grondement du tonnerre. Au lieu d'invectiver son camarade, il retourna sa dérision contre lui-même.

— Regardez-moi ! dit-il, tressautant de rire. Le plus brillant auteur de Londres, couché dans la fange ! Le plus gros buveur d'ale de toute l'Angleterre, crachant de l'eau fétide ! Le plus grand païen de la chrétienté, les yeux tournés vers le ciel ! N'est-ce pas une vue réjouissante, Owen ?

— Vous l'avez sacrément mérité.

— Ça oui !

— Vous avez dépassé les bornes de l'amitié.

— Je suis le premier à l'admettre.

— Cet abreuvoir était l'endroit qui vous convenait le mieux.

— Non, mon ami, répondit Applegarth, les remords effaçant le sourire sur son visage humide. C'était encore un lieu trop noble. Un marécage eût été plus adapté. Un fossé. Un gros tas de fumier. Trouvez-moi un trou assez profond et j'y ramperai pour rejoindre la vermine qui y grouille. Pourquoi est-ce que je me conduis ainsi, Owen ?

— Je vous le dirai demain, quand vous serez plus sobre.

Il se baissa, saisit fermement son compagnon sous les aisselles et le souleva par-derrière. Jonas Applegarth se hissa sur ses pieds. Il considéra l'état de son costume avec consternation.

— Mon épouse va me réduire en charpie ! gémit-il.

— D'autres auront peut-être envie de se charger de cette besogne.

— Mon pourpoint est taché, mon haut-de-chausses déchiré, mes bas irrécupérables. Je suis une insulte à ses talents de ménagère. Et mon chapeau ? Où est passé mon chapeau ? s'écria-t-il, pris de panique, en portant la main à son crâne.

— Ici, dit Elias en le ramassant dans la mare.

— Je n'ose rentrer chez moi dans cette tenue.

— Il le faudra bien, Jonas.

— Que dira ma femme ?

— À elle d'en décider. Mais je m'étonne que vous tempêtiez ainsi contre la religion alors que vous êtes marié à une sainte. Qui d'autre vous supporterait ?

— Oui, Owen, vous dites vrai. C'est une véritable sainte.

— Une martyre du mariage.

Applegarth resta grave et silencieux jusque chez lui. Il offrait un piteux spectacle lorsqu'une servante le fit entrer. Avant de rebrousser chemin, Elias attendit assez longtemps pour entendre le premier hurlement indigné de la sainte du foyer. C'est alors que, de l'autre côté de la rue, un mouvement dans l'ombre l'alerta et lui rappela la raison première pour laquelle il avait raccompagné Applegarth.

Tirant sa dague, il traversa prestement mais ne fut pas assez prompt. Il entrevit à peine une silhouette masculine avant que le fugitif ne disparaisse dans le dédale de ruelles. De sa lame, Elias fendit l'air en un geste de dépit.

Ils avaient été suivis.

Anne compta les pièces et les tendit.

— Voici, Ambrose, dit-elle avec soulagement. C'est fini !

— Merci.

— Ma dette est enfin réglée.

— Rien ne vous obligeait à me rembourser si vite, répondit-il, mettant les pièces dans sa bourse. D'ailleurs, ma dette envers vous est infiniment plus grande. Aucune somme d'argent ne pourra jamais me décharger de cette obligation.

— Je n'ai rien fait.

— N'est-ce rien que sauver la vie d'un homme et lui rendre l'espoir ? Vous avez fait cela pour moi, et bien plus encore.

— Je ne le pense pas.

— Le moindre penny que je possède est à votre disposition.

— Nous pouvons de nouveau faire face à nos dépenses, désormais.

— Vous savez sûrement combien vous m'êtes chère, Anne.

Elle se détourna et reprit son siège afin d'éviter ce qui risquait d'être une déclaration d'amour embarrassante. Ils se trouvaient chez elle, à Bankside. Le boucher se tenait d'un air gauche au milieu de la pièce. Irrité que le règlement de la dette le prive d'un prétexte pour venir régulièrement, il cherchait un moyen de s'assurer une place définitive dans l'affection d'Anne.

— J'ai agi par pure amitié, dit-elle.

— Vos sentiments se borneront-ils à cela ?

— Pour le moment, Ambrose.

— Et avec le temps ?

— Qui sait ce que l'avenir réserve ?

— Qui, en vérité ? convint-il, hochant tristement la tête. Il y a un an, j'étais le plus heureux des hommes. J'avais une femme et un fils aimés, un commerce florissant. Que pouvais-je demander de plus ? Et puis, soudain, j'ai tout perdu, dit-il avec un geste fataliste. Ma chère épouse est morte, on m'a enlevé mon fils au moyen d'un contrat légal et je ne trouvais plus aucun plaisir à mon métier. À quoi bon continuer à me battre ?

— On trouve toujours des raisons de continuer, Ambrose.

— Vous me l'avez appris.

— Moi aussi, j'ai perdu l'époux que je chérissais.

— Mais pas un enfant en même temps.

— Non, concéda-t-elle avec mélancolie. Pas d'enfant. Les joies de la maternité m'ont été refusées, ce qui, en soi, est un deuil douloureux. Mais votre fils ne vous a pas quitté pour toujours. Philip est en vie et vous reviendra avant longtemps. Nick y veillera.

— Bien vrai ?

— Placez votre confiance en lui.

— Cela m'est de plus en plus difficile.

— Ambrose ! s'indigna-t-elle.

— Vous avez vu comment il s'en est pris à moi. Il est censé aider Philip, non accuser son père avec tant de sévérité. Je regrette, Anne, mais Nick Bracewell commence à m'inspirer de nombreuses réserves.

— Vous ne le connaissez pas autant que moi.

— Cela me donne une autre cause d'inquiétude.

Il s'écarta pour dissimuler son amertume. Quand il se retourna vers Anne, il ébaucha un sourire et annonça avec une affection maladroite :

— J'ai encore écrit à Philip, aujourd'hui.

— Vos lettres le réconforteront.

— Il est assez grand pour qu'on le lui dise, à présent. Pour comprendre.

— Comprendre ?

— Quel ange de miséricorde vous avez été. Sans vous pour me soutenir, j'aurais renoncé. Philip le sait. Il vous apprécie beaucoup, Anne. Il parlait toujours gentiment de vous. Cela fera une telle différence pour lui ! Naturellement, Philip était plus proche de sa mère que de moi. Oui, cela fera une telle différence !

— Je ne vous suis pas.

— Un enfant a besoin d'un foyer, Anne.

— Il en a un.

— Il a une maison, mais il y manque une présence.

Anne devina ce qu'il tentait de lui dire et se prépara à cette épreuve. En remboursant sa dette, elle avait espéré atténuer le fardeau de son amitié, mais elle lui avait simplement fourni l'occasion de rechercher une relation plus sérieuse.

— Je sais que j'ai assez peu à offrir, commença-t-il en se plantant devant elle. Jacob Hendrik était un excellent chrétien, digne et consciencieux, et je ne pourrai jamais être pour vous un aussi bon mari. Mais je vous fais le serment…

— Il suffit, l'interrompit-elle. Je préférerais que vous n'en disiez pas plus à ce sujet.

— Vous ai-je offensée ? s'inquiéta Robinson d'un air blessé.

— Non, Ambrose.

— Me trouvez-vous si repoussant ?

— Vous êtes un brave homme et vous possédez de nombreuses vertus.

— Mais pas assez pour vous ?

— Ce n'est pas ce que je voulais dire.

— Néanmoins, vous me rejetez ?

— Pas du tout, répondit-elle, se levant pour s'approcher de la fenêtre. Seulement, je ne suis pas prête à envisager… ce que vous souhaitez me proposer.

— Pas prête pour l'instant, dit-il, soudain radieux. Mais un jour…

— Je ne promets rien.

— Un jour…

— Ma vie me satisfait telle qu'elle est.

— Un époux et un fils la rendront plus belle encore.

— Non, répliqua-t-elle, le regardant bien en face. Nous sommes amis — voire de très bons amis, je me plais à le penser. Vous m'avez tendu la main quand d'autres se détournaient, et je vous en serai toujours reconnaissante. Cela m'a donné envie de vous aider à ramener Philip à la maison.

Robinson la fixait. Une pointe de ressentiment perça dans sa voix :

— C'est lui, hein ?

— Qui ?

— Votre précieux Nick Bracewell. Voilà où le bât blesse.

— Que voulez-vous dire ?

— Tout a changé, remarqua-t-il, amer. Jusqu'à ce qu'il revienne dans votre petit monde, vous aviez du temps à me consacrer, vous vous intéressiez à mes affaires. Nous causions, nous dînions en tête à tête, nous allions même à l'église ensemble le dimanche. Pour moi, ce fut une époque bénie. Puis cet ami, ce Bracewell réapparaît et j'en suis réduit à quémander votre attention.

— Ce n'est pas vrai.

— Il a tout bouleversé.

— Non, Ambrose.

— Sans lui, vous seriez à moi. Je le sais.

— Nick n'a rien changé, rien !

Sa véhémence à le repousser lui fit l'effet d'une gifle. Tendu, les yeux furieux, il s'abstint cependant de tout commentaire. Tournant les talons, il sortit de chez elle en claquant la porte.

Lawrence Firethorn s'apprêtait tout juste à grimper dans le lit quand des coups retentissants ébranlèrent la porte d'entrée. Margery était déjà couchée en chemise de nuit au milieu des coussins, un sourire sensuel aux lèvres. *La Vengeance de Vincentio* leur avait fait regagner de bonne heure leur chambre à coucher et ils savaient que personne, dans la maison, n'aurait l'audace de les interrompre.

Les coups redoublèrent. Firethorn tapa sur le plancher de son pied nu afin d'attirer l'attention de la servante, au-dessous.

— Qui que ce soit, envoyez-le au diable ! hurla-t-il.

— Ignorez-les, Lawrence, ronronna son épouse.

— Quand vous êtes étendue ainsi devant moi, ma douce, j'ignorerais le Jugement dernier. Un autre époux a-t-il été aussi comblé par son épouse ? Un autre amant s'est-il aussi bien accordé à son amante ?

Il se coula entre les draps pour baiser ses lèvres tendrement.

— Un autre acteur a-t-il reçu un rôle aussi beau que celui que je joue à présent ?

Il l'étreignit avec une passion sauvage et enfouit sa tête entre ses seins généreux. Elle enfonça ses doigts dans les cheveux de Firethorn, l'attira plus près et l'encouragea par des cris de bonheur, gémissant de plaisir quand il glissa les mains sous sa chemise de nuit pour explorer la tiédeur de ses cuisses. Le lit se mit à grincer en rythme, mais un bruit plus fort le couvrit. On frappait à leur porte.

L'extase retomba instantanément. Firethorn ne pouvait y croire. Au moment où ils désiraient le plus être seuls, on avait le front de les déranger. C'était impardonnable. Bondissant du lit à demi nu, il traversa la chambre, déterminé à réprimander la servante en termes bien sentis avant de la jeter à la rue. Il ouvrit la porte avec violence, s'attendant à voir la fille se recroqueviller de terreur. Au lieu de quoi, il fut confronté à un spectacle incroyable : Edmund Hoode, les poings sur les hanches, solidement campé sur ses jambes.

— J'ai à vous parler, Lawrence, annonça-t-il.

— Quoi, là, tout de suite ? Faut-il vraiment que ce soit maintenant ? Et que ce soit ici ?

Firethorn sortit de la chambre et ferma la porte.

— Avez-vous idée de ce que vous venez d'interrompre ?

— Peu me chaut.

— Margery m'attend à l'intérieur.

— Je ne vous empêcherai pas très longtemps de dormir.

— Dormir était le cadet de nos soucis !

— Il fallait que je vous voie.

— Eh bien, vous m'avez vu ! Alors partez, quittez ma maison avant que je ne vous aide à sortir plus vite ! menaça-t-il, ses yeux lançant des éclairs dans la pénombre. Ne vous interposez pas entre le dragon et sa compagne !

— Qui est-ce ? appela Margery de l'intérieur.

— Edmund !

— À cette heure-ci ?

— Partez, monsieur ! gronda Firethorn. Votre avenir en dépend.

— C'est justement pourquoi je suis ici, répondit Hoode avec calme. Pour discuter de mon avenir. Quand j'ai senti le danger en la personne d'un rival, mon premier élan fut de me faire tout petit, voire de m'effacer. Plus maintenant, Lawrence. J'ai l'intention d'accomplir ma destinée. Je suis venu me battre pour conserver ma place chez les Hommes de Westfield.

Firethorn explosa :

— Si vous me retenez encore, vous vous battrez pour conserver la vie ! Ventrebleu ! La plus belle femme du monde m'attend dans ce lit.

— Pas éternellement, avertit de loin Margery. Je commence à me lasser.

— Revenez demain, Edmund !

Firethorn tenta de le repousser, mais Hoode tint bon, montrant une détermination sans précédent de la part d'un homme si réservé. Cinq minutes en tête à tête avec Cecily Gilbourne l'avaient transformé. On l'aimait. On admirait ses pièces. Sa vie avait un sens, après tout. Ce qui l'émouvait le plus était qu'elle appréciait son œuvre. Cela lui avait rendu confiance et l'avait amené à réfléchir au traitement mesquin que lui réservaient les Hommes de Westfield. Le feu au ventre, il avait parcouru à pied le long chemin jusqu'à Shoreditch afin de braver le lion dans sa tanière. La présence de Margery était un inconvénient mineur.

— Allez-vous le gifler ou dois-je m'en charger ? cria-t-elle.

— Voilà, ma belle, roucoula Firethorn avant de toiser l'intrus, le regard noir. Partez tout de suite, tant que vos jambes peuvent encore vous porter, ou je ne réponds plus de mes actes !

— Je pars tout de suite, Lawrence. Et pour de bon !

— Tant mieux.

— Qui écrira vos pièces ? Je me le demande !

— Encore là ? se lamenta Margery. Étranglez ce benêt !

— Je veux parler de ma place, continua Hoode, imperturbable. Je veux parler de mon avenir. Les Hommes de Westfield sont tenus par contrat de jouer *Le Berger fidèle* à *La Rose*, pourtant je me vois évincé au profit de Jonas Applegarth.

Firethorn faillit suffoquer.

— Vous envahissez ma chambre à coucher à seule fin de parler d'une malheureuse pièce ?

— Cette malheureuse pièce signifie beaucoup pour moi. Voici mes conditions : jouez-la à *La Rose* et je reste au sein de la compagnie. Remplacez-la et j'offrirai dorénavant mon talent aux Hommes de Banbury. Comprenez-vous, Lawrence ?

L'autre, sidéré, ne parvint qu'à hocher la tête docilement. Cette sommation intrépide lui coupait la voix. Haletant sur le lit, Margery se préoccupait davantage d'autres organes.

— Lawrence ! cria-t-elle. Revenez ici tout de suite ! Votre bouilloire ne bout plus, messire ! Elle a besoin de chaleur pour chantonner. Rallumez ma flamme. Où êtes-vous, enfin ?

Hoode frappa poliment à la porte et l'entrouvrit à peine.

— Nous avons fini, Margery. Je vous l'envoie.

N'ayant dormi que quelques heures, Nicholas se leva avant l'aube et descendit vers la Tamise. Le fleuve clapotait bruyamment contre le quai, et les navires ancrés dansaient dans le demi-jour. Nicholas, qui était né et avait grandi dans un port maritime, se sentait chez lui près de l'eau sombre, serpentant entre les berges avec une puissance indolente. Quand les premières taches de lumière mouchetèrent le fleuve, il respira l'air vivifiant à pleins poumons et se sentit en paix avec lui-même. Des mouettes crièrent, un treuil s'anima en grinçant, au loin on entendit des rames heurter l'eau avec un bruit sourd.

Son regard remonta alors vers Bankside et les démons revinrent le tourmenter. Dans son chemin jusqu'à la mer, la Tamise ne faisait pas que traverser Londres. Son large dos les séparait, Anne et lui, les retenant loin l'un de l'autre. Il faudrait plus qu'un pont pour les réunir à nouveau.

Nicholas remâchait encore ses pensées, sur le quai, alors que le port grouillait de bateaux et de gens vaquant à leurs tâches quotidiennes. Il s'agenouilla pour recueillir un peu d'eau dans ses mains et la passa sur son visage. Il se mit à marcher au milieu du bruit, frais et dispos pour sa nouvelle journée de travail.

Blackfriars chassa Anne de son esprit. La seconde visite au théâtre avait été fructueuse. Grâce au plan de Caleb Hay, il avait pu se repérer avec plus de précision et James Ingram lui avait indiqué des aspects du domaine qu'il n'avait pas remarqués auparavant. Un riche quartier londonien s'était opposé à la création d'un théâtre public en son sein et avait vu s'installer, à la place, le théâtre privé le plus en vogue d'Angleterre. Nicholas se demanda combien d'entre les pétitionnaires étaient devenus des spectateurs assidus à Blackfriars.

Raphael Parsons pouvait désormais être tenu pour suspect. La première entrevue, Nicholas en était persuadé, avait été préparée afin d'écarter de lui tout soupçon. Feignant de mener sa propre enquête, Parsons avait cherché à se mettre hors de cause. Aucune mise en scène n'avait été prévue pour leur seconde rencontre. Il avait été pris de court. Son agressivité, ses menaces furibondes et son refus d'indiquer où il se trouvait à l'heure du crime se combinaient pour faire de lui un coupable en puissance.

Nicholas était convaincu que ses violentes querelles avec la victime portaient autant sur l'argent que sur le sort des jeunes acteurs. Ses longues années auprès des Hommes de Westfield avaient donné au régisseur une bonne idée des difficultés financières d'une compagnie théâtrale. Blackfriars n'était sans doute pas à la merci des éléments comme *La Tête de la Reine*, néanmoins il y avait un loyer à payer, des costumes à acheter, des décors et des accessoires à fournir, de coûteux équipements scéniques à installer, et le théâtre lui-même à nettoyer et à entretenir.

Que l'on ajoute les frais pour la commande régulière de nouvelles pièces, et l'on voyait combien les dépenses courantes étaient élevées. Le public de Blackfriars payait, certes, le prix fort pour assister au spectacle, mais la salle était plus petite que dans les théâtres publics et une représentation rapportait moins qu'à l'auberge. Parsons menait la vie dure à ses comédiens afin de récolter des bénéfices. Il n'avait guère dû apprécier que Cyril Fulbeck, mû par son bon cœur, lui barrât la route.

Ces réflexions entraînèrent inévitablement Nicholas à songer au cas de Philip Robinson, ce qui ramena Anne dans ses pensées. Il ressassa de plus belle leur situation jusqu'à ce qu'une voix l'appelle. Il leva les yeux et vit Nathan Curtis émerger de la foule pour le rejoindre alors qu'il bifurquait dans Gracechurch Street.

— Toujours aussi matinal, Nathan ! Les autres ont de quoi avoir honte.

— J'ai deux bancs à réparer, un cercueil à renforcer et une jambe de bois à fabriquer.

— On a toujours grand besoin d'un charpentier.

— Jusqu'à ce que vous partiez en tournée. Les affaires se traînent, alors.

— Le théâtre est un maître cruel.

Ils bavardaient toujours lorsqu'ils passèrent le porche de *La Tête de la Reine* et se dirigèrent vers les pièces qu'ils louaient pour disposer d'un entrepôt. Les costumes, les accessoires et le matériel de scène étaient précieux ; on les gardait enfermés en permanence.

Nicholas s'alarma donc en trouvant la première porte déjà déverrouillée.

— Quelqu'un nous a précédés ? demanda Curtis.

— Sûrement pas un membre de la troupe. Je suis le seul à posséder la clef.

— Qui, alors ?

Nicholas dégaina une dague prudente avant d'ouvrir la porte. Suivi de Curtis, il pénétra dans la réserve. Rien ne semblait manquer, mais il fut certain qu'on y était entré. Un craquement dans la pièce voisine attira son attention. C'était là-bas qu'ils rangeaient leurs accessoires et leurs décors, et que le charpentier laissait chaque soir ses outils. Nicholas s'en approcha à pas de loup et souleva doucement le loquet. La porte n'était pas verrouillée, mais ne s'ouvrit que de quelques pouces avant de rencontrer un obstacle.

Posant l'épaule contre le bois, il appliqua une pression vigoureuse et repoussa quelque chose de lourd, qui racla les lattes du plancher. Pendant tout ce temps, le craquement continuait à se faire entendre. Les deux compagnons se figèrent quand ils découvrirent d'où il provenait.

Jonas Applegarth était pendu à la poutre maîtresse par une corde épaisse. À chaque oscillation, le bois massif craquait sous son poids. Son visage était boursouflé, son regard fixe, son corps singulièrement tordu.

Ses souliers arrivaient tout juste au-dessus du sol, mais cette courte distance avait suffi. Un homme d'une force et d'une vitalité prodigieuses était réduit à une masse inerte.

C'était un cercueil ouvert qui bloquait la porte. Pris d'un haut-le-cœur, Curtis se plia au-dessus et ne put s'empêcher de vomir. Nicholas se ressaisit plus vite. Il observa que la corde passait par-dessus la poutre et était attachée à un tasseau de bois fixé au mur. L'ayant dénouée, il la tint solidement et fit descendre la dépouille avec autant de considération qu'il le pouvait.

Nathan Curtis se tournait pour l'aider quand un autre bruit éclata. Un rire de dément, étrange, inquiétant, qui semblait venir de tout près ; il crût en volume et en intensité au point d'emplir la pièce entière. Le charpentier fut terrifié, mais Nicholas, lui, ne l'entendait pas pour la première fois. Le bourreau était de retour.

Fonçant sur la seconde porte, Nicholas essaya de l'ouvrir mais elle était verrouillée. Il chercha sa clef à tâtons et l'inséra bien vite dans la serrure. La pièce contiguë servait de loge à la troupe. Le temps que le régisseur y pénètre, le rire avait cessé et l'endroit était désert. Il franchit la porte qui donnait sur la cour, mais ne vit pas signe d'un fugitif. Des clients partaient, des valets d'écurie s'affairaient, une servante balayait. Nicholas regagna la loge et essaya une troisième porte. Celle-ci ouvrait sur le couloir qui conduisait à la salle.

Nicholas le suivit en courant, cherchant dans chaque pièce, chaque alcôve devant laquelle il passait. Lorsqu'il arriva tout au bout, la porte s'ouvrit devant lui et il se retrouva nez à nez avec Alexander Marwood.

— Qu'y a-t-il ? voulut savoir le patron.

— Quelqu'un vient-il de sortir par cette porte ?

— Je n'ai vu personne.

— En êtes-vous certain, messire ?

— J'ai de bons yeux.

— Mais alors, où est-il passé ?

Nicholas revint sur ses pas de crainte d'avoir manqué un détail. Pressentant des ennuis et levant les mains au ciel, le patron, blême, trottait sur ses talons.

— Quelle nouvelle calamité s'est abattue sur moi ? geignit-il.

— Faites quérir la justice, messire Marwood.

— Des voleurs sont entrés ? Ils ont pillé mes biens ?

— Il s'agit d'un crime encore plus grave.

— On a allumé un incendie dans ma propriété ?

— Appelez les constables.

— Mon Dieu ! hurla Marwood, craignant que le pire fût enfin advenu. Ma petite Rose a été enlevée par un de vos acteurs en rut !

Nicholas le prit par les épaules pour le calmer.

— Non, messire. Pas de vol, pas d'incendie ni d'atteinte à la vertu de votre fille. Une plus grande cause d'affliction nous accable. Un meurtre a été commis à *La Tête de la Reine*.

— Un meurtre !

Ce mot plongea le patron dans un nouveau paroxysme d'inquiétude. Tremblant de tout son corps, il prit entre ses mains son crâne dégarni, et sous l'effet cumulé de trois tics nerveux, ses sourcils évoquèrent des chenilles en plein accouplement. Nicholas le poussa vers la salle.

— Allez chercher de l'aide ! ordonna-t-il. Donnez l'alerte !

Marwood se sauva comme un poulet poursuivi par une hache.

— Au meurtre ! Hé ! Oh ! À l'aide !

Abandonnant la poursuite, Nicholas retourna rapidement dans la pièce où gisait Applegarth. Il importait de trouver des indices et de protéger le corps de l'intérêt morbide que les cris du patron susciteraient immanquablement. D'autres membres de la troupe arriveraient bientôt. Il fallait leur épargner la vue de cette horreur. La mort les priverait de leur public. Il n'y aurait pas de représentation, cet après-midi-là.

Quand Nicholas rentra, le corps gisait dans la position exacte où il l'avait laissé. Nathan Curtis était toujours là, mais un autre l'avait rejoint. Nicholas resta muet de saisissement. Alors que le charpentier contemplait la victime avec respect, son compagnon la fixait avec un sourire placide de satisfaction.

James Ingram tourna la tête vers Nicholas.

— Ne me demandez pas de le pleurer, lui dit-il, car je n'en ferai rien.

9

Lawrence Firethorn était encore tout déconfit, ce matin-là, quand son cheval franchit au trot la masse vertigineuse de Bishopsgate. La nuit de passion débridée qu'il s'était promise avait tourné en une vulgaire querelle avec son épouse déçue. Par la faute d'Edmund Hoode, le chef de la troupe avait passé ces heures nocturnes dans un lit morne et froid. Mais au fond, il n'était pas vraiment fâché contre le dramaturge. Il ne parvenait à ressentir, tout au plus, que de l'irritation. Alors qu'il aurait dû être assoiffé de sang, il restait sidéré par tant d'audace.

Hoode était entré dans l'antre de la bête pour poser ses conditions. Voilà qui forçait l'admiration ! Même confronté à la violence de leur frustration, il n'avait pas plié. D'habitude, Firethorn pouvait le soumettre à sa guise et sa femme le vainquait d'un coup d'œil, mais, cette fois, leurs forces conjuguées n'avaient exercé aucun effet sur lui. Il s'était interposé entre eux telle la lame nue d'un glaive, contraignant leurs corps ardents aux tourments de la chasteté.

Qui avait changé un auteur taciturne en preux chevalier ? Qu'est-ce qui l'avait poussé à entrer résolument en lice pour l'honneur de son œuvre ? Pourquoi avait-il décidé d'interrompre une copulation légitime dans une chambre à coucher de Shoreditch à ce moment particulier ? Une seule explication s'imposait.

— Que le diable l'emporte, et sa queue avec lui ! grogna Firethorn. Il est amoureux.

Cela constituait un réel problème pour les Hommes de Westfield. Ils ne pouvaient plus compter aveuglément sur leur auteur résidant. Hoode les forçait à choisir entre son talent éprouvé et le génie potentiel de Jonas Applegarth. Que joueraient-ils à *La Rose* : *Le Berger fidèle* ou *Les Infortunes du mariage* ? La comédie romanesque de Hoode connaîtrait un succès incontestable, mais la satire acerbe d'Applegarth retentirait à travers tout Londres.

Firethorn était au désespoir. Perdre Hoode lui eût causé une profonde tristesse ; sacrifier Applegarth eût été, professionnellement, un acte insensé. Il mettait encore les deux hommes en balance quand son cheval, se frayant un passage à travers la foule, tourna dans la cour de l'auberge.

Le chaos l'attendait. Des corps se ruaient en tous sens dans la confusion la plus totale. Alexander Marwood tournait en cercles concentriques, gémissant sur son sort auprès de qui voulait l'entendre et réprimandant quiconque lui refusait une oreille complaisante. Thomas Skillen branlait du chef avec incrédulité, George Dart faisait les cent pas d'un air affolé et les quatre apprentis pleuraient à chaudes larmes. Edmund Hoode, hébété, était assis sur un tonneau. Au bout de la cour, Owen Elias s'escrimait frénétiquement contre le vide, une épée à la main.

Firethorn vit deux hommes décharger un grand cercueil d'une charrette. Il éperonna sa monture pour aller vers Hoode.

— Edmund ! Que signifie cette agitation ?

— Jonas Applegarth a été assassiné !

— Ici, à *La Tête de la Reine* ?

— Par pendaison.

La nouvelle fit au comédien l'effet d'un violent coup de poing. Il songea, avec un frémissement, aux terribles conséquences. Certes, un problème se trouvait résolu : Hoode resterait avec la troupe puisque Applegarth avait déserté pour toujours. Mais cela générerait une centaine d'autres difficultés. Venant couronner une nuit de célibat forcé, c'était trop lourd à endurer.

Nicholas utilisa au mieux le temps limité dont il disposait. Pour prévenir toute intrusion intempestive, il posta James Ingram et Nathan Curtis à chacune des deux portes. La réaction impitoyable d'Ingram était inattendue, de la part d'un homme aussi compatissant, mais le régisseur n'eut pas le loisir d'y réfléchir. Jonas Applegarth repoussait tout le reste de son esprit. Avant d'examiner le mort, il commença par ôter la corde et remarqua le nœud coulant, formé avec soin. Le dramaturge n'avait pas été expédié vers l'autre monde au moyen d'un nœud grossier. Le bourreau connaissait son métier.

Nicholas fut surpris de ne découvrir aucune trace de sang sur la dépouille. Applegarth n'était sûrement pas monté de son plein gré sur le gibet improvisé. Son meurtrier avait dû le réduire à l'impuissance, sans quoi il se serait défendu, il aurait crié. Nicholas trouva enfin l'énorme bosse à l'arrière du crâne. On l'avait assommé. Un solide maillet gisait par terre. Bien malgré lui, le charpentier avait fourni l'arme du crime, de la même façon que les Hommes de Westfield avaient procuré la corde. Le lieu de l'exécution avait été choisi avec soin.

Quand il eut retourné le cadavre sur le flanc, Nicholas fut intrigué à la vue de sciure de bois sur le pourpoint et le haut-de-chausses. Curtis était un charpentier méticuleux. Bien que la pièce lui servît d'atelier, il balayait régulièrement. Nicholas s'approcha de la table rudimentaire, dans un coin. De la sciure était encore logée dans les rainures et les irrégularités naturelles du bois. Comment était-elle arrivée sur les habits de la victime ?

Se penchant une fois de plus sur le corps prostré, il fouilla les poches mais ne découvrit qu'un seul indice éventuel : une brève note, griffonnée sur un bout de parchemin, qui passa dans sa propre poche. Muet, incapable de protester, Applegarth gisait sur le dos, les yeux tournés vers le plafond. Pendant son court séjour chez les Hommes de Westfield, il avait produit une vive impression et serait regretté. Nicholas pria en silence, puis lui abaissa les paupières avec douceur.

Des éclats de voix de l'autre côté de la porte lui indiquèrent que le temps pressait. Il le mit à profit pour réfléchir aux parallèles entre ce meurtre et celui de Cyril Fulbeck. Les similitudes étaient flagrantes. Les deux hommes avaient été assommés avant qu'on leur passe la corde. Tous deux avaient été pendus par un individu qui signait ses crimes d'un rire moqueur. Tous deux avaient péri dans des édifices d'où le tueur pouvait facilement s'échapper. Nicholas songeait aux autres points communs lorsqu'on frappa violemment à la porte.

Les constables étaient arrivés et l'enquête officielle commença. Nicholas et Curtis déposèrent, le lieu du crime fut passé au crible et le cadavre examiné avec soin. Faute de pouvoir le loger dans le cercueil, les deux employés le perchèrent au-dessus et le recouvrirent de drap noir. Bien des larmes furent versées dans la cour, quand la dépouille d'Applegarth fut portée solennellement jusqu'au chariot, puis partit vers le dépôt funéraire. Les Hommes de Westfield étaient en deuil.

Nicholas sortit enfin ; Lawrence Firethorn l'attendait devant la porte. Il prit son régisseur par le bras et l'entraîna à l'écart pour l'interroger à mi-voix.

— Savez-vous à quel point cela va nuire à la compagnie ?

— Toutes mes pensées vont à sa pauvre épouse.

— Les miennes aussi, se défendit Firethorn. La malheureuse sera anéantie. Mais nous subissons, nous aussi, un acte de destruction. La représentation d'aujourd'hui est annulée et Marwood, en proie à une panique superstitieuse, menace de résilier notre contrat. Qu'allons-nous faire, Nick ?

— Tâchons de garder notre calme.

— Quand l'un des nôtres a été assassiné ?

— Rassurez le reste de la troupe, conseilla Nicholas. Tous ont besoin de bienveillance et de réconfort en un moment pareil. Je parlerai au patron et j'arrondirai les angles.

— Qui a perpétré ce forfait, Nick ?

— Je l'ignore.

— Et pourquoi fallait-il que ce fût justement ici ? Pourquoi ne pas avoir poignardé Jonas dans une allée sombre ?

— Il est plus facile de répondre à cette question : l'assassin voulait infliger le plus de tort possible aux Hommes de Westfield. Vous avez vu quel désarroi cela a engendré.

— Cette cour ressemblait à un asile de fous, soupira Firethorn. Marwood bondissait de tous côtés comme un dément une nuit de pleine lune. Que le bourreau n'a-t-il choisi son cou décharné pour y passer un nœud coulant ! Si notre patron avait été pendu aux chevrons, nous aurions eu un événement à célébrer. Racontez-moi donc ce qui s'est passé depuis le moment où vous êtes arrivé, dit-il en l'attirant plus près.

Nicholas fut succinct. Firethorn réfléchit, les sourcils froncés.

— Que faisait Jonas à l'auberge de si bon matin ?

— Il répondait à votre appel.

— Plaît-il ?

— Vous étiez le seul qui pouvait le faire venir à *La Tête de la Reine* au point du jour. Le meurtrier le savait et a tendu son piège en conséquence.

— Un piège ?

— Voici l'appât.

Nicholas tendit la lettre trouvée dans la poche du défunt. Son compagnon déchiffra les mots écrits à la hâte.

« Si vous tenez à rester chez les Hommes de Westfield, retrouvez-moi dès l'aube à *La Tête de la Reine*. »

— Je n'ai jamais envoyé cela ! protesta le chef de la troupe.

— Jonas a cru le contraire.

— Je ne suis pour rien dans ce message.

— Je sais, dit Nicholas. Ce n'est pas un simple message, mais une sentence de mort.

Anne était à la fois triste et soulagée par sa conversation avec Ambrose Robinson la veille au soir. Elle se désolait de blesser un cœur déjà affligé. Cet homme vigoureux, qui exerçait une profession brutale, n'en était pas moins extrêmement sensible et l'avait touchée en lui révélant cette facette de son caractère. Cependant, elle ne voulait pas que son amitié fût mal interprétée. Cette déclaration d'amour intempestive l'avait forcée à lui expliquer ses propres sentiments, ce qui lui avait procuré un certain apaisement. Sans doute l'avait-elle peiné, mais, du moins, il ne l'importunerait plus.

— À quelle heure vient-il ?

— À midi, Preben.

— Désirez-vous que je sois là ?

— J'y tiens, dit-elle aimablement. Je n'imaginerais pas d'engager un nouvel apprenti sans votre pleine approbation.

— D'où vient la famille de ce garçon ?

— D'Amsterdam.

— C'est une recommandation suffisante.

Preben Van Loew avait été, comme de coutume, le premier à arriver au travail. Anne était venue de sa maison voisine afin de discuter des projets du jour. Elle prenait une part active à la direction de son commerce. Le vieux Hollandais et ses collègues confectionnaient les chapeaux, mais Anne les dessinait souvent et elle se chargeait seule de trouver des clients et d'assurer les livraisons. Quand la demande était particulièrement pressante, on la voyait même tirer l'aiguille.

À l'heure où les autres employés entrèrent, sa discussion avec Preben avait pris fin. Sa première tâche, ce matin-là, serait d'acheter de nouveaux tissus pour la boutique. Elle regagna sa maison, mit son chapeau et fut prête à partir. Un coup sourd à la porte d'entrée la fit se retourner. Une silhouette passa devant sa fenêtre, trop vite pour être identifiée.

Déconcertée, Anne alla ouvrir avec hésitation. Personne. Puis sa jupe frôla quelque chose : un gros bouquet de fleurs dans une corbeille d'osier. Elle le ramassa et en respira le délicieux parfum. Émue de ce présent inattendu, elle se demanda qui pouvait bien le lui adresser.

Le généreux donateur se montra bientôt. Ambrose Robinson apparut au coin de la rue et agita joyeusement la main. Son expression contrite et les fleurs étaient visiblement une offre de paix. Les acceptant pour telles, Anne répondit par un geste et un sourire de gratitude. Il la regarda d'un air ravi avant de disparaître à nouveau. Elle posa la corbeille fleurie sur une table sans songer un instant à la signification réelle du cadeau qu'elle apportait à l'intérieur de sa maison.

— Vous vous en êtes acquitté avec noblesse, Nick. Nul n'aurait pu mieux agir.

— Il m'incombait d'annoncer la triste nouvelle, et je tenais à ce que ce fût moi.

— Dieu merci, personne ne vous avait précédé !

— Votre présence a été d'un grand secours, Owen.

— Je n'ai pour ainsi dire rien dit.

— Vous étiez là. Cela suffit. Dame Applegarth a puisé de la force dans votre sympathie.

— Votre compassion l'a soutenue. Vous avez su trouver les paroles les plus douces pour le lui apprendre. Elle vous en sera à jamais reconnaissante.

Owen Elias et Nicholas sortaient de chez les Applegarth. Le régisseur avait été chargé d'informer l'épouse qu'elle était désormais veuve, et il avait omis tous les détails macabres liés à la mort du dramaturge. Ils avaient demandé à des voisins de rester auprès d'elle jusqu'à ce que d'autres membres de la famille puissent venir partager son tragique fardeau.

— Quelle femme courageuse ! observa Owen. Elle a gardé sa dignité pendant toute cette épreuve, un peu comme si elle s'était attendue à une telle issue.

— Je pense qu'elle s'y était préparée, en effet. Jonas semblait courir à sa perte.

— Oui, Nick. Le plus étonnant n'est pas qu'il soit mort, mais qu'il ait vécu si longtemps.

Nicholas se retourna pour contempler la maison avec une profonde tristesse.

— Jonas Applegarth était un auteur exceptionnel — nous n'en avons jamais vu de meilleur à *La Tête de la Reine* —, mais son talent était gâché par une perversion de sa nature. Son œuvre lui valait des amis, pourtant il s'acharnait à s'attirer des ennemis.

— Un en particulier !

— Je le crains.

— Retrouvons-le sur-le-champ, proposa Elias d'un ton pressant. Maintenant que nous avons accompli notre devoir envers sa veuve, nous devons chercher vengeance. Nous savons qui a commis le crime.

— Ah oui ?

— Hugh Naismith. Cet ancien des Hommes de Banbury.

— Je ne le crois pas.

— Il épiait Jonas depuis des jours. Vous étiez là quand Naismith a tenté de l'atteindre à l'aide d'une dague. Et, j'en mettrais ma main au feu, c'est lui qui nous a suivis jusqu'ici la nuit dernière.

— Cela ne fait pas de lui le coupable, Owen.

— Pourquoi ?

— Il n'aurait pas pris la peine d'installer un gibet à *La Tête de la Reine* alors qu'il pouvait occire sa victime plus facilement avec une épée ou une dague. De plus, vous oubliez un détail.

— Lequel ?

— Naismith a été blessé pendant le duel. Comment, avec son bras en écharpe, aurait-il pu hisser une charge aussi lourde ? Ce n'est pas vraisemblable.

— Sauf s'il avait un complice.

— Je n'ai entendu rire qu'un seul bourreau, Owen.

— Naismith avait un motif et les moyens de tuer Jonas.

— Soit, concéda Nicholas. Mais quel motif et quels moyens avait-il d'assassiner Cyril Fulbeck au théâtre de Blackfriars ?

— Le motif crève les yeux, Nick.

— Vraiment ?

— En mettant ces enfants sur scène, Fulbeck ôtait le pain de la bouche à d'honnêtes acteurs. J'approuve Hugh Naismith sur ce point. Je tordrais avec joie le cou à ces marmots et à l'homme qui les a placés là-bas.

— Vous vous trompez, Owen.

— Ça ne peut être que Naismith.

— En aucun cas.

— Votre argument ?

— Il était l'ennemi de Jonas, raisonna Nicholas. Celui-ci serait resté sur ses gardes sitôt qu'il l'aurait aperçu. Naismith aurait pu forger une lettre pour l'attirer à l'auberge, mais comment l'aurait-il convaincu d'entrer dans notre réserve ? Celui qui l'a tué ne lui inspirait aucune méfiance. Rappelez-vous le maître de chapelle.

— Cyril Fulbeck ?

— Lui aussi s'était laissé approcher sans crainte. Un inconnu n'aurait jamais pu pénétrer dans l'enceinte de Blackfriars.

— C'est donc qu'il connaissait Naismith.

— Il n'a aucune part là-dedans, Owen.

— Mais si ! s'entêta le Gallois. Cette dague qui a volé vers le dos de Jonas ne surgissait pas de nulle part.

— Non, elle était lancée par un de ses ennemis, mais non par notre bourreau.

— Il y aurait donc deux traîtres dans cette histoire ?

— Très certainement, confirma Nicholas, considérant tous les aspects de l'affaire. L'un se terre dans l'ombre et frappe par-derrière. L'autre est plus calculateur. Pourquoi messire Fulbeck fut-il pendu sur sa propre scène ? En quoi importait-il d'attirer Jonas à *La Tête de la Reine* ? Il y a de la méthode là-dedans, Owen. Et une subtilité dont Naismith ne serait pas capable.

Elias hocha la tête à regret.

— Vous commencez à me convaincre. Il se pourrait que ce ne soit pas lui. Mais, ajouta-t-il, sentant à nouveau bouillir sa colère, il n'est pas pour autant hors de cause. Il a suivi Jonas et a lancé cette dague.

— Peut-être.

— Sans l'ombre d'un doute, Nick. Retrouvons-le et arrachons-lui une confession grâce à une bonne rossée. Une tentative de meurtre ne doit pas rester impunie.

— Et elle ne le sera pas. Mais vous poursuivrez seul Naismith.

— Et vous ?

— Je dois me rendre chez le coroner pour signer une déclaration sous serment, expliquant dans quelles circonstances on a découvert le corps de Jonas. Nathan Curtis m'attend là-bas. Ensuite, j'irai au théâtre.

— Au *Rideau* ? Au *Théâtre* ? À *La Rose* ?

— Non, à Blackfriars, répondit Nicholas. C'est là que ce mystère commence et c'est là qu'il finira par être résolu.

Le doigt de la culpabilité le désignant une fois de plus, Edmund Hoode ferma les yeux pour ignorer son accusation silencieuse. Il n'entendait qu'à demi la dispute qui faisait rage tout près de lui. Barnaby Gill et Lawrence Firethorn étaient assis avec le poète à *La Tête de la Reine*. Échauffés par la boisson, ils s'affrontaient tels deux cerfs entremêlant leurs bois.

— Pourquoi la représentation a-t-elle été annulée ? demanda Gill, impérieux.

— Par respect pour le défunt, répliqua Firethorn.

— On ne m'a pas consulté.

— Nous n'avions guère le choix, Barnaby. Même vous, vous devez bien le reconnaître. Nous ne pouvions donner notre spectacle dans la cour pendant que Jonas Applegarth se balançait au bout d'une corde dans la réserve.

— On a coupé la corde et emporté son corps il y a des heures.

— Son souvenir demeure.

— Je crois que vous l'avez fait par dépit, Lawrence.

— Par dépit ?

— Oui ! cria Gill, se mettant en rage. Aujourd'hui, nous devions jouer *La Folie de Cupidon*. Une pièce taillée sur mesure pour mon génie, mille fois acclamée par le public. Vous l'avez supprimée pour me contrarier.

— Pures divagations !

— Vous savez que je brûle les planches dans *La Folie*. Ils m'idolâtrent. Ils adorent me voir en Rigormortis.

— Mais moi aussi ! répondit Firethorn, sarcastique. Je donnerais tout pour vous voir en pleine *rigor mortis*[1].

— Jaloux !

— Allez pourrir ailleurs !

— Aigri !

1. « Rigidité cadavérique ». (*N.d.T.*)

— Est-ce aussi pour cela que Jonas Applegarth est mort pendu ? Pour vous contrarier ? « De grâce, doux sire, serrez cette corde autour de mon cou afin que je puisse contrarier Barnaby Gill ! » Pensez à quelqu'un d'autre pour changer, mon cher. Regrettez l'ami disparu. Prenez exemple sur Edmund.

Il poussa vigoureusement l'auteur du coude.

— N'est-ce pas ?

— Vous disiez ? demanda Hoode en ouvrant les yeux.

— Vous pleurez Jonas, pas vrai ?

— Oui, Lawrence. Je pleure et je me repens. Dieu m'est témoin que je parle avec franchise. Je suis tenaillé par les remords.

— Pourquoi ?

— Parce que j'ai souhaité la mort de ce malheureux.

— Moi aussi, comme tout le monde, déclara Gill. Pourquoi le nier ? Nous haïssions Jonas Applegarth. Il est passé sur nous tel un cataclysme. Voyez, nous en tremblons encore.

— Je préfère me rappeler comment les spectateurs vibraient pendant sa pièce, riposta Firethorn avec superbe. La magie de son imagination les faisait frémir de stupeur, son esprit acéré les pliait de rire. À quoi sert le théâtre, sinon à provoquer un tremblement de terre deux heures durant ? Pourquoi les spectateurs viennent-ils, si ce n'est pour sentir le sol s'ébranler sous leurs pieds ?

— Lawrence a raison, admit Hoode. Jonas Applegarth avait le pouvoir de déplacer des montagnes.

— Oui, ironisa Gill. Il le faisait chaque fois qu'il soulageait ses entrailles. Ses fesses étaient assurément de volumineuses éminences.

— Ne dites pas du mal d'un mort ! le réprimanda Firethorn.

— Quelle injustice ! reprit Hoode. Dans un moment de jalousie, il m'est arrivé de souhaiter sa disparition, mais je le regrette à présent. Il avait tant à apporter aux Hommes de Westfield ! Un être d'une grande valeur est sorti de notre vie.

— Il avait le souffle du génie, je veux bien le lui accorder, dit Gill de mauvaise grâce. Mais il aurait pu choisir un autre jour pour mourir. Je suis accablé de ne pouvoir jouer *La Folie de Cupidon*. J'y ai dix-sept moments magiques, et il m'a volé chacun d'entre eux !

Il se dressa :

— « Une mort cruelle m'a privé de mon Rigormortis. »

Ayant cité une de ses répliques dans la pièce, il sortit pompeusement. Hoode resservit du vin à Firethorn, puis à lui-même. Alexander Marwood vint tourner autour d'eux en ressassant ses malheurs.

— Que vais-je faire ? Où vais-je aller ?

— Aussi loin de ma vue que vous le pourrez, répondit Firethorn.

— Un meurtre a été commis dans mon auberge. Il fait fuir les clients. Les spectateurs ne sont pas venus. Mes serveurs et mes palefreniers sont trop terrifiés pour exécuter leurs besognes. Mon épouse se désespère. Ma fille est alitée. Messieurs, je suis à l'agonie.

— Nous chanterons à gorge déployée lors de vos funérailles.

— Je vous tiens pour responsable, messire Firethorn.

— De quoi donc ?

— D'avoir introduit ce païen parmi nous. Sa pièce a failli causer une échauffourée dans ma cour. Jonas Applegarth a osé défier Dieu, et le Tout-Puissant lui a donné sa réponse. Vous n'auriez pas dû laisser ce mécréant souiller mon établissement par son irrévérence !

— Paix à son âme, répliqua Hoode. Il nous a quittés.

— En emportant mon gagne-pain !

Le tic de Marwood surgit soudain autour de ses lèvres ; elles se mirent à trembler si fort qu'on eût dit deux ailes frémissantes, réduisant ses paroles à des gémissements. Cela mit fin à leurs persécutions et l'aubergiste s'éloigna, tenant sa bouche à deux mains de crainte qu'elle ne s'envole.

— Qui est le pire ? s'interrogea Firethorn. Marwood et son tic ou Barnaby et son Rigormortis ? Buvons à Jonas, dit-il, levant sa coupe.

— Bien parlé ! répondit Hoode.

— Nous avons perdu un auteur mais son œuvre demeure. Nous donnerons à nouveau *Les Infortunes du mariage*, en sa mémoire.

— Mais pas à *La Rose* la semaine prochaine.

— Faut-il que nous revenions là-dessus une fois encore ?

— Non, Lawrence, trancha le poète avec assurance. L'affaire est entendue. J'aurai l'honneur d'y présenter ma nouvelle pièce, comme vous l'aviez promis. Choisissez une autre occasion pour notre hommage à Jonas Applegarth. Je ne renoncerai pas à mon droit.

Une lueur dans ses yeux convainquit le chef de la troupe de ne pas discuter davantage. Hoode réaffirmait sa position au sein de la compagnie. Firethorn acquiesça d'un signe de tête, puis se pencha vers lui.

— Quel est son nom, Edmund ?

— À qui donc ?

— Cette bonne fée qui a agité sa baguette au-dessus de vous.

— Je ne connais pas de bonne fée.

— Allons, mon cher ! Vous parlez à un maître de l'art. Je suis un habitué des chambres à coucher. Je sais comment une femme peut vous fouetter le sang. Cette vigueur, l'amour vous l'a communiquée. Enfin, une enchanteresse a caressé votre virilité dans le bon sens. Qui est-ce ? persista-t-il en passant un bras autour de Hoode.

— Une invention de votre esprit.

— Ne connaîtrai-je jamais cette déesse ?

— Quelle déesse ?

— Parlez-moi de cette merveille.

— Comment le pourrais-je ? répondit calmement le poète. Elle n'existe pas.

— Il a bien fallu que quelqu'un vous inspire cette énergie nouvelle !

Mais Edmund Hoode ne se laissa pas aller aux confidences. Cecily Gilbourne était un secret qu'il ne partagerait avec personne. Elle avait élargi son esprit et captivé son âme. Depuis qu'elle était entrée dans sa vie, il lui semblait qu'aucun exploit n'était trop ambitieux. Il se souvint qu'il restait à la jeune femme à découvrir une de ses œuvres.

— Quand rejouons-nous *Pompée* ? demanda-t-il.

— Elle ne fait plus partie de notre répertoire.

— Il faut l'y réintégrer.

— Pour quelle raison ?

— Parce que je vous le dis, Lawrence. Moi aussi, je sais faire trembler la terre à l'occasion, nulle part davantage que dans *Pompée*. Veillez à ce qu'il foule à nouveau les planches. Ceux qui se souviennent de lui se réjouiront de son retour, et nul doute qu'il conquerra de nouveaux cœurs.

Il pensa à Cecily et un sourire serein apparut sur ses lèvres.

Le théâtre de Blackfriars attirait un flot régulier de spectateurs. La renommée des Enfants de la Chapelle croissait à chaque représentation et le meurtre de leur maître semblait stimuler l'intérêt, plus que le refroidir. Certains vinrent par affection pour Cyril Fulbeck et d'autres par curiosité morbide, toujours est-il que les amateurs de théâtre envahirent bientôt le quartier. Là où l'ordre dominicain exerçait jadis son influence, Alexandre le Grand entrerait en triomphe.

Nicholas arriva bien avant le début de la représentation et flâna dans la cour d'honneur pour observer la foule qui s'y pressait. Le public différait nettement de celui que l'on voyait d'ordinaire à *La Tête de la Reine*. Les Hommes de Westfield jouaient devant toutes les couches de la société. Aristocrates, artisans et apprentis côtoyaient juristes, propriétaires terriens et hauts personnages. Marchands et mathématiciens prenaient place au balcon tandis que prostituées et vide-goussets se mêlaient aux spectateurs debout devant la scène.

Blackfriars avait une clientèle plus choisie. C'était moins un mélange hétérogène qu'une illustration des règles de l'étiquette. Les lois régissant l'habillement des hommes et des femmes étaient strictement appliquées. L'éclat de l'or, de l'argent et de la pourpre révélait la présence de maints pairs héréditaires. Le velours signalait un grand nombre de membres de la noblesse. Le satin, le damas, le taffetas et le gros-grain paraient les fils aînés de chevaliers et tous ceux jouissant d'au moins cent livres de rentes. Et le reste à l'avenant.

Le costume étant un élément essentiel au théâtre, de même que l'exactitude du détail, Nicholas connaissait ces règles à la perfection. Il ressentait un amusement désabusé à la pensée que le don de vieux vêtements aux acteurs était une des rares dérogations permises. L'ironie de la situation le frappait souvent. Des comédiens qui suaient sang et eau pour gagner dix livres par an apparaissaient sur scène dans des costumes d'un prix exorbitant. À *La Tête de la Reine*, les papes et les princes coudoyaient la misère sitôt qu'ils se changeaient.

La vue d'un visage parmi la foule l'étonna. Nicholas ne s'attendait pas à trouver James Ingram en ces lieux. Il s'apprêtait à le héler quand il se rappela son étrange attitude devant la dépouille d'Applegarth. Une telle mesquinerie de sa part avait de quoi surprendre. Et puis, d'ailleurs, que faisait-il à *La Tête de la Reine* à cette heure matinale ? Sa soudaine apparition dans la réserve n'était-elle qu'une simple coïncidence ? Nicholas recula pour ne pas être vu quand l'acteur le dépassa, se demandant si la loyauté envers le passé l'amenait à Blackfriars, ou si un motif plus sinistre était à l'œuvre. Ingram méritait d'être observé.

Laissant le temps à la majorité des spectateurs de prendre place, il déboursa six pence pour un siège à l'arrière. Ingram se trouvait trois rangs devant lui, mais en diagonale, ce qui permettait à Nicholas de voir distinctement son profil. Il ne s'y attacha pas longtemps, fasciné qu'il était par la splendeur du théâtre privé. On avait fermé des contrevents pour masquer le soleil de l'après midi, mais la scène brillait de mille feux. Des chandelles brûlaient sur les branches des candélabres, dont maints étaient suspendus et actionnés au moyen de poulies. La salle elle-même était illuminée par de nombreuses petites flammes, mais tout l'éclat se concentrait sur la scène.

Des musiciens divertissaient le public en attendant le spectacle et Nicholas, à nouveau, fut saisi par le contraste de leur situation. À *La Tête de la Reine*, Peter Digby et son orchestre exerçaient leur art dans un petit balcon surplombant la scène, un espace exigu balayé par le vent. Leur musique devait rivaliser avec le vacarme et la bousculade de la cour, les cris stridents des vendeurs de rafraîchissements et le brouhaha incessant de Gracechurch Street.

Blackfriars était plus bienveillant envers ses musiciens. Assis dans un confort parfait, ils avaient droit à un auditoire attentif, dans un édifice conçu pour saisir et amplifier la beauté de leurs œuvres. Pas un cri rauque ne troublait le concert, pas une querelle n'éclatait entre les spectateurs. La musique pouvait ainsi créer l'état d'esprit idéal pour la représentation d'*Alexandre le Grand*.

Une vive lumière inonda les planches quand on vint y placer de nouveaux chandeliers. Tous les yeux convergèrent vers la scène, pour ne plus s'en détourner un instant. Une musique martiale s'éleva et le Prologue entra sous les applaudissements. L'attaque commença au bout d'une douzaine de lignes :

Un corps monstrueux doté d'une Tête de Reine,
Une pomme véreuse, si acide et si verte,
Un égout dégorgeant d'immondes railleries,
Souillant l'herbe du champ qui s'étend à l'ouest.

Nicholas fut piqué au vif par l'allusion aux Hommes de Westfield, mais ce fut l'assaut acharné contre la personnalité et l'œuvre de Jonas Applegarth qui l'offensa réellement. Il eût été de mauvais goût du vivant de l'auteur, mais, dirigé contre la victime d'un meurtre, il était révoltant. Nicholas se dit que ceux qui riaient de ces méchancetés ignoraient le sort de l'homme qui en était la cible, mais cela ne l'apaisa pas.

Ses moqueries acerbes à l'encontre des enfants acteurs valaient à Applegarth une riposte. Cela, Nicholas le comprenait. Mais alors que le dramaturge s'était borné à une satire générale concernant des rivaux qu'il méprisait, il essuyait maintenant une attaque vindicative qui touchait à toute sa personne. Chaque détail de son apparence, ses œuvres, ses opinions, son prétendu paganisme furent tournés en ridicule. Nicholas l'imaginait presque, pendu à une corde au milieu de la scène, bombardé de fruits pourris et de pierres coupantes.

Alexandre le Grand entra sur scène tel un ouragan, sa suite sur les talons, et l'épopée commença. Les prouesses militaires et la poésie du texte effacèrent le prologue de toutes les mémoires, sauf pour Nicholas. La pièce était habile, toutefois elle ne possédait pas la puissance qui rendait l'œuvre de Jonas Applegarth si envoûtante et si apte à susciter la controverse.

Idéale pour Blackfriars, elle eût provoqué l'ennui à *La Tête de la Reine*. La langue était ampoulée, l'action stylisée et les jugements moraux trop subtils. La plupart des allusions politiques auraient été incompréhensibles pour les spectateurs du parterre, et l'on n'y trouvait rien de la cocasserie truculente avec laquelle les pièces des Hommes de Westfield, fût-ce les plus graves, étaient généreusement assaisonnées. La grandeur d'Alexandre ne tolérait pas l'ébauche d'un sourire.

Cependant, l'expérience ne manquait pas d'être instructive. Appartenant à une compagnie théâtrale, Nicholas avait rarement l'occasion de juger le travail des autres. Les troupes adultes méprisaient les très jeunes acteurs, mais il constatait maintenant à quel point leur attitude était injuste. Les Enfants de la Chapelle méritaient d'être pris au sérieux. Ils étaient de dignes rivaux pour les Hommes de Westfield et possédaient sur ceux-ci un suprême avantage : alors qu'une saison typique à *La Tête de la Reine* durait au plus cinq mois, il n'en allait pas de même pour la troupe de Blackfriars. Soucieux de faire recette, et nonobstant la tension imposée à ses comédiens, Raphael Parsons garderait son théâtre ouvert tout au long de l'année.

Alexandre le Grand révélait les qualités et trahissait les faiblesses des Enfants de la Chapelle. Ils avaient une diction parfaite, chantaient superbement et évoluaient avec la grâce de danseurs. Ils manquaient toutefois de prestance, grave lacune dans une œuvre où la guerre était omniprésente. Les batailles étaient décrites avec des envolées lyriques par des gamins à peine capables de porter une lance, encore moins une armure complète. Les membres les plus âgés de la troupe interprétaient honorablement les rôles principaux, mais des rires narquois fusaient à l'occasion, quand le puissant Alexandre entrait avec son armée de petits garçons.

Deux aspects impressionnèrent Nicholas par-dessus tout. En premier lieu, le talent foisonnant du directeur. Quels que fussent ses défauts, Raphael Parsons avait un sens inné de l'art dramatique. Il entraînait bien ses acteurs et exploitait les procédés scéniques avec une habileté magistrale, de manière à produire des effets saisissants. Les jeux de lumière étaient remarquables. On apportait en un clin d'œil des chandelles à profusion pour recréer les déserts de Perse sous le soleil brûlant, puis on les remportait tout aussi vite, et la tente d'Alexandre, plongée dans la pénombre, devenait l'arrière-plan d'un rêve. Tandis que la pièce se déroulait sans la moindre erreur, un régisseur admirait le travail de son confrère dans les coulisses.

L'autre élément qui frappa Nicholas fut le jeu de Philip Robinson. Vêtu en déesse grecque, il prêtait à l'intrigue un charme éthéré. Rayonnant de bonheur, il chanta trois chansons d'une voix douce et émouvante. Nicholas doutait que cette déesse grecque souhaitât retourner à sa vie familiale à Bankside, auprès d'un boucher lourdaud.

La scène finale fut la meilleure. Ayant utilisé toute la machinerie avec une adresse consommée, Parsons réserva l'effet le plus époustouflant pour l'Épilogue. Pendant que la vie quittait peu à peu Alexandre agonisant, la déesse descendit des cieux, penchée sur un nuage d'argent. Loin au-dessus de la scène, Philip prononça, en guise d'adieu, un dernier hommage au grand conquérant. Les lumières s'éteignirent lentement, marquant le terme d'une carrière épique.

Alors que le public restait subjugué par ce drame émouvant, Nicholas, quant à lui, se sentait révolté. Le treuil utilisé pour abaisser Philip Robinson était celui qui avait hissé Cyril Fulbeck vers la mort.

Une ovation accueillit les acteurs lorsqu'ils vinrent saluer, et, dans la salle, plusieurs personnes se levèrent pour les acclamer. Les spectateurs commencèrent à sortir les uns derrière les autres ; on n'entendait que des louanges de tous côtés. Nicholas attendit d'arriver dans la cour pour accoster James Ingram.

— Nick ! s'étonna celui-ci. Je n'aurais pas songé vous trouver ici.

— La tentation était trop forte pour y résister.

— Ils s'en sont bien sortis, je pense, toutefois ils auraient intérêt à mieux choisir leurs pièces. Les enfants font de merveilleuses déesses mais de piètres soldats.

— Pourquoi êtes-vous venu ? interrogea le régisseur.

— Par curiosité.

— Par curiosité, ou par jalousie ?

— Un peu des deux, Nick.

— Il y a certainement là de quoi exciter la curiosité.

— Mais plus encore l'envie. Songez donc à ce que nous pourrions faire avec ce treuil, à *La Tête de la Reine* ! Et ces décors ! Jonas a eu bien tort d'attaquer les compagnies d'enfants. C'était bas et injuste.

— Qu'avez-vous pensé de la réponse ?

— Dans le Prologue ?

— N'était-elle pas, aussi, basse et injuste ?

— Non, dit Ingram posément. Jonas la méritait.

Avant que Nicholas ait pu poursuivre la discussion, l'acteur s'éloigna et se perdit bientôt dans la foule. C'était une attitude étrangement brusque de la part d'Ingram, qui montrait en général une parfaite politesse. Cependant, le régisseur ne resta pas seul longtemps.

— Je vois que nous avons un espion parmi nous.

— Un spectateur comme tant d'autres.

— Nos spectateurs ne viennent pas pour ricaner.

— Moi non plus. Beaucoup de choses méritaient l'admiration.

— Je ne puis retourner le compliment aux Hommes de Westfield.

Raphael Parsons se promenait dans la cour pour recueillir les éloges et écouter ce qu'on disait de sa pièce. Il regarda autour de lui d'un air de propriétaire et lança à Nicholas, par-dessus son épaule :

— Je m'étonne que vous en ayez trouvé le temps, messire.

— Vous m'aviez recommandé de venir.

— Sans m'attendre à être écouté, dit Parsons. Ne deviez-vous pas être à *La Tête de la Reine,* cet après-midi, pour soutenir votre bande d'acteurs ?

— J'aurais dû y être, il est vrai.

— Alors, pourquoi avez-vous choisi Blackfriars à la place ? Et pourquoi n'avez-vous pas amené Applegarth afin que nous lui renvoyions ses insultes en pleine figure ?

— Jonas, malheureusement, est mort.

Parsons se retourna vers lui avec surprise. Un plaisir teinté de déception se mêla vite à son expression.

— Ce vaurien m'a échappé, dirait-on.

— Sans l'avoir voulu. Jonas a été assassiné à *La Tête de la Reine*, tôt ce matin. Pendu à une poutre.

— Pendu ? Il y avait donc une corde assez solide ?

— Une corde assez solide et un tueur suffisamment déterminé. Nous l'avons vu à l'œuvre ici, à Blackfriars.

— Vous croyez qu'il s'agit du même homme ? interrogea Parsons, décontenancé.

— J'en ai la conviction.

— Alors c'est en même temps un ennemi et un ami. Je le hais pour ce qu'il a fait à Cyril Fulbeck, mais je l'aime pour la manière dont il a traité Jonas Applegarth.

— Vous-même l'avez traité avec beaucoup de cruauté.

— Il s'y était exposé.

— Les morts ont droit au respect.

— Certes, admit Parsons. Mais quand j'ai commandé ce Prologue, je pensais qu'il l'entendrait. Comment pouvais-je deviner qu'il mourrait ?

— Et si, justement, vous l'aviez su ?

— Que voulez-vous dire ?

— Si vous aviez été informé de sa mort, auriez-vous supprimé cette attaque insultante ?

Parsons répondit avec un grand sourire :

— En aucun cas. J'aurais réclamé quelques distiques de plus pour glorifier cet heureux événement.

Nicholas contint une envie furieuse de le frapper. Le directeur ne céda pas, le poussant presque à la violence comme pour être à même de porter plainte contre lui. Un ancien homme de loi remporterait n'importe quelle bataille juridique et obtiendrait contre le régisseur une sanction sévère. Nicholas se domina. Les yeux de l'autre pétillaient de joie. Il prenait tant de plaisir à la mort d'Applegarth que c'était à se demander s'il n'y était pas directement mêlé. Le directeur détestait assurément l'auteur au point de le supprimer. La surprise qu'il avait exprimée à cette nouvelle était-elle bien réelle ?

Avec un sourire épanoui, Parsons s'éloigna pour recevoir les félicitations du public. Il émanait de lui une arrogance obséquieuse dont le spectacle était odieux. Tour à tour, il se vantait et s'inclinait avec une feinte humilité. Quand une dame lui adressa un compliment, Parsons laissa échapper un grand rire prétentieux. Cela mit la puce à l'oreille de Nicholas. Il avait l'impression désagréable d'avoir entendu ce rire auparavant.

Des soupçons ne suffisaient pas. L'heure était venue de les étayer par des preuves, et il se trouvait dans le lieu approprié pour débuter ses recherches. La foule se dispersait rapidement et Ireland Yard était presque désert lorsqu'il y arriva. Commençant par la première maison sur la gauche, il frappa fort et attendit qu'une servante ouvre la porte.

— Messire Parsons est-il là ? s'enquit-il poliment.

— Il n'y a pas de messire Parsons ici, monsieur.

— Raphael Parsons n'habite-t-il pas à cette adresse ?

— Je n'ai jamais entendu ce nom.

Ce fut une entreprise longue et fastidieuse, mais Nicholas persévéra jusqu'à ce qu'il eût été dans chaque maison. Plusieurs des résidents ne savaient même pas qui était Parsons. Parmi ceux qui le savaient, bon nombre lui en voulaient de diriger un théâtre dans le quartier et de troubler leur tranquillité. Personne ne se disait son ami. Mais alors, où se trouvait-il à l'heure où Cyril Fulbeck avait été assassiné ?

Nicholas était plongé dans ses réflexions quand une silhouette tourna au coin de la rue et vint dans sa direction. Il jeta à la femme un regard distrait et la laissa passer avant de se rendre compte qu'il la connaissait.

— Dame Hay ! appela-t-il.

— Oh ! fit-elle en se retournant. Bonjour, messire.

Il vit bien, à son expression, qu'elle ne le remettait pas, en grande partie parce qu'elle était trop timide pour le dévisager. Il s'approcha d'elle.

— Nicholas Bracewell. Je suis venu chez vous afin de parler à votre mari.

— Je me rappelle à présent, dit-elle avec un rire nerveux.

— Êtes-vous allée voir la pièce au théâtre ?

— Dieu m'en garde, messire !

— Alors, que faites-vous à Blackfriars ? s'enquit-il.

— Je rendais visite à de vieux amis. Je suis née et j'ai grandi ici.

— Dans ce quartier ?

— Juste au coin, expliqua-t-elle en tendant le doigt. Mon père était libraire. C'est ainsi que Caleb et moi… Que mon cher époux et moi nous sommes rencontrés. Il est entré dans la boutique pour acquérir des livres et des gravures. C'est un tel érudit ! ajouta-t-elle avec un timide enthousiasme. Personne à Londres n'est aussi versé que lui sur l'histoire de la ville. Je suis mariée à un génie. Combien de femmes peuvent en dire autant ?

— Très peu, dame Hay. Votre époux a été très obligeant envers moi et je lui suis reconnaissant de son aide.

L'inquiétude pinça les traits de Joan Hay.

— Je dois rentrer à la maison, maintenant. Il m'attend sûrement. Il faut que j'aille m'occuper de lui.

— Vous disiez que votre père était libraire ?

— Oui, messire.

— Comment se nommait-il ?
— Mompesson. Andrew Mompesson. Je dois partir.
— Au revoir !
Nicholas la regarda s'éloigner, les épaules courbées et la tête baissée. Le seul but de Joan Hay dans la vie était d'obéir à son mari. Il avait trouvé en cette fille de libraire la compagne idéale.
— Mompesson, répéta Nicholas. Andrew Mompesson.
Il avait la vague impression de connaître ce nom.

Hugh Naismith se servit de son bras valide pour soulever le pichet et vida son ale jusqu'à la dernière goutte. C'était bon d'être de retour à *L'Éléphant*, d'échanger des plaisanteries avec ses vieux amis de la troupe de Banbury, même s'il n'en était plus membre. Sa blessure guérirait avec le temps ; il serait en mesure de retrouver un engagement. D'ici là, il se faisait inviter par Ned Meares et ses compagnons.
Il se leva, légèrement vacillant, et dit au revoir à la ronde. Les cris et les rires des autres l'accompagnèrent jusqu'à la porte. Le soir tombait quand il sortit de l'auberge en titubant ; il ajusta derrière son cou l'écharpe qui maintenait son attelle. Son logis n'était situé qu'à quelques rues de là, mais il ne put guère en approcher.
Dès qu'il eut dépassé la ruelle qui jouxtait *L'Éléphant*, une main vigoureuse l'empoigna par son pourpoint et l'envoya rudement contre un mur. Il en eut le souffle coupé. Son bras blessé irradiait de douleur. La pointe d'une dague lui piqua la gorge et il releva haut le menton, pris de terreur.
— Laissez-moi ! implora-t-il. Je n'ai pas d'argent !
— Ce n'est pas cela que je veux, gronda une voix.
— Qui êtes-vous ?
— Un ami de Jonas Applegarth.
— Ce butor !

— Oui, dit Owen Elias. Ce butor.

La lame de sa dague vint caresser le cou de l'autre comédien.

— Racontez-moi pourquoi vous avez essayé de le tuer.

10

La tristesse pesait tel un suaire sur *La Tête de la Reine*. Le meurtre d'Applegarth changeait un havre de jovialité en un tombeau murmurant. Il y avait peu de mouvement dans la cour ; rares étaient les clients demandant un lit pour la nuit une fois qu'ils savaient qu'un crime avait eu lieu à l'auberge. L'atmosphère dans la salle était funèbre. Les Hommes de Westfield, assis devant leur ale, s'abandonnaient à de sombres pressentiments. Superstitieux de nature, ils étaient convaincus qu'une malédiction frappait la troupe et qu'une mort violente présageait une catastrophe pire encore.

Alexander Marwood se trouvait dans son élément. Lui dont l'existence entière était troublée par des désastres imaginaires en connaissait à présent un bien réel pour l'accabler. Se délectant de son malheur, il faisait le tour de l'auberge comme une âme en peine, psalmodiant un monologue de désespoir. Il s'arrêtait chaque fois devant la réserve où l'horreur s'était produite pour se demander s'il fallait l'exorciser, la condamner par des planches ou l'abattre complètement. Son association avec une compagnie théâtrale avait amoncelé maintes tribulations sur son crâne indigne, mais cela, jugeait-il, était de loin le pire. Le spectre de Jonas Applegarth le hanterait à jamais.

Quand Nicholas revint de Blackfriars, le patron déambulait encore dans sa cour avec une allègre affliction. Il fondit sur le régisseur et enfonça ses doigts osseux dans son bras telles les griffes d'un oiseau de proie.

— Pourquoi m'avez-vous fait cela ? gémit-il.

— C'était bien involontaire.

— Mon commerce gâché, les femmes de ma maison prostrées, mon bonheur brisé ! La ruine, messire !

— En vérité, c'est un cruel coup du sort, mais on ne peut rejeter le blâme sur les Hommes de Westfield. Vous le comprenez sûrement.

— Qui a amené cet hérétique à *La Tête de la Reine* ? Qui a mis en scène cette œuvre blasphématoire dans ma cour ? Qui lui a permis d'attirer le courroux du Seigneur sur mon auberge ?

— Jonas Applegarth était un auteur de génie.

— Et avec tout son génie, il a causé ma perte !

— Et la sienne, admit Nicholas. S'il n'avait écrit *Les Infortunes du mariage*, il serait encore parmi nous. L'œuvre comportait des idées trop fortes pour son propre bien. Elle a offensé quelqu'un.

— Oui ! Le Tout-Puissant ! glapit Marwood.

— Jonas a été tué par une main humaine. Je m'en porte garant.

Un autre torrent de lamentations s'écoula de la bouche du patron, mais le régisseur le laissa passer sans en être affecté. Son attention se concentrait sur une femme qui franchissait en toute hâte le porche de la cour. Abandonnant Marwood, il courut accueillir Anne. Leur étreinte fut spontanée. Son amie le serra dans ses bras avec soulagement.

— Je suis si heureuse de vous trouver sain et sauf, Nick !

— Qu'est-ce qui vous amène ici ?

— Les mauvaises nouvelles, expliqua-t-elle. J'ai rencontré Nathan Curtis alors qu'il rentrait chez lui. Il m'a parlé du meurtre qui s'est produit ici ce matin et je n'ai pu m'empêcher de venir. Je craignais pour vous.

— Mais je ne cours aucun danger, Anne.

— Bien sûr que si, puisque vous poursuivez un assassin. Il a déjà fait deux victimes ; ne soyez pas la troisième, je vous en prie. Nathan dit que vous êtes déterminé à venger le défunt. Pourquoi vous placer dans une situation périlleuse ?

Nicholas la tranquillisa de son mieux, puis l'emmena jusqu'à la loge qu'il ouvrit à l'aide de sa clef, afin qu'ils disposent d'un peu d'intimité. Lorsqu'ils y entrèrent, Nicholas fut étreint par le remords. Jonas Applegarth avait été pendu dans la pièce voisine et son âme errait dans toute l'auberge sans trouver le repos.

— Nathan en tremblait encore, reprit la jeune femme.

— C'était un spectacle épouvantable. La simple idée de ce qui s'est passé a précipité la compagnie dans le chaos. Jonas Applegarth était un des nôtres.

— Pourquoi l'a-t-on assassiné ?

— Pour étouffer sa voix.

— Je ne comprends pas.

— C'était un homme aux opinions bien tranchées, qui les exprimait par le biais de son art et terrassait ses ennemis par son esprit. Jonas est mort à cause de ses écrits.

— Mais Cyril Fulbeck ? opposa-t-elle. N'avez-vous pas dit à Nathan qu'il a été assassiné par la même main ? Le maître de chapelle était doux et discret quant à ses opinions. Il ne se faisait pas d'ennemis. Pourquoi aurait-on voulu le réduire au silence ?

— Je le découvrirai avec le temps, assura-t-il avec confiance. Mais vous vous méprenez à son sujet. Si doux fût-il, Cyril Fulbeck avait des ennemis. Vous m'avez présenté l'un d'eux dans cette auberge.

Elle poussa un soupir.

— Ambrose Robinson.

— Il aurait exercé avec joie son métier de boucher sur le maître de chapelle.

— Ce n'est pas vrai.

— Votre ami porte en lui une trop grande colère.

— Mais il apprend à la dominer.

— Je m'étonne qu'il n'ait pas fait irruption à Blackfriars dans un accès de rage pour reprendre son fils de force. Comment l'en avez-vous dissuadé ?

— Je l'ai exhorté à user de procédures légales. C'est pourquoi je l'ai conduit à vous, Nick. J'espérais que vous pourriez l'aider.

— Je m'y suis efforcé, Anne.

— Qu'avez-vous appris ?

Nicholas hésita. Enchanté de la voir et touché par son inquiétude à son égard, il tenait à éviter une nouvelle querelle. Il lui prit la main et l'entraîna vers un banc, contre le mur. Ils s'assirent ensemble.

— Nous nous sommes bien tristement séparés, à notre dernière rencontre, dit-il à son amie.

— Autant par ma faute que par la vôtre.

— J'ai été incorrect envers vous, Anne.

— Vous en seriez incapable.

— Trop impudent dans mes questions, alors.

— Elles portaient le poids de l'accusation, expliqua-t-elle. C'est ce qui m'a blessée. Vous sembliez vouloir me régenter.

— Je ne puis qu'implorer votre pardon.

— Vous m'avez harcelée, Nick. Je ne suis pas liée à vous. Dans ma propre maison, j'ai le droit de prendre mes propres décisions…

— Je l'admets.

— Et de choisir mes amis sans requérir au préalable votre approbation. Est-ce une exigence si déraisonnable ?

— Non, Anne, concéda-t-il. Vos reproches sont justifiés.

— J'en mérite également pour ma dureté.

— La faute est réparée.

— C'est moi qui vous ai entraîné dans cette affaire. J'aurais dû le garder présent à l'esprit. Vous n'avez pas choisi ce fardeau. Moi, si, Nick, et j'ai eu tort de vous imposer les soucis familiaux d'un autre.

— Je m'emploierai de bon cœur à les résoudre, si cela nous permet de redevenir amis.

Elle sourit et l'embrassa doucement sur la joue.

— Sachez ceci, dit-elle calmement, et ensuite nous pourrons oublier ce sujet afin qu'il ne soit plus une barrière entre nous. Ambrose Robinson est bon et généreux. Des déprédations commises dans ma boutique m'avaient fait connaître des difficultés. Beaucoup m'offraient leur sympathie, mais lui seul m'a proposé l'argent dont j'avais tant besoin à l'époque. Il m'a sauvée, Nick. Il m'a permis de rebâtir. Je ne peux l'oublier.

— Et vous ne le devez pas.

— Cela nous a rapprochés. L'entrée de son fils à la Chapelle royale l'a plongé dans le désarroi. Je ne pouvais lui refuser mon aide. Nous sommes devenus plus proches encore. Et, en effet, on vous a correctement renseigné : je suis allée à l'église en compagnie d'Ambrose. Mais seulement pour prier avec lui, non pour une raison plus profonde.

Nicholas fut réconforté et, en même temps, peiné par ses paroles.

— Pourquoi ne m'avez-vous pas confié vos problèmes, Anne ?

— Vous n'étiez pas là.

— Et lui, en revanche, vous l'avez trouvé à vos côtés.

— Oui.

Il baissa la tête, bouleversé qu'elle eût connu de graves difficultés financières dont il avait tout ignoré. Cela lui rappelait péniblement combien leurs chemins s'étaient éloignés. Le boucher était venu à son aide et méritait de la gratitude. Un peu honteux, Nicholas pressa la main d'Anne pour s'excuser.

— J'ai remboursé entièrement ma dette, continua-t-elle. Je ne dois plus rien à Ambrose, désormais. J'agis envers lui par simple amitié, car j'aimerais les voir réunis, son fils et lui.

— Cela peut s'avérer difficile. Le contrat a tout le poids de la loi derrière lui. Philip Robinson appartient à la Chapelle royale.

— Ne peut-il être libéré par quelque moyen ?

— Il semble que non.

— Avez-vous de nouveau parlé à Raphael Parsons ?

— Il ne constitue pas la pierre d'achoppement, expliqua Nicholas. Pas plus qu'il n'est responsable de l'engagement du jeune garçon. La décision émanait de Cyril Fulbeck. Maintenant qu'il est mort, l'enfant dépend de l'assistant du maître de chapelle.

— Mais Raphael Parsons le tyrannise.

— Non.

— C'est lui qui rend la vie de Philip tellement insupportable. Il hurle sur lui, le frappe et le force à jouer sur scène. Il contraint toute la troupe à travailler de l'aube au crépuscule. Quelle cruauté ! Plaignez-vous auprès de lui. Exercez des pressions. Le problème vient de Raphael Parsons.

— L'un des problèmes, peut-être. Mais il en existe un autre plus important.

— Lequel ?

— Philip Robinson lui-même.

— En quoi serait-il un problème ?

— Il se plaît chez les Enfants de la Chapelle.

— Rien ne lui répugne davantage.

— Je l'ai vu cet après-midi, Anne. Dans *Alexandre le Grand*. Ce fut un pur enchantement ! Il joue bien et chante à merveille, avec un plaisir sincère. Je vous le dis, je prendrais Philip parmi nos apprentis sans une hésitation. Nous aurons besoin d'un remplaçant pour John Tallis maintenant qu'il a une voix d'homme. Si le gamin n'était déjà incorporé à Blackfriars, il serait idéal.

— J'ai peine à y croire. Il se plaît là-bas ?

— Philip a trouvé la voie qui lui convient vraiment.

— Pourquoi, alors, ses lettres sont-elles si pleines de souffrance ? Pourquoi se plaint-il de Raphael Parsons et supplie-t-il son père de venir le sauver de cette geôle ?

— Il ne fait rien de tout cela, Anne.

— Mais si ! Comme moi, vous avez lu ce qu'il raconte de ses malheurs.

— Nous avons lu des lettres que son père nous a données. Nous avons cru, sur sa seule parole, qu'elles furent écrites par son fils. Ambrose Robinson a été un bon voisin envers vous et, pour cela, je le respecte, néanmoins permettez-moi de douter de son honnêteté. Je crois qu'il nous a sciemment induits en erreur.

C'était un confessionnal peu satisfaisant. La venelle qui bordait *L'Éléphant* de Shoreditch était trop fréquentée au goût d'Owen Elias. Des clients ne cessaient d'arriver à l'auberge ou d'en sortir en vacillant. Aussi, Elias agrippa son homme par le cou et lui fit traverser un dédale de rues désertes, jusqu'à une petite bâtisse tout effondrée. D'un coup de pied, le Gallois obligea Hugh Naismith à entrer au milieu des ruines, puis lui ordonna de s'asseoir sur un tas de gravats.

— Enfin tranquilles ! dit Elias. Maintenant, causons !

— Je ne vous ai rien fait, dit le prisonnier d'une voix chevrotante.

— Vous offensez ma vue. Vous exhalez la puanteur des Hommes de Banbury et cela m'écœure plus encore. Parlez-moi de Jonas Applegarth.

Un lent sourire apparut sur les lèvres de Naismith.

— Il est mort. Je suis allé à *L'Éléphant* pour boire à sa disparition.

— Prenez garde, ou je boirai à la vôtre ! l'avertit Elias, brandissant toujours sa dague. Jonas comptait au nombre de mes amis. Souvenez-vous-en, si vous tenez à la vie.

— Je ne le comptais pas parmi les miens.

— À ce qu'il paraît. Vous vous êtes battus en duel et il a eu le dessus.

— Par pur hasard.

— Il aurait dû vous transpercer, chien que vous êtes.

— Il m'a bien assez fait souffrir, dit Naismith en remontant l'écharpe. Les Hommes de Banbury n'ont pas de travail pour un invalide.

— C'est donc pour cette raison que vous avez cherché à tuer Jonas ?

— Non !

— Que vous avez jeté une dague sur lui ?

— Jamais !

— Ne me mentez pas, ou je taille en pièces votre carcasse galeuse pour nourrir les corbeaux. Vous le suiviez bien, non ?

— Je l'admets, grommela Naismith.

— Vous l'avez traqué jusque chez lui, la nuit dernière, et vous avez pris la fuite quand je vous ai aperçu. L'admettez-vous aussi ?

— Oui, c'était moi.

— Guettant une nouvelle occasion de le poignarder.

— Non ! C'eût été une mort trop clémente. Jonas Applegarth méritait de rôtir à petit feu, une pomme dans la bouche, comme un porc.

— Suffit !

Elias le souffleta en travers du visage et il tomba par terre. Le Gallois s'agenouilla près de lui.

— Insultez encore sa mémoire et vous irez le rejoindre.

— Arrêtez, messire ! supplia Naismith.

— Dites-moi la vérité.

— Je n'ai pas menti. Je méprisais Jonas Applegarth. Je souhaitais sa mort, mais je n'ai pas eu l'occasion de le tuer.

— Avouez plutôt que vous avez raté votre cible.

— Comment aurais-je pu lancer une dague ?

Naismith leva sa main libre. Bien que débarrassée de son bandage, elle était encore tuméfiée. Une entaille livide s'étendait du poignet jusqu'au bout de l'index.

— J'ai peine à soulever un pichet, dit-il d'un ton amer. Comment me viendrait-il à l'idée de me servir d'une arme ? Ce n'était pas moi !

Elias comprit qu'il disait vrai. Naismith n'était pas leur assassin. Il avait épié Applegarth afin de nourrir sa haine, attendant que ses blessures guérissent pour prendre sa revanche.

— Pourquoi ce duel a-t-il eu lieu ? interrogea Elias.

— Il m'avait défié.

— À cause d'une parole malheureuse ?

— Et de beaucoup d'autres dont je me suis abstenu, expliqua Naismith. Nous jouions *Frère Francis,* au *Rideau*. Une comédie bien faite, mais si pleine de fiel et de méchanceté qu'elle convenait mal à la scène. Je l'ai dit et il m'a pris à partie. Je détestais cette pièce, aussi sulfureuse qu'un brouet de sorcière. Il y maudissait le monde entier. Puis vint la représentation.

— Que se passa-t-il ?

— Nous étions déjà tous brouillés avec Applegarth. Pour nous, il avait fait de *Frère Francis* une véritable descente aux enfers. Chacun jurait de se venger, mais moi seul en eus le courage.

— Qu'avez-vous fait ?

— J'ai modifié quelques lignes.

— Jonas n'a sûrement pas apprécié.

— Pourquoi déverser tant de calomnies sur l'humanité ? Elles me restaient en travers de la gorge. J'ai composé mes propres répliques, avec moins de verve mais beaucoup plus d'indulgence.

— Pas étonnant qu'il ait eu envie de vous arracher le cœur !

— Jonas Applegarth voulait me faire dire des mots qu'il m'était impossible de prononcer. Avais-je un autre choix ?

Mais Elias n'écoutait plus. Convaincu que Naismith n'avait pas lancé de dague sur son ami, il se posait déjà la question évidente.

Si ce n'était lui, qui donc, cette nuit-là, avait cherché à tuer Applegarth ?

Edmund Hoode gravit l'escalier de *La Licorne* avec beaucoup plus d'empressement que la première fois. Convoqué le soir même par un nouveau dessin de l'animal fabuleux, il répondit immédiatement. Une journée de deuil pouvait encore connaître une fin heureuse. L'affliction avait fait toucher le fond à toute la troupe, mais foin de soupirs pour Jonas Applegarth ! L'avenir en promettait d'autres, d'un genre différent.

Sur le palier, il s'arrêta et songea qu'en réalité il en savait fort peu sur Cecily Gilbourne. Était-elle mariée ? Une femme de son âge et de sa beauté n'était probablement pas restée célibataire. Était-elle veuve, voire divorcée ? Où vivait-elle, à Londres ou plus loin ? Seule ou avec sa famille ?

Il grimaça légèrement à l'idée que, peut-être, elle avait des enfants.

— Ma maîtresse est prête à vous recevoir, messire.

La soubrette tenait la porte de la chambre ouverte à son intention. Tous ses doutes s'évanouirent. Cecily était sublime. Son âge, le lieu où elle habitait et sa famille ne l'intéressaient pas. Peu lui importait qu'elle eût trois maris, quatre maisons et cinq enfants. À l'évidence, elle jouissait d'une grande richesse et d'un haut rang social. Mais ce qui comptait aux yeux du poète, c'était sa vive compréhension de ce qui avait trait au théâtre. Et une qualité, surtout, la plaçait au-dessus de toutes les autres : Cecily était à lui.

Hoode entra dans la chambre pour prendre possession de son trophée.

— Vous êtes venu ! dit-elle en marquant une certaine surprise.

— Rien n'aurait pu m'en empêcher.

— Pas même la mort d'un ami ? La représentation à *La Tête de la Reine* a été supprimée. On nous a renvoyés. Je craignais que vous ne restiez là-bas pour le pleurer.

— Je préfère me réjouir auprès de vous.

— Je l'espérais.

Son sourire, franc et engageant, n'avait plus rien d'énigmatique. Cecily était vêtue en vert, de la même subtile nuance que ses yeux. Perchée sur une chaise près de la fenêtre, elle ne portait ni gants ni chapeau. Il vit qu'un seul anneau d'or encerclait son majeur gauche. Remarquant son intérêt, elle contempla la bague avec un pâle sourire et expliqua tristement :

— On m'a mariée à dix-sept ans. Mon époux était un soldat et un homme d'État. Il a péri sur le champ de bataille, au cours du siège de Rouen. Nous n'avions malheureusement pas eu d'enfant. Je porte ceci en souvenir de lui. C'est tout ce qui me reste.

— Je comprends.

— Avez-vous été marié, Edmund ?

— Non. Pas encore.

— On devrait le faire lorsqu'on est très jeune, comme je l'étais, ou très vieux, comme je le serai avant d'envisager un second mariage. Un époux devrait apporter à sa femme soit la passion de la jeunesse, soit une compagnie dans le grand âge.

— Et moi, Cecily, que puis-je vous apporter ?

— Vous me donnez tout ce dont j'ai besoin.

Elle esquissa un sourire candide et l'invita d'un signe à s'asseoir auprès d'elle. Hoode était subjugué. Le meurtre atroce à l'auberge ce matin-là n'était pas même un écho lointain dans son esprit. Le rire du bourreau avait été effacé par le sourire d'une amante.

— J'ai parlé à Lawrence Firethorn, lui dit-il.

— À mon propos ?

— Indirectement. Je voulais combler l'unique lacune dans votre connaissance de mes œuvres. Vous n'avez pas vu mon *Pompée*, aussi lui ai-je recommandé de le remettre bientôt en scène pour votre plaisir. C'est une pièce qui m'inspire beaucoup de fierté. *Pompée le Magnifique* est frappé au coin du génie.

— Alors mon plaisir est assuré. Et votre nouvelle œuvre ?

— On pourra voir *Le Berger fidèle* à *La Rose*, la semaine prochaine, annonça-t-il d'un air radieux. J'en ai obtenu l'assurance. Avec votre permission, je composerai un sonnet à votre louange, que j'insérerai astucieusement dans un des grands monologues, de sorte que son sens sera déguisé aux yeux du vulgaire.

— Cela peut être fait sans nuire à votre histoire ?

— Elle en sera embellie, Cecily. Ma pièce se situe en partie sur l'île de Sicile, ce qui me permet de faire apparaître à ma guise votre prénom magique. Je transposerai l'action de la nuit de la Saint-Jean à celle de la Sainte-Cécile pour donner libre cours à mon imagination et vous dédier les quatorze vers de la plus pure poésie qui ait jamais résonné sur une scène. Cela vous agrée-t-il ?

— Au-delà de toute mesure.

— Guettez les beaux traits d'esprit et les rimes mélodieuses.

— Je savourerai la beauté des traits d'esprit, mais je ne m'attends pas à trouver de rime plus mélodieuse que la nôtre.

— Quelle est cette rime ?

— Mais voyons, Cecily et Edmund. Deux mots peuvent-ils plus parfaitement aller ensemble ? Edmund et Cecily. Ils s'accordent dans le moindre détail. Séparez-les, et aucun ne signifie grand-chose. Réunissez-les, serrez-les bien l'un contre l'autre en une tendre étreinte et ils défient les lois du son et du langage. Edmund et Cecily. N'est-ce pas la rime à son apothéose ?

— Ils s'unissent à merveille pour ne former plus qu'un.

— Edmund !

— Cecily !

Aucune autre parole ne fut nécessaire.

Nicholas escorta Anne jusqu'à Bankside, par-delà le pont de Londres. C'était agréable de l'avoir à nouveau à son bras, et cela réveilla leurs souvenirs à tous deux. Le long trajet fut encore trop court pour leur permettre de se parler autant qu'ils l'auraient souhaité, mais il avait désormais une idée beaucoup plus claire de la vie qu'elle menait depuis leur séparation. Anne, pour sa part, avait comblé maintes pages blanches du passé récent de Nicholas.

Elle l'invita à entrer pour se désaltérer avant d'entreprendre le chemin du retour. En dégustant une coupe de vin, ils se laissèrent griser par une séduisante nostalgie.

— Vous ai-je manqué ? demanda-t-elle.

— Douloureusement.

— Et cette douleur, comment l'avez-vous surmontée ?

— J'ai travaillé, Anne. Il y a de la dignité là-dedans.

— Moi aussi, j'y ai trouvé refuge.

— Les Hommes de Westfield m'ont occupé plus que jamais. J'ai pu me perdre dans mon travail, empêcher mon esprit de vagabonder trop souvent vers vous, et vers cette maison.

— N'avez-vous jamais songé à y vagabonder en personne ?

— Chaque jour.

Elle eut un petit rire, puis son visage s'assombrit.

— Je me suis terriblement inquiétée pour vous, Nick.

— Pourquoi ?

— Les Hommes de Westfield vous imposent trop de responsabilités. Ce fardeau briserait un homme de moindre envergure. Pourtant ils en demandent toujours plus à leur régisseur. C'est injuste.

— Je ne me plains pas.

— Voilà votre défaut. Ils ne cessent de vous surcharger sans que vous éleviez la moindre protestation. Vous faites toujours passer la troupe en premier.

— Les Hommes de Westfield sont ma famille. Sans eux, je serais orphelin. C'est pourquoi je cherche toujours à servir leurs intérêts et à les protéger, comme en la circonstance présente.

— Quelle circonstance ?

— Le meurtre de Jonas Applegarth n'a pas été perpétré au hasard. Un seul homme est mort, mais la compagnie entière en souffrira. Telle était précisément l'intention. La victime et le lieu furent choisis avec une ruse extrême.

Il se leva pour partir, avant de conclure :

— Notre bourreau veut étrangler les Hommes de Westfield par la même occasion.

— Pourquoi ?

— Une raison qu'il garde secrète.

— Prenez garde, dit-elle en s'approchant. Pour moi.

— N'ayez crainte.

Après un bref baiser, il se força à partir. La tentation de s'attarder était presque irrésistible, mais il la surmonta. Un an d'absence ne pouvait être effacé en une soirée. Les sentiments d'Anne à son égard avaient légèrement évolué et il ne pouvait plus se fier à lui-même. Ils avaient besoin de temps pour trouver un terrain d'entente.

D'autres obligations avaient la préséance. Lorsque deux meurtres auraient été élucidés et que le sort d'un choriste aurait été décidé — et seulement alors — il se sentirait libre de renouer avec Anne, comme il convenait et tout à loisir.

Au lieu de traverser le pont, il descendit vers le fleuve afin de héler un bateau. Il eut plaisir à se retrouver sur l'onde et laissa traîner sa main par-dessus la poupe. Le batelier ramait avec force. Thames Street glissa lentement vers eux. En touchant terre, Nicholas se rendit tout droit à la maison d'un ami.

— Je n'abuserai pas de votre temps.

— Entrez, entrez, messire ! l'invita Caleb Hay.

— Je me sens coupable de vous détourner de vos recherches historiques.

— Elles attendront, messire Bracewell.

— Combien d'heures par jour y consacrez-vous ?

— Pas assez, pas assez.

Caleb Hay paraissait las. Il se frotta les yeux pour chasser sa fatigue et conduisit Nicholas dans la pièce voisine. Son épouse avait ouvert la porte, mais il était descendu de son bureau sitôt qu'il avait entendu le nom du visiteur. Joan Hay s'esquiva avec nervosité pour laisser les deux hommes seuls.

— Eh bien, messire ! Comment puis-je vous aider, cette fois ?

— De plusieurs façons. Vous étiez copiste, je crois.

— C'est exact.

— Comment vous êtes-vous découvert cette passion pour l'histoire ?

— Dans l'exercice de mon métier. Un copiste passe l'essentiel de son temps à retranscrire des documents variés. J'eus la chance d'être chargé des vieilles archives, à la Tour de Londres. Ce fut une révélation. À compter de cet instant, je sus ce que serait l'œuvre de ma vie.

— Arrivait-il qu'on vous appelle pour rédiger des lettres ?

— Fréquemment.

— De quelle sorte ?

— Toutes. La majeure partie des gens de Londres est illettrée. Quand des personnes ont besoin d'envoyer une lettre importante, elles la dictent souvent à un copiste. Comme les prêtres de paroisse, nous entendons les pensées les plus intimes. Les lettres d'amour, en particulier, faisaient ma joie. Vous n'avez pas idée du nombre de fois où j'ai charmé de jolies femmes par le biais de ma plume. J'ai dû en séduire au moins une centaine sur le parchemin. Je connaissais les astuces et les belles tournures.

— Reconnaît-on toujours l'écriture d'un copiste ?

— Évidemment.

— Comment ?

— À la netteté de sa calligraphie, et à une dizaine d'autres petits détails. Pourquoi me posez-vous cette question ?

— J'ai lu les lettres d'un jeune garçon à son père concernant une affaire assez grave. Je les ai prises pour argent comptant, comme le père me l'enjoignait. Mais je soupçonne à présent qu'elles ne sont pas de la main du petit.

— Apportez-m'en une et je vous le dirai à coup sûr.

— D'accord, si j'y parviens.

— Quel âge a l'enfant ?

— Onze ans.

— Alors, nous avons une indication, dit joyeusement Hay. J'ai enseigné la calligraphie à beaucoup de garçons de cet âge. Je sais ce qu'une main de onze ans est capable de faire.

Il pencha la tête sur le côté pour considérer Nicholas.

— Mais n'est-ce pas une affaire triviale pour un homme aussi sérieux que vous ? Quand ma femme m'a annoncé votre présence, j'ai pensé que vous veniez chercher conseil pour capturer le meurtrier de Cyril Fulbeck.

— Il existe un lien.

— Je ne le discerne pas.

— L'enfant est choriste à la Chapelle royale. Contre le désir formel de son père, il y a été engagé par contrat, sur la requête de messire Fulbeck.

— Je commence à comprendre.

— Ce qui le désole par-dessus tout est que son fils passe le plus clair de son temps à Blackfriars, en tant qu'acteur. Il exige sa libération, mais en vain.

Hay devint sombre.

— Nous tenons là un suspect. Quel père ne serait pas prêt à commettre un meurtre, dans un cas pareil ? Ce même père ne pourrait-il être celui qui a tué Cyril Fulbeck ?

— Si, en effet, admit Nicholas, néanmoins c'est peu probable. Et je suis certain qu'il n'est pas coupable de l'autre pendaison.

— Parce qu'il y en a eu une seconde ? se récria le vieillard, stupéfait.

— Ce matin. À *La Tête de la Reine*.

— Qui est la malheureuse victime, cette fois-ci ?

— Jonas Applegarth.

— Ah ! Le dramaturge, dit Hay d'un ton neutre. Je ne parlerai pas durement d'un homme en chemin vers le tombeau. Mais je ne peux le plaindre d'aussi bon cœur que le maître de chapelle. Et, donc, cet Applegarth a été pendu ?

— De la même manière. Par la même main.

— Mais pourquoi ? Quel rapport y aurait-il entre eux ?

— Il est là, quelque part.

— L'un était un saint, l'autre un pécheur.

— Notre bourreau les a traités avec une égale sauvagerie.

— Cette bête féroce doit être empêchée de nuire !

Hay s'éloigna et posa la main contre le mur en fixant l'âtre vide. Il se perdit dans sa contemplation pendant quelques minutes. Nicholas attendit. Son hôte releva enfin la tête et le regarda.

— Désolé, désolé. Mon esprit s'égare.

— C'est une nouvelle effrayante, qui ébranlerait n'importe qui.

— Que puis-je pour vous, messire ?

— Votre histoire de Londres inclut-elle les auberges ?

— Dans le plus complet détail, répondit Hay, dont le visage s'éclaira. Elles figurent parmi les splendeurs de la ville et je leur consacre l'attention qui leur est due.

— *La Tête de la Reine* sera-t-elle citée ?

— L'omettre serait un crime. L'histoire de cette auberge emplirait un livre à elle seule. Sans elle, Gracechurch Street ne serait plus ce qu'elle est ! Savez-vous de quand date sa première construction ?

— Non, dit Nicholas, mais j'aimerais beaucoup l'apprendre.

Caleb Hay se lança dans un nouveau cours impromptu, et emmena son hôte dans une visite guidée à travers près de deux cents ans. Son compte rendu devint hésitant lorsqu'il arriva à l'époque où les Hommes de Westfield étaient entrés en scène, et Nicholas l'interrompit.

— Tout à fait étonnant, le complimenta-t-il. Je travaille à *La Tête de la Reine* depuis des années, mais vous m'en avez révélé des aspects que je n'avais jamais remarqués.

— L'œil du chercheur.

— Vous l'avez assurément. Cela transparaissait dans votre esquisse de Blackfriars, qui a été pour moi providentielle.

Nicholas s'approcha de la porte et lança négligemment, par-dessus son épaule :

— C'est curieux, vous n'avez jamais mentionné l'intérêt personnel que vous avez pour ce quartier.

— De l'intérêt personnel ?

— Votre épouse y a grandi, je crois.

— Ma foi, oui, dit Hay avec un petit rire. C'est vrai, même si c'est très lointain ! Son père, libraire, y avait sa boutique, mais il est mort depuis des années. De qui tenez-vous cette information ?

— De votre femme elle-même. Nous nous sommes rencontrés dans Ireland Yard.

— Elle rendait visite à de vieux amis.

— C'est bien ce qu'elle m'a dit.

Caleb Hay lui ouvrit la porte. Il tapota Nicholas sur le bras pour l'encourager.

— Mettez tout en œuvre afin de retrouver l'assassin de Cyril Fulbeck.

— Et de Jonas Applegarth.

— Pour lui, il vous faudra chanter sans moi la messe du *Requiem*. C'est la disparition du maître de chapelle qui m'afflige. Son amitié m'était précieuse. Savez-vous pourquoi ?

Il étouffa un autre petit rire.

— Voici un dernier détail qui m'était sorti de la tête — la vieillesse, sans doute. Cyril Fulbeck ne m'a pas seulement aidé dans mes recherches. Il m'a rendu un service extraordinaire.

— Vraiment ?

— Oui, dit Hay en le laissant sortir dans la rue. Autrefois, il m'a fait libérer de prison.

Il ferma poliment la porte au nez de Nicholas.

Anne passa à la boutique pour vérifier que toutes les portes étaient bien fermées. L'endroit était entretenu avec un soin méticuleux, car Preben Van Loew croyait que la propreté était proche de la sainteté et que tenir un lieu de travail en ordre était une vertu chrétienne. Il avait certainement fermé les contrevents et mis le verrou avant de partir, néanmoins la jeune femme ressentait le besoin de s'en assurer par elle-même. Après les vols qu'elle avait subis, elle jugeait essentiel de protéger aussi bien sa maison que son échoppe.

En rentrant chez elle, Anne vit que sa servante avait introduit un visiteur. Ambrose Robinson s'était mis en grande tenue. Il avait récuré ses mains pour les débarrasser de l'odeur de son métier. Son expression était contrite, ses manières dociles.

Anne dissimula sa contrariété derrière un sourire de bienvenue. Elle indiqua le panier de fleurs trônant sur une table.

— Merci, Ambrose, pour cette délicate attention.

— C'était bien le moins que je puisse faire.

— Elles embaument.

— Vous aussi ! dit-il avec une galanterie trop appuyée. Vous êtes une fleur parmi les femmes.

Anne frémit intérieurement. Elle avait espéré ne plus entendre ces compliments maladroits, et voilà qu'il recommençait de plus belle. Robinson baissa la tête comme un pénitent.

— Je reviens de l'église, confia-t-il.

— À cette heure-ci ?

— Je suis allé prier afin d'obtenir le pardon. À genoux, j'ai les pensées plus claires. J'ai discerné les erreurs de ma conduite. Après avoir quitté cette maison comme je l'ai fait, je n'ai plus aucun droit d'y être admis. Vous devriez m'interdire votre porte.

— Oublions ce qui s'est passé.

— Je ne le pourrais pas, Anne. Ma honte est trop lourde pour que je fasse comme si de rien n'était. J'ai cherché le pardon à l'église, mais j'ai aussi supplié afin d'être guidé. Mon ignorance est profonde. Je passe ma vie à commettre des bévues. Je m'en veux de blesser ceux que je chéris le plus. Quand mes intentions sont bonnes, pourquoi est-ce que j'agis souvent si mal ?

Il paraissait sincère, mais Anne se tint sur ses gardes.

— Vous verrez, je suis un autre homme, promit-il.

— En quoi ?

— Je serai un véritable ami et non un prétendant irascible. Je vous présente mes plus humbles excuses, Anne. Je vous en prie, acceptez-les.

— Je les accepte. Avec reconnaissance, ajouta-t-elle après une hésitation.

— Et j'en dirai autant à Nick Bracewell.

— Pourquoi ?

— Pour m'être méfié de lui. Pour en avoir médit derrière son dos, alors que je devrais déborder de gratitude. Qu'est pour lui Ambrose Robinson ? Rien ! Pour quelle raison devrait-il se préoccuper de mon cher petit Philip ? Aucune ! Pourtant il a entrepris de m'aider de son plein gré. Par pure bonté.

— Nick a accédé à ma requête.

— Là réside mon principal motif de honte, dit-il, relevant la tête pour la regarder. Vous, Anne. Vous m'avez mené à lui. Vous avez exposé mon cas à Nick Bracewell. Et après tout cela, je vous ai fait l'affront d'insulter votre ami.

— C'était déplacé, Ambrose.

— Vous avez raison de me le reprocher.

— Je ne tolérerai pas un autre éclat de ce genre, l'avertit-elle. Maîtrisez votre colère, ou ma porte vous sera fermée pour de bon. Des accusations forcenées n'ont pas leur place en amitié.

— Je sais, je sais. Ma grossièreté n'a d'égale que ma stupidité. J'aime mon fils et je remuerais ciel et terre pour qu'il me revienne. Et pourtant, que fais-je ? Je critique, je pinaille. Je me dresse contre le seul qui puisse m'aider.

— Le seul ?

— Soyons francs, dit-il avec rancœur. Je n'ai rien à attendre de la justice. Si Philip était fils de gentilhomme, l'affaire serait portée devant un tribunal avec quelque chance de succès. Puisqu'il est un simple fils de boucher, qu'il renonce à tout espoir de salut. Ce contrat le lie aussi sûrement que des chaînes. C'est pourquoi, continua-t-il en faisant un pas vers elle, nous devons recourir à d'autres moyens. Nous devons nous fier à Nick Bracewell pour s'insinuer dans Blackfriars et obtenir, en usant de persuasion, la libération de Philip. Comment ai-je osé le blâmer ? Il est notre unique espoir.

Anne était en proie à l'embarras. Elle souhaitait que le jeune Philip fût libéré de la Chapelle royale, d'une part car elle jugeait que le père et le fils devaient être réunis, de l'autre parce que, croyait-elle, son retour la délivrerait des attentions importunes du boucher. Un nouvel élément était entré dans ses calculs. Devait-elle garder le silence ou confronter Ambrose Robinson à une réalité déplaisante ?

— Avez-vous eu des nouvelles de Nick ? demanda-t-il gravement.

Elle fut forcée de prendre une décision.

— Je me suis longuement entretenue avec lui.

— Et ?

— Cet après-midi, il s'est rendu à Blackfriars, où il a assisté à une pièce. Philip y interprétait un rôle.

— Affublé d'un costume féminin, sans doute ! Une perruque sur la tête et du rouge sur les joues ! À se pavaner sur scène et à se faire lorgner comme une putain de Bankside ! Je veux que mon fils devienne un homme. Ils lui causent du tort en l'obligeant à s'affubler en femme. Philip a horreur de cela.

— Nick n'a pas eu cette impression.

— Il déteste le moindre de ces instants.

— Il a pourtant fort bien joué, semble-t-il.

— Sous la contrainte.

— De son plein gré.

— Jamais !

— Nick a la passion du théâtre. Il passe chacune de ses journées en compagnie d'acteurs. Quand il admire une représentation, il sait ce qui se cache dans les coulisses. J'ai confiance en son opinion.

Elle respira profondément avant de l'affronter.

— Votre fils aime être sur scène. D'après Nick, il possède un véritable don.

— Blackfriars est une salle de torture pour Philip.

— Peut-être pas.

— Si. Je connais mon fils.

— Nick l'a vu sur les planches. Pas vous.

— Une telle honte me serait insupportable !

— Cet après-midi, Philip jouait de tout son cœur.

— En ce cas, pourquoi me supplie-t-il de le sauver ? rétorqua Robinson avec une rage croissante. Pourquoi m'implore-t-il dans chacune de ses missives ? Vous avez vu sa souffrance, Anne, vous avez vu son chagrin. Étaient-ce les lettres d'un enfant heureux ?

— Non, Ambrose.

— Alors, pourquoi les a-t-il écrites ? Que Nick élucide ce mystère !

— Il l'a fait, dit-elle posément. Il ne croit pas que Philip ait envoyé une seule de ces lettres. Un autre les a écrites. N'est-il pas vrai ?

Ambrose Robinson se tut. Il paraissait terriblement blessé par ce qu'il considérait comme une trahison. Il se crispa, les poings serrés, et commença à respirer fort par le nez. Les yeux plissés, il la fixa avec un mélange d'animosité et d'affection douloureuse. Anne recula. Soudain, il l'effrayait.

Nicholas retourna une fois encore à *La Tête de la Reine*. En pénétrant dans la cour, il entendit la voix familière d'Owen Elias.

— Alors, j'ai raconté à Barnaby que j'allais traduire *La Folie de Cupidon* afin qu'il puisse l'emmener en tournée au pays de Galles et jouer devant un public de moutons !

Des rires approbateurs montèrent du petit groupe de comédiens qui l'entourait. Quand Nicholas les rejoignit, il découvrit, à sa grande surprise, que le centre de leur attention n'était nullement Elias. James Ingram divertissait ses camarades par une imitation de leur confrère gallois, et déclenchait leur hilarité grâce à la véracité de ses mimiques.

Cette belle humeur s'envola lorsqu'ils virent le régisseur. Les acteurs parurent un peu honteux d'être pris à s'esclaffer bruyamment, au lieu de pleurer la mort de Jonas Applegarth. Ils s'esquivèrent, laissant Ingram seul avec Nicholas.

— Vous êtes un habile imitateur, remarqua celui-ci.

— Ce n'était qu'une innocente plaisanterie, Nick. Rien de plus.

— Owen Elias sait-il qu'il a un frère jumeau ?

— Il m'étriperait s'il l'apprenait. Cet affectueux portrait de sa personne ne serait pas à son goût. Mais, ajouta-t-il d'un ton de remords, je suis bien aise de vous rencontrer à nouveau. J'ai été brusque et discourtois, à Blackfriars. Vous méritiez mieux de ma part. Je ne me trouve aucune excuse.

— Oublions cela, James.

— Cela ne se reproduira pas.

— Vous m'en voyez ravi. Mais vous ne m'avez toujours pas dit ce qui vous amenait à *La Tête de la Reine* de si bonne heure, ce matin.

— L'impatience, tout simplement.

— Elle ne vous fait pas souvent venir à ce point en avance.

— Ce fut le cas aujourd'hui.

— Pourquoi êtes-vous entré dans la réserve ?

— La porte de la loge était ouverte. Je me demandais qui était là. Nathan Curtis se trouvait dans la réserve, avec le corps. Je suis arrivé à peine quelques secondes avant votre retour.

Ingram s'exprimait avec son honnêteté habituelle et Nicholas n'avait pas de raison de mettre sa parole en doute. Toute tension s'était dissipée, ce dont le régisseur se félicita. Il aimait bien l'acteur et aurait regretté qu'un fossé les sépare.

— Entrons dans la salle, suggéra-t-il.

— Pas moi, Nick, refusa poliment le jeune homme. On y évoquera la mémoire de Jonas Applegarth, et vous connaissez mes sentiments à son sujet. Ma présence serait déplacée.

Ils prirent congé l'un de l'autre et Ingram quitta la cour.

L'atmosphère était plus légère, dans la salle. Les membres de la troupe, assis dans un coin, échangeaient des souvenirs larmoyants sur le défunt, mais la plupart des clients n'étaient venus que pour boire et parier. À nouveau, les rires résonnaient et les serveurs s'affairaient. On ne pourrait jamais espérer un sourire d'Alexander Marwood, toutefois il mettait nettement moins de ferveur dans son désespoir.

Nicholas rejoignit la table où Lawrence Firethorn et Owen Elias étaient installés. Tous deux avaient beaucoup bu. Ils demandèrent un pichet supplémentaire et servirent au nouveau venu l'ale de leur propre cruche.

— Le ciel soit loué, Nick, vous êtes là ! dit Elias.

— Oui, renchérit Firethorn. Nous sommes dans un tel gouffre de commisération envers nous-mêmes que vous seul pouvez nous en extraire. Marwood jure ses grands dieux que nous ne rejouerons jamais dans sa cour.

— Il nous en a souvent menacés, et nous avons toujours réussi à contredire sa prédiction. Demain, nous sommes dimanche et notre scène, de toute façon, demeurera vide. Cela donnera à réfléchir à notre aubergiste. Deux jours sans qu'un seul penny soit dépensé dans sa cour ! Sa bourse plaidera en faveur des Hommes de Westfield.

— Je l'espère, avoua Firethorn. Ces dernières vingt-quatre heures ont été un cauchemar. Un auteur transforme ma couche conjugale en un lit de douleur, un autre se fait pendre, et mon travail est soumis au caprice d'un patron d'auberge imbécile. Autant me faire ermite et me nourrir de racines ! Il n'y a aucun avenir pour moi, ici.

Il engloutit plusieurs gorgées. Elias saisit cette occasion pour leur communiquer ses nouvelles.

— J'ai trouvé Naismith. Ce chien a avoué qu'il suivait Jonas.

— Est-ce lui qui a lancé la dague ? demanda Nicholas.

— Hélas non. J'en aurais volontiers pris prétexte pour en faire de la chair à pâté et le renvoyer aux Hommes de Banbury. Mais Hugh Naismith est trop mal en point pour lancer quoi que ce soit, Nick. Ce n'est pas notre homme.

— Nous devons donc chercher ailleurs.

— Et vous, qu'avez-vous appris ?

— Beaucoup de choses intéressantes, mais sans grand lien avec Jonas Applegarth.

— Choisissez parmi cent noms, déclara Firethorn. Jonas avait jeté loin ses filets. Il avait des ennemis dans tout Londres.

— Ce n'était pas le cas de Cyril Fulbeck, rappela Nicholas. Rares étaient ceux qui avaient un grief contre lui, et cela raccourcit considérablement notre liste. Nous cherchons un homme qui avait un motif de tuer à la fois le maître de chapelle et Jonas Applegarth… À moins, dit-il en se redressant, frappé d'une idée soudaine, que je ne me trompe du tout au tout.

— À quel propos ? demanda Elias.

— Le bourreau. Suis-je en train de chercher un meurtrier alors qu'en fait il y en a deux ? Certes, on a pendu Jonas de la même manière que Cyril Fulbeck, et j'ai cru entendre un rire identique. Mais les sens jouent des tours étranges, quelquefois. Les sons peuvent être déformés le long des pièces et des couloirs.

— C'est forcément le même homme, insista Elias.

— Pour quelle raison ?

— La coïncidence serait trop incroyable.

— Il ne s'agit pas de coïncidence, Owen, mais d'imitation. Quelqu'un qui aurait vu la première victime pendue pouvait se débarrasser de la seconde par la même méthode. Quelqu'un qui aurait entendu cet éclat de rire moqueur, à Blackfriars, pouvait le contrefaire à *La Tête de la Reine*.

— Pourquoi se donner tant de peine ? demanda Firethorn.

— Pour échapper aux soupçons. Quoi de plus astucieux que d'adopter la méthode d'un tueur, pour mettre le meurtre sur son compte ?

— Votre raisonnement comporte une faille, jugea Elias. Seul quelqu'un qui aurait vu de ses yeux la première victime connaîtrait les détails indispensables. Seul un excellent acteur, possédant le don de l'imitation, pourrait contrefaire un rire pareil. Où diable trouverait-on un tel homme ?

Nicholas ne dit mot, préoccupé à l'idée qu'il venait de parler avec cet homme-là dans la cour de l'auberge. Le motif, le moyen et l'occasion. Une parfaite couverture pour son crime. Tout se conjuguait pour désigner James Ingram.

— Je renonce ! gémit Elias.

— Que dites-vous ?

— Les traîtres se multiplient sous mes yeux. D'abord, j'ai cru que notre assassin et le lanceur de dague ne faisaient qu'un. Ensuite, vous les avez séparés. Maintenant, vous coupez le bourreau en deux pour nous donner un total de trois. Demain, ils seront quatre et leur nombre ira croissant jusqu'à ce que nous finissions par chercher tout une bande !

— Je suis perplexe, admit Firethorn. Qu'avons-nous là ?

— De la poudre aux yeux, Lawrence !

— Mais qui a tué Jonas ? En avons-nous la moindre idée ?

— Oui, ironisa Elias. Nick fait surgir un nouveau suspect du néant à chaque minute qui passe. Chacun d'eux pourrait être le tueur. Nous allons en dresser l'inventaire, puis choisir le nom qui nous séduit le plus et convenir qu'il est le bourreau.

— Mompesson ! marmonna Nicholas.

— Mon Dieu ! Il vient d'ajouter un autre suspect à la liste !

— Andrew Mompesson…

Nicholas se rappelait où il avait vu ce nom.

11

Le miracle était arrivé, enfin. Après toute une vie de quête stérile, Edmund Hoode avait trouvé le chemin de l'Éden et découvert le Paradis. Cecily Gilbourne était une Ève des plus séduisantes, douce et souple, à la fois virginale et experte dans l'art d'aimer. Elle incarnait la féminité même. L'ardeur du poète répondait à son exigence impatiente, son désir s'élançait vers la passion de Cecily. Cœurs, esprits et corps s'unissaient en une rime parfaite. Leurs destins s'entremêlaient.

Il lui fallut plusieurs minutes pour reprendre haleine. Du bras, il essuya son front en sueur, puis contempla le plafond. Le jardin d'Éden, il le savait désormais, était une chambre à *La Licorne*. Quand il tourna la tête, il vit que son Ève si magnifique et complaisante avait des taches de rousseur sur l'épaule. Elle aussi rayonnait de joie.

Ce qui le ravissait le plus, c'était la facilité avec laquelle tout s'était déroulé. Une rose. Une promesse. Un rendez-vous galant. L'assouvissement. Il n'y avait pas eu de pauses entre-temps, pas d'obstacles imprévisibles. Pas d'époux gênant de retour inopinément. Tout s'était enchaîné avec une grâce inéluctable. C'était une expérience qu'il avait toujours convoitée sans jamais l'entrevoir auparavant. Dans le lexique de Hoode, « amour » était synonyme de « souffrance ». Cecily lui offrait une définition plus satisfaisante. Sa voix monta doucement de l'oreiller d'à côté.

— Edmund ?

— Mon amour ?

— Êtes-vous toujours réveillé ?

— Oui, Cecily.

— Êtes-vous toujours heureux ?

— Fou de joie.

— Êtes-vous toujours à moi ?

— Tout entier.

Elle l'attira doucement au-dessus d'elle et l'embrassa.

— Prenez-moi, Edmund.

— Encore ?

— Encore.

Il poussa le portail de son pied nu et entra dans le jardin d'Éden, non, comme auparavant, la démarche hésitante et les yeux émerveillés, mais avec l'arrogance d'un propriétaire. Edmund Hoode avait trouvé son foyer spirituel.

Le silence sembla interminable. Anne restait pétrifiée, incapable de fuir, d'appeler sa servante ou d'opposer la moindre résistance. Menaçant, Ambrose Robinson la dominait de toute sa taille. Elle se sentait comme un de ces animaux hébétés dont la mise à mort était pour lui une routine.

Le boucher était gagné par une fureur froide. Les veines saillaient sur ses tempes telles les mèches d'un fouet tandis qu'il luttait pour contenir ses instincts violents. Il fit un pas vers elle ; convaincue qu'il s'apprêtait à la frapper, Anne ferma les yeux et rassembla son courage. Le coup ne vint pas. À la place, elle entendit renifler tout bas. Quand elle osa regarder Robinson, elle le vit, assis sur une chaise, la tête entre ses mains.

Sa peur se mua lentement en une compassion prudente.

— Qu'est-ce qui vous tourmente ? demanda-t-elle.

— Tout est perdu, murmura-t-il entre deux sanglots.

— Tout ?

— Mon fils, mon amie la plus chère, mes espoirs de bonheur. Tout a disparu à jamais. C'était mon unique chance, Anne, expliqua-t-il en relevant son visage baigné de larmes. J'ai agi par amour. Le prêt, ces lettres…

— Je ne comprends pas très bien, Ambrose.

— J'ai eu tort, dit-il en se levant. Je n'aurais pas dû vous mentir. C'était indigne de vous. Je vais sortir de votre vie pour toujours et vous laisser en paix.

Séchant ses larmes, il se dirigea pesamment vers la porte.

— Restez ! lança-t-elle, sa curiosité en éveil. Ne fuyez pas sans avoir rétabli la vérité. Qu'y a-t-il, Ambrose ?

Il s'arrêta pour se tourner vers elle et haussa les épaules, désabusé.

— Vous aviez raison, Anne.

— Philip n'avait pas envoyé ces lettres ?

— Non. Mais c'étaient exactement celles qu'il m'aurait adressées s'il en avait eu le temps et les moyens. Je connais mon fils. Philip est au supplice à Blackfriars. Ces lettres exprimaient simplement ce qu'il ressent.

— Les avez-vous écrites vous-même ?

— Avec ces mains-là ? dit-il en ouvrant ses paumes énormes. Elles sont plus habiles à manier un hachoir qu'une plume. Non, Anne. Je les ai composées dans mon esprit. Un copiste les a couchées sur le papier sous ma dictée.

— Mais… Pour quelle raison ? demanda-t-elle, perplexe.

— Pour me rassurer. Me convaincre qu'en réalité mon fils m'aimait et voulait revenir vivre avec moi. À force de les lire et de les relire, j'ai fini par croire pour de bon qu'elles venaient de Philip. Et puis, dit-il en baissant à nouveau les yeux, il y avait une autre raison, Anne.

— Je ne la devine que trop bien.

— J'ai commis une erreur.

— Vous avez utilisé ces lettres pour me prendre au piège, dit-elle avec colère. Pour jouer sur mes sentiments et m'attirer vers vous. Puis, par mon entremise, vous vous êtes assuré le concours de Nick Bracewell.

— Vous en parliez en termes si élogieux ! Vous vantiez son ingéniosité, ses talents de persuasion. C'est pourquoi je tenais tant à le rencontrer.

— Et à le berner, lui aussi, avec ces lettres mensongères !

— Non, pas mensongères. Philip aurait pu les écrire.

— Mais il n'en a rien fait, Ambrose. Vous nous avez dupés !

— Par quel autre moyen aurais-je pu obtenir votre aide ?

— En étant franc vis-à-vis de moi.

— Ma franchise vous aurait aussitôt mise en fuite.

— Pourquoi donc ?

— À cause de ma personne, répondit-il, battant sa coulpe. Regardez-moi. Un gros boucher, lourd et laid. Quel espoir avais-je de vous conquérir par la franchise ? Vous croyiez que je vous prêtais cet argent par amitié et vous l'avez accepté avec joie. Si je vous avais avoué que je vous le donnais par amour, vous l'auriez refusé. Ma déloyauté partait d'intentions honnêtes. J'adore mon fils, aussi je vous ai manœuvrés, Nick Bracewell et vous, afin que vous travailliez à sa libération. Et parce que je suis fou de vous — c'est là ma pire faute —, je me suis servi de Philip afin de me rapprocher de vous. Pour que vous pensiez à lui et que vous ayez envers lui les sentiments d'une mère. J'essayais de vous courtiser, Anne.

— Vous avez commis une faute bien pire encore, répliqua-t-elle d'un ton véhément.

— Nullement.

— Je le vois à présent et je frémis rien que d'y songer. Vous vous êtes servi de votre fils pour m'appâter comme d'une carotte devant un âne. C'est déjà assez écœurant. Tromper également Philip, voilà qui est méprisable.

— Je ne l'ai pas trompé.

— Oh, mais si ! accusa-t-elle. Nick et moi n'étions pas vos seules dupes. Philip aussi a eu droit à son lot de mensonges. Vous lui avez écrit pour lui apprendre qu'un foyer heureux l'attendait, avec une seconde maman. Vous vous êtes servi de moi pour tenter Philip.

— Non !

— C'était le seul argument qui pouvait, peut-être, le faire revenir.

— Vous ne le connaissez pas.

— Mais tout de même assez bien pour comprendre qu'il se plaise à la Chapelle royale. Il a échappé à son père. Pas étonnant qu'il apprécie tant le théâtre de Blackfriars !

— Je veux qu'il rentre à la maison ! hurla Robinson.

Anne alla ouvrir la porte d'entrée toute grande.

— N'espérez aucune aide de ma part, messire, dit-elle sèchement. Passez votre chemin : je ne vous retiens pas. Je ne suis pas un hochet qu'on agite devant un enfant rétif. Adieu, Ambrose. Vous n'êtes plus le bienvenu ici !

Il lui lança un regard noir, puis franchit le seuil pour la dernière fois.

Le dimanche matin transformait Londres en une gigantesque fonderie de cloches. La cité entière retentissait à la volée. Elle sonnait, carillonnait, tintait ou chantait mélodieusement pour emplir chaque oreille à la ronde de l'appel de la chrétienté, et pour envoyer bien vite les multiples congrégations vers l'office du matin, à l'église ou à la cathédrale. Les cloches convoquaient les fidèles et accusaient les moins dévots ; elles faisaient vibrer le cœur des uns et tiraillaient la conscience des autres. Seuls les sourds et les morts restaient indifférents au monstrueux tumulte dominical.

Nicholas quitta Thames Street pour se rendre, lui aussi, à son lieu de culte. Reconnaissant une silhouette devant lui, il allongea le pas pour la rattraper.

— Bonjour !

— Oh !

— Puis-je marcher près de vous ?

— Je suis en retard, messire. Je dois me hâter.

— Ne puis-je tenir compagnie à votre hâte ?

Joan Hay ne parut guère réjouie à sa vue et encore moins de sa compagnie. Gardant la tête basse et les mains serrées à la hauteur de sa taille, elle avançait précipitamment dans la rue. Nicholas devina la raison de son attitude.

— Je crois que je vous dois des excuses.

— Pourquoi ?

— Pour vous avoir attiré la réprobation de votre époux. Je n'aurais pas dû mentionner notre rencontre à Blackfriars. Je crains qu'il ne vous ait reproché de m'avoir parlé comme vous l'avez fait.

— Non, non, mentit-elle.

— Messire Hay tient à préserver sa vie privée, je le sais.

— C'est un génie, messire. Je suis mariée à un génie.

— Pourquoi n'est-il pas avec vous ce matin ?

— Il est parti devant. Je me presse afin de le rattraper.

— Alors, je ne vous poserai qu'une simple question avant de vous laisser poursuivre votre route.

— Non, je vous en prie, messire. Je ne sais rien.

— Je ne vous demande pas de divulguer un secret. Votre époux s'en est ouvert à moi hier.

— Adressez-vous à lui cette fois encore.

— Je préférerais l'entendre de votre bouche.

Ils parvinrent au coin de la rue. Il posa doucement la main sur son épaule pour l'arrêter. Joan Hay leva vers lui des yeux effrayés. Déjà timorée en temps ordinaire, elle commençait à succomber à la panique.

— Messire Hay m'a confié qu'il avait été jadis en prison.

— Pendant un jour seulement, dit-elle, sur la défensive.

— Cela résultait sûrement d'un malentendu, n'est-ce pas ? Votre époux est un homme fort respectueux des lois.

— Oui, oui, c'est vrai.

— Quelle accusation a-t-on bien pu porter contre lui ?

— Je ne le sais pas.

— Vous en avez tout de même une idée.

— C'était une erreur. On l'a très vite relâché.

— Grâce à l'intervention du maître de chapelle.

— Oui, je crois.

— Alors ? Pourquoi votre mari a-t-il été arrêté ? insista Nicholas.

— En toute sincérité, messire, je n'en sais rien.

— Il leur a fallu un mandat pour l'emmener. Sont-ils venus chez vous ? Est-ce là-bas qu'ils l'ont pris ?

Joan Hay lançait des regards nerveux alentour, craignant d'être en retard pour l'église et impatiente de se débarrasser de son inquisiteur. Manifestement, elle ignorait les circonstances exactes de cette incarcération temporaire, néanmoins Nicholas sentait qu'il pouvait lui arracher un indice.

— Laissez-moi partir, je vous en conjure, messire.

— Quand les officiers sont venus chercher votre époux…

— Discutez de cette affaire avec lui.

— Ont-ils emporté quelque chose avec eux ?

— Des documents, rien de plus.

— Des documents ?

— Ne me demandez pas ce que c'était, car je ne le sais pas.

Nicholas s'écarta afin qu'elle puisse continuer son chemin. Il se sentait coupable d'avoir harcelé une femme déjà trop habituée à la rudesse, mais cette conversation avait révélé un détail d'un grand intérêt. Cela lui donna ample matière à réflexion tandis qu'il se dirigeait vers son église, dans la paroisse voisine.

Les harmonies retentissantes de Londres tirèrent enfin Edmund Hoode d'un sommeil de plomb. S'attendant à s'éveiller dans l'Éden, serré contre sa bien-aimée, il fut déconcerté de se retrouver seul sur des draps froissés à *La Licorne*, un courant d'air frais soufflant par la fenêtre ouverte. Ses idées s'éclaircirent peu à peu. Le carillon des cloches le frappa soudain dans toute sa force et il se boucha les oreilles pour ne plus l'entendre.

Il n'y avait pas trace de Cecily, pas même le plus léger souvenir du parfum délicat qui l'avait enivré la nuit passée. S'était-elle enfuie, déçue ? Leur amour avait-il fait naufrage dès son premier voyage ? Hoode ferma les yeux et tenta de se le rappeler. Le Paradis avait été recréé au premier étage d'une auberge londonienne. On lui avait tendu une pomme de l'Arbre de la Connaissance et il l'avait croquée avec un délice indicible.

L'ennui, c'était qu'Ève lui avait offert une autre pomme. Puis une troisième, une quatrième, une cinquième et peut-être même plus. Avant de tomber d'épuisement, il avait contemplé autour de lui un jardin jonché de trognons. Ève, pendant ce temps, tentait d'en arracher une autre à la plus haute branche. Sa poursuite du savoir se révélait insatiable.

Quand Hoode se redressa avec peine, il mesura exactement à quel point. Cecily Gilbourne l'avait laissé pour mort. Les muscles endoloris, l'estomac retourné, son corps n'avait nulle intention d'obéir au moindre de ses ordres. Après de longues heures de sommeil, il était encore éreinté. Sa bouche desséchée aspirait à de l'eau pour étancher sa soif.

Au prix d'un suprême effort, il roula sur le lit et posa les pieds par terre. Ceux-ci montrèrent peu d'enthousiasme à l'idée de le porter et il dut agripper un banc pour rester debout. Souffleté par le vent et par le son des cloches, il tituba jusqu'à la porte, s'aidant en chemin grâce à toutes sortes d'appuis et de béquilles. Il se sentait soutenu par la pensée que, dans la chambre voisine, Cecily attendait peut-être qu'il la rejoigne avant qu'on ne leur serve le petit déjeuner. Mais la porte était fermée à clef.

Hoode s'y appuya le temps de rassembler ses forces. Une question lancinante persistait au fond de son crâne. Pourquoi se sentait-il à ce point malheureux ? Après une nuit de folie, il aurait dû être comblé de joie. Ayant goûté les suaves délices de Cecily, ses lèvres auraient dû frémir de plaisir. Pourtant, son palais était blasé. D'où lui venait cette sensation étrange ?

Son corps se rebella et menaça de le laisser choir. Ses jambes se dérobèrent, ses bras faiblirent et son cou voulut se dissocier de sa tête. Le lit était son seul salut, mais il semblait éloigné de centaines de pas. Réunissant ses forces en vue d'une tentative désespérée, Hoode s'élança à travers la pièce, renversa au passage un tabouret, une table et un pot de chambre, puis atterrit sur le lit et résolut de n'en jamais plus descendre.

Il y gisait encore, gémissant faiblement et composant sa propre épitaphe, quand il aperçut quelque chose du coin de l'œil. Une lettre, laissée par Cecily, dépassait sous l'oreiller. Son cœur s'envola. Il n'était pas, après tout, un amant abandonné dans une chambre pleine de courants d'air. Sa belle avait affirmé son amour et exprimé sa gratitude en termes incandescents avant de s'en aller. Il ouvrit la lettre, les doigts rendus maladroits par l'enthousiasme, mais aussitôt il la lâcha, saisi d'effroi.

Cecily était une épistolière laconique. Deux simples mots ornaient la page, et le frappèrent d'une terreur inexplicable :

« Cette nuit. »

Un ordre royal avait retardé les funérailles de Cyril Fulbeck jusqu'à ce matin-là. Ce n'était pas un événement insignifiant. Le maître de chapelle était un membre aimé et respecté de la cour, et la reine tenait à lui rendre en personne les derniers honneurs. Comme elle ne revenait du palais de Greenwich que le samedi soir, les obsèques ne pouvaient avoir lieu avant le lendemain.

La cérémonie émouvante, dirigée avec la solennité requise par l'évêque de Londres, se tint dans la chapelle que Fulbeck avait servie avec un dévouement exceptionnel. De leur plus belle voix, les choristes dirent adieu à leur mentor et Philip Robinson eut le privilège de chanter en solo. L'oraison funèbre rendit hommage à l'œuvre et à la personnalité du défunt en omettant avec délicatesse toute référence à la manière dont il s'était éteint. Des larmes silencieuses accompagnèrent le service entier et, au passage du cercueil, on vit Sa Majesté porter à sa joue une main gantée.

Pourtant, le meurtre demeurait insoluble. Soumise à des pressions insistantes en haut lieu, l'enquête officielle était aussi rigoureuse que possible mais n'avait encore révélé que peu d'éléments, et la reine fit connaître son déplaisir. Maintenant que sa dépouille reposait en paix, Cyril Fulbeck méritait d'être vengé au plus vite. De nouveaux officiers furent désignés pour aider à découvrir son assassin.

Raphael Parsons garda la tête courbée et ses pensées pour lui pendant toute la cérémonie. Lorsqu'elle fut finie, il laissa la congrégation s'en aller dans l'ordre strict prescrit par l'étiquette avant de s'esquiver en direction de Blackfriars. En arrivant au théâtre, il fut ennuyé à la vue d'un homme à la carrure solide qui l'attendait.

— Je suis bien aise de pouvoir vous parler, dit Nicholas.

— Veuillez m'excuser, messire. Je suis trop occupé pour bavarder.

— Mais il n'y a pas de représentation ici, aujourd'hui.

— Hélas non, dit Parsons.

— Même vous, vous ne trouveriez pas normal de présenter une pièce quelques heures à peine après les obsèques du maître de chapelle.

— Mais si, très certainement. Les sentiments et le commerce ne font pas bon ménage. On ne peut laisser les uns influer sur l'autre. Malgré ma tristesse d'avoir vu inhumer mon vieil ami, je ne voudrais pas, si j'avais le choix, que cela perturbe le programme des divertissements donnés ici.

— Ne serait-ce pas comme danser sur sa tombe ?

— Pas dans mon opinion.

— Ne tenez-vous aucun compte de vos acteurs ?

— Les acteurs sont faits pour jouer.

— Ils sont humains, messire Parsons, argua Nicholas. Ils ont des émotions, un certain sens de la loyauté. C'est particulièrement vrai de votre jeune troupe. Leurs cœurs ne sont pas de pierre, contrairement au vôtre. Je gage qu'ils n'auraient pas voulu fouler les planches aujourd'hui.

— Je les y aurais contraints !

— Ils vous auraient haï pour cela. Hier, les Hommes de Westfield n'ont pas hésité une seconde. Sitôt découvert le corps de Jonas Applegarth, la pièce a été annulée d'office. On n'aurait pu contraindre un seul membre de la compagnie à monter sur scène.

— Je les aurais volontiers remplacés, dit spontanément le directeur. La mort d'Applegarth ! J'aurais dansé la gigue tout l'après-midi pour la fêter !

— Où étiez-vous à l'heure du crime ? interrogea Nicholas, piqué au vif. Avec vos amis d'Ireland Yard ?

— En quoi cela vous importe-t-il ?

— Je me demandais si vous utiliseriez deux fois le même mensonge.

— Je n'ai pas menti une seule fois, répliqua l'autre. Hier matin, pendant que ce bourreau méritant suait sous le poids d'Applegarth, j'étais ici, à Blackfriars.

— À l'aube ?

— Ma journée commence tôt.

— Y avait-il quelqu'un d'autre avec vous ?

— Pas avant une heure à peu près, admit Parsons. Mais ensuite Geoffrey, le portier est arrivé. Il corroborera mes dires.

— Seule m'intéresse l'heure exacte où Jonas Applegarth a été assassiné, répliqua Nicholas. Vous m'assurez que vous étiez ailleurs, mais vous n'avez aucun témoin pour le confirmer. Il en est de même pour le meurtre de Cyril Fulbeck. Vous prétendiez être à Ireland Yard quand il s'est produit, mais, là-bas, personne n'est prêt à vous laver de tout soupçon.

— Que voulez-vous dire ?

— Je les ai tous interrogés.

— Le diable vous emporte !

— La plupart des gens n'avaient jamais entendu parler de Raphael Parsons.

— Vous avez eu l'audace de violer ma vie privée ?

— Très certainement.

— De quel droit ?

— Par simple curiosité, répondit Nicholas avec nonchalance, et aussi par envie d'arrêter un infâme meurtrier. Celui qui a tué Cyril Fulbeck, quel qu'il soit, a montré la même vilenie envers Jonas Applegarth. S'il ne se trouvait pas à Ireland Yard comme il l'affirme, il n'était peut-être pas non plus au théâtre de Blackfriars. Suivez-vous mon raisonnement ?

— Enfer et damnation !

Parsons voulut frapper Nicholas, mais celui-ci fut le plus prompt. Il saisit le poignet du directeur, lui tordit le bras en arrière puis le jeta à terre. Parsons poussa un juron. Il se releva non sans peine, s'épousseta et considéra Nicholas avec une sourde hostilité.

— Reprenons, dit le régisseur. Où étiez-vous quand Cyril Fulbeck fut assassiné par pendaison ?

— À Ireland Yard.

— Ce mensonge est futile.

— Ireland Yard ! répéta Parsons, les dents serrées.

— Pourquoi personne ne veut-il le confirmer ?

— À votre avis, très cher ?

— Dites-le-moi.

Parsons jeta des coups d'œil furtifs autour d'eux pour s'assurer qu'on ne les entendait pas, puis, furieux, il fixa Nicholas. Après de longues hésitations, il jugea que le seul moyen de se débarrasser de son visiteur était de dévoiler en partie la vérité.

— Mes bons amis, ou plutôt ma bonne amie d'Ireland Yard n'est pas en mesure de mentionner notre amitié.

— Pourquoi ?

— Elle est mariée.

— Oh !

— N'exigez pas que je vous indique son nom et son adresse, car la trahison serait trop grande. Admettez simplement que j'étais avec la dame à l'heure où Cyril Fulbeck fut pendu. Elle pourrait également jurer que j'étais avec elle hier, à l'aube. Son mari est marchand et fait de fréquents voyages en Hollande. Ai-je besoin d'en dire plus ?

Nicholas secoua la tête. Il savait que Parsons disait la vérité, à présent. Cela l'innocentait totalement et supprimait le seul lien apparent entre Fulbeck et Applegarth. Il s'était querellé avec l'un et détestait l'autre. Il s'expliqua sur ses rapports avec les deux hommes.

— C'était précisément l'objet de notre dispute, quelques heures avant sa mort. Cyril avait découvert ma liaison. Il me sermonna sur les vertus du mariage et la noirceur de l'adultère. Étais-je bien celui qui convenait pour me charger de ses choristes, alors que je commettais un péché mortel ? Ma simple présence ne corrompait-elle pas leurs jeunes esprits ? Une pure absurdité.

— Qu'avez-vous répondu ? interrogea Nicholas.

— Ce que n'importe quel homme digne de ce nom aurait dit. Sans mâcher mes mots, je l'ai prié de ne pas se mêler de mes affaires. Ce que je faisais entre les draps, quand et avec qui, ne concernait que moi. Je l'ai traité de vierge effarouchée et je suis parti, furieux.

— Pour aller tout droit à Ireland Yard ?

— J'avais grand besoin de consolation, admit Parsons, qui sourit avant que la rancœur ne reprenne le dessus. Quant à votre seconde accusation, je peux la réfuter aussi aisément. J'avais beau haïr Jonas Applegarth, je ne l'ai pas pendu. Je savourais d'autres plaisirs à ce moment-là.

— Pourquoi le haïssiez-vous à ce point ?

— Il aurait plutôt fallu lui demander ce qu'il avait contre moi ! Car c'est ainsi que tout commença. Nous admirions beaucoup ses pièces et l'avions invité à en écrire une pour les Enfants de la Chapelle. Savez-vous quelle fut sa réponse ?

— Il refusa tout net et se gaussa de vous.

— Puis il continua à nous railler dans *Les Infortunes du mariage*. Nous travaillons dur, à Blackfriars, et nous avons bien assez de problèmes à surmonter. Devait-on permettre à cette outre boursouflée de ridiculiser tous nos efforts ? C'était injuste. Il fallait absolument lui clouer le bec.

— D'un coup de poignard dans le dos ?

— Ç'aurait été un moyen, dit tranquillement le directeur. Mais je préférais le poignarder en plein cœur par le biais d'un Prologue.

Nicholas l'observa un moment, avec calme mais sans dissimuler son mépris. Il n'y avait plus rien à obtenir de cette confrontation, pourtant il éprouvait une certaine difficulté à s'éloigner. Le directeur avait prouvé qu'il n'était pas le bourreau, mais Nicholas sentait qu'il avait du sang sur les mains. Avait-il organisé les meurtres et confié à un tiers le soin de les exécuter ? Son œuvre à Blackfriars témoignait de ses talents en matière de mise en scène. N'avait-il pu les exploiter en machinant deux pendaisons ?

— En avez-vous fini avec moi ? s'enquit Parsons, sarcastique.

— Pour le moment.

— Bien. Je dois me préparer pour ma répétition.

— Le jour des obsèques ?

— On m'a privé de représentation. Je ne permettrai pas qu'on me vole aussi une répétition. Les garçons viennent ici après l'office du soir.

— Pourquoi les y obligez-vous ?

— Bien au contraire, c'est eux qui me l'ont demandé. Posez-leur la question, si vous ne me croyez pas ! Vous pouvez venir nous voir, car nous ne répétons que quelques scènes. Les garçons ont été bouleversés par la cérémonie. Ils veulent la chasser de leur esprit l'espace d'une ou deux heures. Et vous, dit-il, scrutant Nicholas, ne vous êtes-vous jamais abîmé dans le travail pour ne plus penser ?

L'office du soir emplissait tout l'édifice des sons les plus beaux, qui s'élevaient jusqu'à la voûte, pénétraient chaque recoin du chœur et de la nef avant de s'insinuer dans l'humidité glacée de la crypte pour tourbillonner autour des oreilles des gisants. Ambrose Robinson était indifférent à leur magnificence. Il savait qu'Anne se trouvait parmi les fidèles, mais il ne tenta même pas de l'entrevoir, encore moins de s'asseoir auprès d'elle. Elle appartenait désormais au passé.

Lorsqu'il regardait le chœur, il ne voyait pas les visages tournés vers le ciel des jeunes garçons qui offraient leur louange à Dieu. Il remarquait seulement l'absence de son fils à sa place accoutumée. L'office du soir avait toujours été pour lui l'occasion d'une grande joie, quand la voix de Philip en formait l'élément essentiel. Sans lui, le service le mettait au supplice.

Le sermon ne lui apporta pas plus de réconfort ou d'inspiration. La voix monocorde du prêtre lui rappelait tristement un autre service en ce même lieu. Quand son épouse avait été inhumée, le prêtre l'avait consolé en affirmant que telle était la volonté divine. Le départ forcé de Philip pour la Chapelle royale avait aussi été expliqué par la volonté divine, et le boucher ne doutait pas que la perte d'Anne eût été décrite de la même façon.

Un deuil était une épreuve suffisante. Trois étaient tout à fait insupportables. Sa femme, son fils et celle qui aurait pu devenir sa seconde épouse. Tous, il les avait perdus ; son existence était vide et dénuée de sens. Le prêtre l'exhortait à la résignation, mais, dorénavant, Robinson refusait de se soumettre. Il n'accepterait pas de se coucher pour laisser les roues de pierre du destin le piétiner sans répit. Il se lèverait et se battrait.

Alors que le service suivait son cours, il quitta son siège et remonta l'allée sous les yeux surpris des autres paroissiens. Une bourrasque s'engouffra à l'intérieur quand il ouvrit le portail occidental. Robinson n'entendit pas les murmures réprobateurs qui parcoururent les bancs de l'église. Son esprit était fixé sur des questions plus profanes.

Arrivé dans sa boutique, il se tint en face de son établi. Il examina les instruments accrochés sur des esses de fer. Couteaux, broches, couperets et hachoirs, toujours nets et bien aiguisés. C'était pour lui une source de fierté. Ils étaient prêts pour le matin, mais, en ce dimanche, il lui faudrait s'en servir. Ambrose Robinson choisit un couperet et passa son pouce sur le fil de la lame. Celle-ci était affûtée à la perfection.

Il entreprit sa longue marche vers la rédemption.

Nicholas décida d'accepter l'invitation à la répétition du soir et retourna à Blackfriars à l'heure dite. Il traversa la moitié de la cour d'honneur avant de remarquer Caleb Hay. Rencogné dans l'angle le plus éloigné, le vieil homme examinait les bâtiments au moyen d'un petit télescope. Nicholas s'approcha de lui.

— Bien le bonsoir, messire ! lança-t-il. Votre vue a-t-elle baissé au point qu'il vous faille une lunette pour observer ce qui est juste sous votre nez ?

— Vous vous trompez ! répondit Hay en pouffant de rire. Je contemple un passé lointain. Vous ne voyez que les vestiges de Blackfriars. J'essaie, par l'imagination, de reproduire le tracé de l'ancien monastère avec ses limites d'antan. Alors je pourrai dessiner mon plan.

— Le voir m'intéresserait infiniment.

— En temps et heure, messire. Tout arrive en temps et heure.

Nicholas se rappela qu'il avait une question à lui poser.

— Je suis heureux que nous nous rencontrions ainsi, car je souhaitais vous demander quelque chose. Andrew Mompesson. N'était-il pas votre beau-père ?

— Mais si. Un homme de valeur et un libraire de grand renom. Il m'a beaucoup appris. Et il m'a confié le volume le plus précieux de sa bibliothèque le jour où il m'a accordé la main de sa fille.

Ses yeux pétillaient de malice. Nicholas sourit, mais il n'était pas sûr que Hay eût formulé une remarque aussi galante en présence de son épouse. Joan Hay avait l'air sevrée de compliments depuis longtemps.

— Ce nom inhabituel est resté gravé dans mon esprit, reprit le régisseur. Andrew Mompesson. Il figurait parmi les signataires de cette pétition contre un théâtre public à Blackfriars.

— Votre mémoire est excellente. Mon beau-père a participé à la rédaction de cette supplique. Il m'a permis d'en faire une copie exacte, que j'ai ainsi pu vous montrer.

— A-t-il vécu assez longtemps pour voir ouvrir le théâtre actuel ?

— Non, par bonheur, répondit Hay. Il en aurait eu le cœur brisé. À sa mort, le quartier n'était pas encore entaché de souillure. Les tambours et les trompettes n'ont pas troublé son repos. Il n'a pas vu passer sous ses fenêtres une foule grouillante sept jours par semaine. Aucun acteur n'avait encore raillé l'âme de Blackfriars par ses blasphèmes et sa conduite obscène. Il est mort heureux. Combien d'entre nous seront à même d'en dire autant ?

— Fort peu.

— Ni le pauvre Cyril Fulbeck, assurément. Dieu le garde !

La tête penchée sur le côté, il leva les yeux vers Nicholas.

— Est-ce la poursuite de son meurtrier qui vous amène ici une fois encore ?

— Oui, messire Hay.

— Et êtes-vous beaucoup plus près de l'attraper ?

— Je le crois.

— Voilà d'excellentes nouvelles.

— Ce n'est plus qu'une question de temps, à présent.

— C'est vraiment tout à votre honneur de vous être chargé de cette enquête, alors que le maître de chapelle ne représentait rien pour vous.

Il poussa un profond soupir de regret avant d'ajouter :

— Si seulement j'en avais moi-même la force ! Cyril Fulbeck a été bon envers moi. J'ai maintes raisons de venger sa mort, mais je manque des moyens pour le faire.

— Sans lui, vous croupiriez peut-être en prison.

— C'est plus que probable, dit-il avec un rire forcé.

— Où vous avait-on enfermé ?

— À la prison du Clink.

Un bruit de pas leur fit tourner la tête vers l'autre côté de la cour. Les choristes de la Chapelle royale se dirigeaient vers le théâtre, la tête inclinée en un silence révérencieux. Philip Robinson marchait à l'avant de la procession qui s'acheminait sous le portail principal. Comme on pouvait s'y attendre, Caleb Hay en fut horrifié.

— Ils ne donnent tout de même pas de représentation ce soir !

— Il ne s'agit que d'une brève répétition.

— Le jour du Seigneur ? Juste après des funérailles ?

— Raphael Parsons me permet d'y assister.

— Je préfère m'en aller, déclara le vieil homme en rangeant son télescope dans sa poche. Ceci n'est pas un endroit pour moi. Des choristes se donnant grossièrement en spectacle ! La sainteté et le péché, réunis sous la houlette de Raphael Parsons… Le voilà, votre assassin, messire ! Cet homme détruira ce qu'il y a de plus sacré.

Hay sortit avec dignité de la cour d'honneur. Nicholas la traversa pour pénétrer dans le théâtre et expliqua au portier la raison de sa venue. Geoffrey Bless le surprit :

— Mais alors, vous avez sûrement croisé messire Ingram.

— Quand ?

— Il y a quelques minutes, lorsqu'il a quitté le théâtre.

— Il était ici ?

— Il bavardait avec moi comme vous-même à présent.

— Je ne l'ai pas vu.

— Vous ne pouviez pas le manquer, insista le portier. Si vous êtes venu par la cour, il aurait fallu que vous fussiez aveugle ! Je m'étonne que messire Ingram ne vous ait pas salué.

Nicholas s'en étonnait tout autant. Il songea qu'Ingram avait dû l'apercevoir en premier et s'était dissimulé dans un renfoncement. Un comportement singulier, de la part d'un ami. Il repassa rapidement sous le portail principal et regarda de tous côtés, mais ne le vit nulle part. Nicholas en conclut qu'il n'avait pas encore quitté les lieux. Il retourna auprès du portier.

— Que faisait James ici ?

— Il me rendait visite, messire, expliqua Geoffrey. Pour causer du bon vieux temps, où Blackfriars était un endroit plus heureux.

— Est-il resté longtemps ?

— Plus d'une heure.

— Savait-il qu'il y aurait répétition ce soir ?

— Je le lui ai appris.

— Comment a-t-il réagi ?

— Il a trouvé que c'était mal. Le jour des funérailles…

Les yeux du portier s'embuèrent. Il était vieux et las. Le meurtre perpétré dans son théâtre lui avait ôté tout courage. Lui si alerte et vigilant se sentait désormais brisé. Il n'eût pas été difficile à James Ingram de se glisser à nouveau dans l'édifice à son insu.

Nicholas gravit l'escalier et entra dans la salle aussi discrètement qu'il le put. Raphael Parsons, debout sur la scène, tapait des mains pour rassembler ses acteurs. S'étant mis en costumes pour la répétition, ils arrivèrent lentement de la loge. Philip Robinson fut le dernier, vêtu d'une robe et ajustant une perruque acajou sur sa tête. Nicholas prit place tout au fond, sans que Parsons et ses jeunes comédiens paraissent remarquer sa présence.

— Nous répéterons la scène du procès, annonça le directeur. Philip Robinson ?

— Oui, messire ?

— Vous devez porter l'action sur vos épaules. Tout repose sur vous.

— Bien, messire.

— Un port altier, Philip ! Souvenez-vous-en. Malgré ces chaînes, vous ne demeurez pas moins une reine. Conduisez-vous comme telle face à l'adversité. Quittez tous la scène, que l'on mette le décor en place.

Parsons sauta dans la salle et aperçut Nicholas. Il lui adressa un petit signe du menton avant de se remettre au travail. Le machiniste apporta une table et des bancs, puis s'éclipsa bien vite.

— Commençons ! ordonna le directeur.

Trois juges entrèrent l'un derrière l'autre et prirent place derrière la table. Deux soldats en armure, munis de piques, se postèrent de part et d'autre de ce tribunal afin d'en souligner l'importance et d'exécuter ses décisions.

— Amenez la prisonnière ! lança Parsons.

Le geôlier entraîna la souveraine infortunée au bout d'une corde. Philip Robinson s'employa à suggérer la dignité blessée. Il se tint devant ses accusateurs sans faiblir. On procéda à la lecture de l'acte d'inculpation, puis l'un des juges s'adressa à la prisonnière :

LE JUGE : Qu'avez-vous à dire pour votre défense ?

LA REINE : Les accusations portées contre moi sont mensongères.

LE JUGE : Il nous appartient d'en décider.

LA REINE : Vous n'avez aucun pouvoir sur moi, messire. Je suis la reine, et ne répondrai de mes actes que devant une autorité supérieure à toutes celles que vous pouvez réunir ici. Je ne me soumettrai pas à cette cour abjecte tel un vil criminel de droit commun. Comment avez-vous l'impudence de juger une souveraine consacrée par l'onction ? Au nom de quel droit pervers et contre nature prétendez-vous traduire en justice la couronne d'Angleterre ?

Philip commença lentement ce long monologue passionné, mais il trouva bientôt son rythme et déclama la prose d'une voix qui sonnait clair à travers tout le théâtre. Nicholas fut impressionné. Il y avait là bien plus que la simple récitation d'un texte. Le jeune garçon était un acteur-né. Parmi tous les apprentis des Hommes de Westfield, seul Richard Honeydew aurait pu aborder la scène du procès avec le même talent et exprimer toute l'indignation de la vertu outragée.

Ayant subjugué ses juges par sa majesté, l'enfant se jeta à terre devant eux et les défia de le décapiter. Avant qu'ils aient pu répondre, une voix gronda au fond du théâtre :

— Philip ! Mon Dieu, qu'ont-ils fait de toi ?

Ambrose Robinson, dans l'embrasure de la porte, contemplait son fils avec horreur. La vue de la robe et de la perruque le mit au comble de la rage. Il courut vers la scène, la main tendue.

— Laisse-les ! Viens avec ton père. Je suis ici pour te sauver de ce lieu d'abomination ! Rentre à la maison !

Mais le jeune garçon ne montra aucune inclination à retourner à Bankside. Alors que son père se précipitait vers lui, il se releva d'un bond et recula. Arrachant sa perruque, il cria avec terreur :

— Je suis heureux ici, père ! Laisse-moi !

— Viens avec moi !

— Non, répondit l'enfant. Je ne veux pas !

Il se réfugia dans la loge et Robinson tenta de grimper sur scène afin de le poursuivre. Le directeur s'interposa aussitôt pour retenir le père furieux.

— Arrêtez, messire ! Vous n'avez rien à faire ici.

— Je veux mon fils.

— Philip fait légalement partie des Enfants de la Chapelle. Vous ne le toucherez pas. Je suis Raphael Parsons et je dirige ce théâtre. Je me vois contraint de vous prier de partir immé…

— Parsons !

Robinson se retourna vers l'homme en qui il voyait la cause de son malheur. Il perdit la tête. Le repoussant d'une bourrade, il s'empara du couperet qu'il gardait sous son manteau et l'assena de toutes ses forces. La lame porta sur l'épaule de Parsons, ouvrant une plaie terrifiante d'où jaillit le sang. Le directeur tomba, blessé à mort, et le boucher se planta devant lui, prêt à le tailler en pièces.

Les jeunes acteurs étaient trop effrayés pour bouger, mais Nicholas accourait déjà. Avant que le couperet n'ait pu retomber, il bondit si violemment sur Robinson qu'il le projeta en arrière. Tous deux s'effondrèrent sur le plancher, tandis que l'arme échappait aux doigts du boucher et tournoyait dans les airs. Retournant sa fureur effrénée contre Nicholas, il se plaqua sur lui et l'étreignit à la gorge pour tenter de l'étrangler.

La colère décuplait ses forces, mais Nicholas était plus expérimenté. D'une torsion du corps, il parvint à se dégager et martela de ses poings le visage déformé par la haine, puis il le saisit par les cheveux pour lui cogner la tête par terre. Alors que les deux hommes étaient aux prises, des pas précipités résonnèrent. James Ingram se jeta sur Robinson pour aider Nicholas à le maîtriser. Mais son intervention n'était pas nécessaire. Le boucher avait cessé de se débattre.

Prenant conscience de l'endroit où il était et de ce qu'il venait de faire, Robinson sembla sortir d'une transe. Il commença à geindre pitoyablement. Le portier surgit, pantelant, accompagné de deux constables.

— J'ai bien essayé de l'arrêter, dit-il, mais il m'a repoussé. J'ai couru chercher du secours. Mon Dieu ! s'écria-t-il, manquant s'évanouir à la vue de Parsons. Quelle nouvelle horreur est-ce encore ?

Nicholas se releva. Aidé par Ingram, il hissa Robinson sur ses pieds et le remit aux constables. Alors qu'il quittait le théâtre sous bonne escorte, le boucher pleurait, accablé de remords. Raphael Parsons gisait sur les planches dans une mare de sang. Nicholas se tourna vers le portier pour ordonner :

— Faites quérir un chirurgien !

— J'y vais, proposa Ingram. Il faut des jambes plus prestes que celles de Geoffrey pour cette mission.

L'acteur partit en courant vers l'escalier, toutefois sa tentative serait vaine. Nicholas le voyait bien, la médecine ne pouvait plus rien pour Parsons. Gémissant de douleur, le directeur avait la moitié de l'épaule sectionnée. Sans le moindre espoir, Nicholas s'efforça de contenir le sang. Parsons recouvra brièvement ses esprits.

— Qui est là ?

— Nicholas Bracewell.

— Je me meurs. Prenez garde, messire.

— À quoi ?

— Au théâtre. Une profession dangereuse. Elle a tué Cyril Fulbeck et maintenant elle m'envoie sur ses traces. Me rendrez-vous un service ? demanda-t-il, agrippant le bras de Nicholas.

— Volontiers.

— Discrètement, aussi.

— Je comprends. Ireland Yard.

— Au quatorze. Faites mon éloge à la dame. Expliquez-lui pourquoi je ne viendrai pas. Parlez-lui avec douceur.

— Je le ferai, messire Parsons.

Le directeur fut soudain convulsé de douleur. Nicholas crut qu'il s'était éteint, mais une étincelle de vie s'éleva à nouveau. Parsons remua les lèvres ; seuls de faibles sons en sortirent. Nicholas approcha son oreille.

— Un service… en vaut un autre, murmura Parsons.

— Parlez.

— Je n'ai pas… pendu… Applegarth.

— Je le sais, à présent, le rassura Nicholas.

— Mais j'ai… tenté de… tenté de…

— Oui ?

— Le tuer.

Raphael Parsons rendit le dernier souffle et quitta ce monde une confession sur les lèvres. Un mystère au moins était élucidé. C'était lui qui avait lancé la dague vers le dos sans défense de Jonas Applegarth. Ce soir-là, le dramaturge n'avait pas été suivi par un acteur amer qui lui gardait grief, mais par un directeur de théâtre blessé dans son orgueil.

Nicholas n'aurait jamais pu concevoir de l'amitié pour Raphael Parsons. L'homme était trop dur et retors ; en contemplant son cadavre, toutefois, il éprouva de la compassion. Il y avait une concordance brutale dans la manière dont il avait péri. Ayant voulu commettre un meurtre, il avait été assassiné avec une violence extrême. Le jour même où il disait adieu au maître de chapelle, on l'envoyait le rejoindre. Alors qu'il répétait une scène de procès avec l'enfant qui avait sa préférence, il était mis en accusation par un père qui s'instituait juge, jury et bourreau.

Quand Ingram revint, accompagné d'un chirurgien, Nicholas avait pris la situation en main avec calme et efficacité. Il avait recouvert la dépouille d'un manteau, emmené le portier loin de ce spectacle pénible et réuni les acteurs dans la loge pour les réconforter. Il n'oubliait pas sa promesse de se rendre à Ireland Yard, mais il avait tout d'abord d'autres sombres nouvelles à annoncer. Il entraîna Philip dans un coin tranquille, au fond de la scène, où ils pourraient parler seul à seul.

— Il faut être courageux, Philip.

— Qui êtes-vous, messire ?

— Nicholas Bracewell, un ami de dame Hendrik.

— Elle a été gentille avec moi quand ma mère est morte.

— Je le sais, dit Nicholas. Mais hélas, c'est de ton père que je dois t'entretenir à présent.

— Que s'est-il passé ? J'ai entendu un cri terrifiant.

— Il a attaqué messire Parsons avec un couperet.

Le jeune garçon éclata en sanglots et mit longtemps à se calmer. Nicholas lui expliqua brièvement ce qui était arrivé, sans lui dissimuler la vérité.

— Ton père aura à répondre de son crime.

— Je sais, messire. Je sais.

— Il devra peut-être payer cette mort de sa vie.

— Et c'est moi qui suis la cause de ces deux malheurs !

— Non, Philip.

— Je les ai tués tous les deux ! Sans moi, messire Parsons vivrait encore et mon père ne se trouverait pas bientôt devant le bourreau.

— Tu n'es pas à blâmer, insista Nicholas. Tu es la victime et non le responsable de cette situation.

Il serra le garçon dans ses bras jusqu'à ce que ses sanglots s'apaisent peu à peu.

— Tu aimes le théâtre, n'est-ce pas ?

— Beaucoup, messire.

— Tu étais heureux, sur cette scène.

— Très heureux.

— Tu n'as donc pas écrit à ton père pour lui raconter combien tu détestais Blackfriars ?

— Je ne lui ai pas écrit du tout.

— Préférerais-tu vivre à la Chapelle royale ou chez toi ?

— À la Chapelle ! affirma le jeune garçon. N'importe où sauf à la maison.

— Pourquoi cela ?

L'enfant se sentait tiraillé par sa loyauté familiale. Malheureux auprès de son père, il ne voulait pas révéler la tristesse de sa vie à ses côtés. Ambrose Robinson serait bientôt jugé pour meurtre et disparaîtrait à jamais de son existence. Il tenait à conserver une belle image de lui.

— Mon père m'aimait, j'en suis sûr.

— Sans l'ombre d'un doute.

— Mais il n'était plus le même depuis la mort de ma mère. Il me répétait que j'étais tout ce qu'il avait au monde. Il me surveillait à chaque instant de la journée. Cela finissait par me peser, messire.

Nicholas comprenait. Philip étouffait, à Bankside. La Chapelle royale avait été son refuge. Le jeune garçon regarda autour de lui, désespéré.

— Que vais-je devenir ? demanda-t-il.

— Tu resteras où tu es.

— Mais voudront-ils encore de moi après, messire ? Le fils d'un meurtrier ! Ils vont me chasser sur-le-champ.

— Je pense que non.

— Messire Fulbeck était mon ami. Il veillait sur moi. Qui le fera, maintenant qu'il n'est plus ? s'inquiéta-t-il, pâle et hagard. Que deviendra le théâtre, sans messire Parsons ? C'était toute ma vie.

— Cela peut le rester.

— Non, ça ne sera jamais plus pareil.

Philip avait raison. Cyril Fulbeck avait été un père pour lui et Raphael Parsons, en dépit de sa sévérité, un excellent professeur. Ayant perdu les deux en même temps que son propre père, l'enfant se retrouvait seul au monde.

— Que préférais-tu, Philip ? demanda Nicholas.

— Ce que je préférais ?

— Chanter à la Chapelle royale ou jouer à Blackfriars ?

— Jouer, messire, sans nul doute.

— Pourquoi ?

— Parce que je peux m'améliorer avec le temps. À la Chapelle, je peux seulement chanter. Sur scène, je peux chanter, danser, déclamer les plus beaux vers jamais écrits et faire passer du rire aux larmes ceux qui me regardent. J'aspire à être comédien. Mais comment y parviendrais-je, sans théâtre ?

Nicholas songea à la voix rauque de John Tallis.

— Je vais voir si je peux t'en trouver un.

12

Le jour du repos dominical était le moins reposant de la semaine pour Margery. Tirée du lit par les cloches sonores de Shoreditch, il lui fallait réveiller le reste de la maisonnée, veiller à ce que tous fussent lavés et habillés, les conduire à l'office du matin à St Leonard et les gifler, à l'occasion, quand ils somnolaient pendant le service. À part les quatre apprentis et les deux servantes, trois acteurs séjournaient chez elle le temps de trouver un logement plus approprié. Treize bouches, dont celles toujours béantes de ses enfants, devaient ainsi être nourries tout au long de la journée. Les servantes ayant tendance à bâcler les corvées du ménage et à brûler toute la nourriture, Margery finissait par faire plus de nettoyage et de cuisine qu'il ne convenait à son tempérament.

Quand elle revint de l'office du soir, son troupeau dans son sillage, elle fut contrariée à la pensée impie que le repos dominical était le châtiment des femmes assez sottes pour se marier et succomber à la maternité. Margery avait comme sombre perspective une soirée surchargée et maugréait intérieurement à l'idée de toutes les tâches qui l'attendaient. Ce n'était donc pas l'heure la plus opportune pour lui rendre visite.

Edmund Hoode essuya le plus fort de son irritation.

— Allez-vous-en ! Hors de ma vue ! Débarrassez-moi de votre visage lépreux !

— Je viens pour une mission de charité.

— Montrez-en à mon égard et partez le plus vite que vous pourrez !

— Ce n'est pas une façon d'accueillir les gens, Margery.

— C'est ce que vous obtiendrez de plus cordial, messire. Vous avez tôt fait d'oublier votre dernière visite céans, quand vous avez semé une telle discorde entre mari et femme que Lawrence et moi avons à peine échangé un mot poli depuis !

— C'est un des motifs de ma présence.

— Pour nous séparer encore plus ! Par tous les saints ! Vous dépeuplerez la ville à ce train-là. Qui peut s'engager dans l'acte légitime de procréation alors que vous prenez racine devant la porte ? Quelle femme se soumettra au plaisir de son époux si, par-dessus son épaule nue, elle vous voit la fixer d'un air lugubre ?

— J'implore votre pardon.

— Implorez de plus loin, messire. Reculez-vous d'une bonne lieue et je vous laisserai ramper à votre aise.

Elle voulut fermer la porte, mais il l'en empêcha.

— Je vous en prie, ne me renvoyez pas !

— Soyez heureux que je ne lâche pas les chiens sur vous !

— Je suis au désespoir, Margery.

— Emportez votre désespoir ailleurs, car je n'en veux rien savoir. Bien que ce soit le jour du Seigneur, j'emploierai un langage plus vert pour que vous passiez votre chemin, si vous osez traîner devant ma porte.

— Laissez-moi entrer !

— Allez plutôt briser un autre couple.

— Je vous en supplie !

— Vous suppliez en vain. Lawrence n'est pas ici. Depuis que vous l'avez mis dans l'impossibilité de converser avec sa femme, il reste avec ses camarades.

— Mais c'est vous, Margery, que je désire voir.

— Attendez un peu que j'attrape un balai, et vous me verrez au meilleur de ma forme. Je peux couvrir un homme de bleus en moins d'une minute.

À ces mots, Hoode s'agenouilla sur le seuil en une attitude de contrition.

— Battez-moi tout votre saoul ! Je le mérite, je le réclame, je vous y invite. Rouez-moi de coups à votre guise.

Interloquée, Margery le regarda avec attention pour la première fois et lui trouva l'air hagard, les yeux cernés. Hoode souffrait. Elle se pencha pour l'aider à se relever.

— Qu'avez-vous, Edmund ?

— Acceptez que j'entre et je vous dirai tout.

— Vous êtes-vous regardé dans un miroir, aujourd'hui ?

— Je n'ose pas, Margery.

— Les pestiférés ont meilleure mine.

— Leurs symptômes sont bénins, comparés aux miens.

L'inquiétude prenant le pas sur la rancune, Margery le soutint et l'aida à entrer. Il tremblait comme une feuille. Elle l'emmena dans la cuisine et le fit asseoir.

— Que s'est-il passé, Edmund ?

— L'apocalypse.

— Où ?

— Dans une chambre à coucher.

— La dame s'est refusée ?

— Pire. Elle m'a voulu. Puis encore, et encore, et encore.

Des coassements incontrôlables se firent entendre de l'autre côté de l'huis, comme si une grenouille douée de la faculté de rire les espionnait. Margery bondit et découvrit John Tallis, plié en deux. Elle lui tira l'oreille, le chassa d'un coup de pied, puis referma vigoureusement la porte derrière lui. La souffrance du poète avait besoin du baume de l'intimité. Les ricanements d'un apprenti risquaient d'exacerber une douleur déjà insupportable.

Elle prit place sur le banc auprès de lui et l'enlaça d'un bras maternel. Ce n'était point là un intrus sans vergogne, tambourinant à la porte de sa chambre, mais l'Edmund Hoode d'antan.

— Cette histoire n'est destinée qu'à vos seules oreilles.

— Elle doit valoir la peine d'être entendue.

— Lawrence se gausserait de moi cruellement.

— Il n'apprendra rien par moi. Continuez.

Hoode eut besoin d'une minute pour rassembler ses forces avant de s'embarquer dans son récit. Il fut honnête et ne dissimula rien. Margery l'écoutait, attentive et compatissante. Elle comprit qu'une aide immédiate était requise.

— Quand devez-vous la revoir ?

— Ce soir, à *La Licorne*.

— N'y allez pas.

— Ce serait un manque de galanterie. Je suis contraint d'y aller. Je le lui dois. Mais je ne me soumettrai pas à une autre nuit d'amour jusqu'à l'épuisement. Ma chair et mon sang n'y résisteraient pas.

— Expliquez-le-lui.

— Elle n'écouterait pas. Je sais ce qu'elle dirait.

— Quoi donc ?

— Elle gémirait : « Encore ! Encore, Edmund, encore, encore ! » Comme si ma virilité était une roue hydraulique actionnée par le flot de sa passion. Sauvez-moi, Margery ! Je me noie !

— Il n'existe qu'une seule planche de salut, Edmund.

— Quelle est-elle ?

Elle sourit avec bienveillance et lui dit :

— Vous verrez.

— Vous ne m'avez toujours pas expliqué ce qui vous amenait à Blackfriars.

— Ma stupidité.
— Votre stupidité ?
— Oui, Nick, soupira James Ingram. Je me croyais plus avisé. J'étais convaincu que Raphael Parsons était notre bourreau et j'ai voulu le surveiller. Pendant que vous regardiez la répétition, je me dissimulais en haut, dans la galerie.
— Vous êtes revenu en cachette ?
— Geoffrey est moins alerte. Il ne m'a pas remarqué.
Nicholas fut soulagé d'apprendre que la présence d'Ingram à Blackfriars n'était pas motivée par de sombres desseins. Ses doutes concernant son ami étaient infondés. Alors que Nicholas avait une raison personnelle de poursuivre le tueur de Jonas Applegarth, l'acteur en avait une de capturer le bourreau de Cyril Fulbeck. Pour des causes différentes, tous deux recherchaient le même homme.
— Parsons ne nous ennuiera plus, reprit Ingram.
— Il est vrai.
— Ni, d'ailleurs, les Enfants de la Chapelle.
— N'en soyez pas si sûr, James.
— Pourquoi cela ?
— Un directeur est mort, mais un autre viendra bientôt prendre sa place. Un théâtre privé, avec une compagnie permanente à même de donner des représentations douze mois par an… Quelle tentation ! Avant longtemps, un autre Raphael Parsons s'installera ici.
— Et rivalisera avec nous pour la faveur du public.
— Les Hommes de Westfield devront prendre des risques, dit Nicholas. Puisque nous ne pouvons rien contre les troupes d'enfants, il nous faudra redoubler d'audace et d'invention pour surpasser ces jeunes comédiens.
Ils marchaient d'un pas vif sur le pont de Londres. S'étant livrés à des déclarations sous serment concernant le meurtre de Raphael Parsons, les deux hommes

avaient été libres de partir. Ils s'enfoncèrent dans Bankside et avancèrent prudemment dans son labyrinthe de ruelles. Nicholas s'arrêta devant une maison.

— À qui rendons-nous visite ? s'enquit Ingram.

— Vous continuez votre chemin vers une autre halte.

— Moi ?

— Oui, James. Vous allez au Clink.

— Vous m'envoyez en prison ?

— Seulement pour y mener une enquête.

— L'endroit regorge de tenanciers de bordels et de pauvres gens, incapables de payer leurs dettes.

— Pas seulement. L'homme qui m'intéresse n'est ni l'un ni l'autre. Avez-vous de l'argent sur vous ?

— En suffisance. Pourquoi ?

— Il vous faudra soudoyer le sergent.

Étant convenus qu'ils se retrouveraient à Gracechurch Street, Nicholas donna des instructions à Ingram, qui partit entreprendre sa mission. Le régisseur frappa alors à la porte de la maison. Quand la servante le fit entrer, Anne se leva vivement de sa chaise et l'étreignit contre son cœur.

— Oh, Nick ! J'ai tant prié afin que vous veniez ! J'ai vécu des moments bien éprouvants depuis notre dernière rencontre.

— Pourquoi ? Que se passe-t-il ?

— Ambrose Robinson est venu ici.

Elle lui relata les événements de la veille et la frayeur que lui inspirait le boucher. Nicholas s'en voulut terriblement de ne pas avoir été auprès d'elle pour la protéger.

— Vous a-t-il importunée, aujourd'hui ?

— Non. Je ne l'ai vu qu'à l'office du soir, et guère longtemps. Ambrose s'est levé en plein service, puis il est sorti, les joues en feu, comme si un élan irrésistible le poussait.

— Vous dites vrai, Anne. Il s'est rendu à Blackfriars. J'y étais à son arrivée.

— Au théâtre ?
— Il venait chercher son fils.
— Je le craignais. Y a-t-il eu une altercation ?
— Oui, dit Nicholas, mais le petit a pris la fuite. C'est Raphael Parsons qui s'est querellé avec votre voisin, et qui a eu le dessous. Le boucher était armé d'un couperet.
— Oh, non ! se récria Anne, atterrée. Il l'a assassiné ?
— Un coup a suffi.
— Et ensuite ?
— Nous l'avons maîtrisé et les constables l'ont emmené. Messire Parsons n'a pas survécu longtemps.
— Et Philip ? Ce fut sans doute une expérience terrifiante pour lui. Et quelle humiliation ! Son propre père !
— Fort heureusement, il n'a pas été témoin de la scène. J'ai eu soin de discuter longuement avec lui pour expliquer ce qui s'était passé, et le préparer à ce qui allait arriver.
— Pauvre enfant ! Il a tout perdu !
— D'un mal peut résulter un bien.
— Il est probable qu'Ambrose sera jugé et pendu.
— Très certainement.
— Philip devra porter cette flétrissure.
— Il s'y attend déjà.
— Y aura-t-il encore une place pour lui à la Chapelle royale, après cela ? demanda-t-elle avec anxiété. Où ira-t-il, s'ils le renvoient ? Sa jeune vie serait brisée.
— Tout peut encore être sauvé, assura Nicholas en lui effleurant le bras. Mais je ne puis m'attarder. Je venais simplement vous annoncer les nouvelles avant que vous ne les appreniez d'une source moins bien informée.
— J'en suis très reconnaissante, Nick. Et soulagée.
— Ambrose Robinson ne vous importunera jamais plus.

— Le ciel soit loué ! soupira Anne. Et pourtant, il n'était pas du tout ainsi, au début. Il m'a aidée. Je ne veux pas l'oublier. Sans son prêt, j'aurais dû batailler pour maintenir l'affaire à flot. C'était un geste d'amitié, quoi qu'il ait espéré en obtenir. Était-ce un brave homme avec un peu de mal en lui ? Ou un mauvais homme, capable d'un peu de bonté ? Si l'épouse qu'il chérissait avait vécu, nous ne nous poserions même pas la question.

— C'est malheureusement vrai. Mais je dois partir, dit-il en s'approchant de la porte.

— Nick…

— Oui ?

— Maintenant que vous vous rappelez mon adresse, ne passez plus devant ma maison sans y entrer.

— Nous jouons à *La Rose*, la semaine prochaine.

— Je vous attendrai, dit-elle en souriant.

Alexander Marwood examina la cour de son auberge avec des sentiments contradictoires. Son instinct lui dictait de rompre avec les Hommes de Westfield et, du même coup, de se libérer des difficultés récurrentes qui assaillaient la compagnie — sans parler de la menace omniprésente qu'un acteur lubrique jette son dévolu sur sa fille nubile. Le bon sens chuchotait un message différent à son oreille, entre deux touffes de poils. La troupe lui versait un loyer et lui apportait des clients. Les Hommes de Westfield donnaient aussi à son auberge un renom dans la capitale, ce qui lui importait grandement, et plus encore à son épouse. *La Tête de la Reine* était connue pour héberger la compagnie théâtrale la plus célébrée de Londres.

Le bon sens était encore aux prises avec l'instinct quand Lawrence Firethorn et Owen Elias s'approchèrent. Ils adressèrent un sourire enchanté à cet homme qu'ils trouvaient parfaitement détestable.

— Il nous faut connaître votre décision, lui dit Firethorn.

— Je réfléchis, grommela Marwood.

— Pouvons-nous, de quelque façon, favoriser votre réflexion ?

— Certainement, messire Firethorn : en me laissant seul.

— Vous ne devez pas retarder le verdict plus longtemps. Trop de choses en dépendent. Jouons-nous ici demain, oui ou non ?

— Je n'en sais rien.

— La troupe est suspendue à vos lèvres, intervint Elias. Nous avons manqué une représentation et serions contrariés d'en perdre une autre. Cela laisserait votre cour déserte pendant deux après-midi, la semaine prochaine.

— Deux ?

— Oui, expliqua Firethorn. Nous jouons à *La Rose* mercredi. Vous n'aurez pas de foule assoiffée pour réclamer votre ale.

— Ni de rustres pissant dans mes écuries, répliqua le patron. Ni de débauchés lorgnant ma fille.

Il faiblissait visiblement. Firethorn sentit qu'il mènerait plus facilement les négociations seul et donna un léger coup de coude au Gallois. Celui-ci s'éloigna, juste à temps pour accueillir Nicholas au moment où celui-ci apparaissait sous le porche de la cour.

— Nick ! Où étiez-vous passé ?

— Je vous le dirai bientôt, répondit Nicholas en observant Marwood. Notre aubergiste s'est-il radouci ?

— Lawrence le ramène peu à peu à de meilleurs sentiments.

— Il ne faut pas le brusquer. Tout est là.

— J'ai essayé d'apporter mon aide, mais on m'a renvoyé.

— En ce cas, je vais vous recruter pour une expérience de poids.

— De quoi s'agit-il ?

— J'ai besoin de vous pendre, Owen.

— Me pendre !

Nicholas éclata de rire en voyant son expression.

— Venez. Vous trouverez en moi un bourreau plein de douceur.

Suivi d'Elias, il alla dans la réserve où ils avaient découvert le corps le matin précédent. Le nœud coulant, qui constituait une preuve matérielle, avait été emporté par les constables, mais Nicholas en façonna rapidement un autre dans une longueur de corde. Elias observa ses doigts agiles à l'ouvrage.

— Vous avez déjà fait cela auparavant.

— Ce sont des mains de marin que vous voyez là. Si vous passiez autant de temps en mer que moi jadis, vous apprendriez à fabriquer toutes sortes de nœuds. Et maintenant, Owen, allongez-vous là, ordonna-t-il en lui montrant le plancher.

— Pourquoi ?

— Pour satisfaire un caprice.

— Qu'est-ce encore que cela ? maugréa Elias en se couchant. Serais-je la cible d'une plaisanterie ?

— Aucunement, assura Nicholas en lui passant la corde au cou. Combien pesez-vous ? La moitié du poids de Jonas ?

— Un tiers au plus. Je l'ai quasiment porté jusqu'à chez lui et il semblait peser une tonne. Un triple Owen Elias.

— J'en tiendrai compte. Glissez vos mains à l'intérieur du nœud pour qu'il ne vous blesse pas. Êtes-vous prêt ? demanda-t-il en lançant un bout de la corde par-dessus la poutre centrale.

— *Iesu Mawr !* Il a pour de bon l'intention de me pendre !

— Accrochez-vous.

Nicholas tira sur la corde jusqu'à ce qu'elle se resserre autour des mains et du cou de son ami. Pesant de toutes ses forces, il ne put soulever Elias d'un pouce. Même en enroulant la corde autour de sa taille pour affermir sa prise, il n'y parvint pas.

— Merci, Owen. Vous pouvez vous lever à présent.

— Bien ! dit l'autre, qui voulut se débarrasser du nœud coulant.

— Non, gardez-le, exigea Nicholas. Je veux trouver un autre moyen de vous tuer.

— Vous m'avez torturé assez longtemps.

— Une minute encore, c'est tout ce que cela prendra.

— Bon, mais dépêchez-vous.

— Restez là et ne bougez pas.

Owen Elias était au milieu de la pièce. Nicholas déplaça l'établi de façon à le mettre presque derrière lui. Ramassant le maillet, il mima le geste de lui donner un coup sur la nuque, puis le saisit par le col.

— Laissez-vous tomber doucement en arrière.

— Êtes-vous fou ?

— Allez-y. La table vous retiendra.

Elias obtempéra et Nicholas le guida de sorte à ce que son dos repose sur l'établi. Lorsqu'il tira sur l'extrémité de la corde, cette fois, il obtint plus d'effet. En tirant pour de bon, il redressa le corps en position assise. Les mains à l'intérieur du nœud, Owen Elias émit un gargouillement effroyable et fit mine d'étouffer. Nicholas ramena l'autre partie de la corde vers lui afin de la dégager de la poutre, puis il épousseta la sciure qui s'était accrochée au gilet de cuir de son ami.

— Suis-je mort ? interrogea Elias en ôtant le nœud coulant.

— Sans l'ombre d'un doute. Et maintenant, je sais comment il s'y est pris.

— Qui ?

— Le bourreau.

— Cela ne vous ennuierait pas qu'on sorte, Nick ? J'ai l'impression d'être sa prochaine victime.

Ils retournèrent dans la cour et trouvèrent Firethorn qui parlait, volubile, à James Ingram. Le chef de la troupe se vanta de son succès sitôt que les autres approchèrent.

— J'ai réussi, messieurs ! Nous jouons ici demain.

Ils poussèrent un hourra unanime.

— Marwood était telle de la cire entre mes mains : mou et malodorant.

— Vous avez su le modeler comme il convient, approuva Owen.

Ils ne furent pas avares de félicitations. Firethorn voulut tous les emmener dans la salle pour boire à cet heureux retournement de situation, mais Nicholas s'intéressait davantage aux nouvelles qu'Ingram avait à lui donner.

— Avez-vous découvert ce que je vous ai demandé ?

— Oui, Nick. Au prix fort.

— Un sergent de prison ne donne rien sans contrepartie.

— Je lui ai payé son dû, puis je suis venu tout droit à l'auberge. S'il vous plaît, ajouta-t-il en s'adressant à Firethorn, transmettez mes très sincères excuses à votre épouse.

— Vous avez vu ma femme dans une prison ?

— Non, sur le chemin du retour. Je ne l'ai reconnue qu'après coup. Elle a dû me trouver bien grossier de l'ignorer de la sorte ! Expliquez-lui que je me hâtais de revenir ici.

Firethorn restait perplexe.

— Margery est à Shoreditch.

— Pas ce soir.

— Où est-elle, alors ?

— À deux pas, dans une autre auberge.

— Dans une auberge ? Ici, en ville ?

— Je sens qu'on va s'amuser, gloussa Elias.

— Vous avez dû vous tromper, James, décida Firethorn.

— Alors que nous nous sommes croisés d'aussi près que vous et moi ? C'était elle. J'en jurerais sur la Bible.

— Je suis sûr qu'il existe une explication toute simple, dit Nicholas avec délicatesse. Elle rendait peut-être visite à une amie.

— Ou à un ami, si vous voyez ce que je veux dire, souffla Elias.

— Mais pourquoi ne m'en a-t-elle rien dit ? reprit Firethorn, dont la suspicion grandissait. Était-elle seule, James ?

— Tout à fait.

— Et comment était-elle vêtue ?

— Splendidement.

— Quel était le nom de l'auberge ?

— Je n'avais pas l'intention de provoquer votre colère.

— Quel était son nom ?

— Je supposais que vous saviez que Margery sortait.

— Son nom, sacrebleu ! exigea Firethorn.

— *La Licorne.*

Cecily Gilbourne ne perdit guère de temps en cérémonies. Les badineries sentimentales furent écartées sans pitié en faveur de plaisirs plus tangibles. Dès qu'on eut conduit Edmund Hoode auprès d'elle, elle déposa un baiser sur sa joue et l'emmena dans la chambre voisine. À la seule vue du lit où ils avaient passé ensemble une nuit torride, il blêmit. Toute ressemblance avec le jardin d'Éden avait disparu. Il lui rappelait l'affreux chevalet qu'il avait observé, naguère, chez Richard Topcliffe, le maître bourreau. Cette couche était un instrument de torture.

— Avez-vous déjà composé mon sonnet ? lui demanda-t-elle.

— Non, Cecily. Il est encore en gestation dans mon esprit.

— Mais vous aviez promis de me le réciter !

— Est-ce vrai ? dit-il, entrevoyant un moyen de repousser ses ardeurs. Retournons à côté et j'essaierai de vous en déclamer un vers ou deux.

— Ici, insista-t-elle. Vous juriez que votre poésie caresserait mon corps.

— Est-ce vrai ? répéta-t-il, la gorge nouée.

— Avez-vous si vite oublié ?

Elle le poussa sur le lit, où il tomba assis. Il était terrifié. L'appétit de Cecily était trop grand pour être assouvi. L'amour se transformait en supplice. La pensée qu'il lui faudrait réciter un sonnet dans le feu de l'action le rebutait plus encore. Hoode chercha une échappatoire, mais déjà elle dégrafait son pourpoint.

— Pourquoi tant de hâte ? s'écria-t-il, pris de panique, alors qu'elle le forçait à s'allonger.

— Vous me le demandez ?

— Cecily, ne voulez-vous pas prendre un rafraîchissement auparavant ?

— Rien ne me rafraîchit mieux que ceci !

Elle se trémoussa sur lui, haletante, puis commença à s'extirper de ses vêtements. Il ignorait qu'une robe pût s'ôter aussi aisément. Quand Cecily reporta son attention sur son haut-de-chausses, la panique céda la place à l'épouvante.

— Je sens venir le premier vers de mon sonnet !

— Cessez donc de remuer, que je vous l'enlève.

— « Ô brûlante Cecily de Sicile... » Écartez votre main. S'il vous plaît !

— Je brûle comme un volcan sicilien.

— Cecily ! protesta-t-il.

— Edmund ! ronronna-t-elle. Mon distique !

Et avant qu'il ne puisse bouger, elle se jeta sur lui de tout son corps et fixa sans recours ses lèvres sur les siennes. Hoode sentit les eaux se refermer au-dessus de sa tête. Il allait abandonner le moindre espoir et se soumettre quand il entendit toquer discrètement à la porte. La servante venait les avertir.

— Madame ! Madame ! Prenez garde !

— Qu'y a-t-il ? grogna Cecily.

— L'épouse de messire Hoode est dehors.

— Comment, son épouse ?

— Oui !

— Mais il n'est pas marié !

— Je le suis, je le suis ! prétendit Hoode avec gratitude. Se peut-il qu'elle soit là ?

— Elle demande à entrer, répondit la femme de chambre.

— Elle ne demande pas, elle exige ! tempêta une voix de l'autre côté de la porte. Edmund ! Êtes-vous là ?

— Non, ma chérie.

— Écartez-vous, jeune fille, ordonna la visiteuse inattendue.

La servante poussa un petit cri, la porte s'ouvrit à la volée et la redoutable Margery Firethorn la franchit prestement. Elle fut outrée à la vue de cette trahison. Cecily recula dans un coin, s'emparant d'un drap pour couvrir sa nudité avec autant de dignité qu'elle le pouvait. Hoode se débattait sur le lit. Margery jeta un regard méprisant à Cecily et, sans plus de façon, attrapa Hoode par le bras, le tira du lit et le traîna derrière elle comme un sac de blé.

Hoode supporta avec joie l'inconfort de ce départ. Il préférait infiniment rebondir sur les marches de *La Licorne* qu'être dévoré tout cru par une amante déchaînée, dont le vocabulaire amoureux se résumait à : « Encore ! » Margery joua son rôle à la perfection. Ce fut seulement quand elle l'eut amené dans la rue qu'elle se détendit et se laissa aller à pouffer de rire. Hoode, dans un élan de reconnaissance, jeta impulsivement ses bras autour d'elle et lui donna un baiser retentissant.

Lawrence Firethorn choisit ce moment-là pour les surprendre.

Nicholas savait où le trouver. Quand il n'était pas chez lui, on ne le voyait jamais qu'en un seul lieu. Il ne fallut pas longtemps au régisseur pour arriver. Il traversa la cour d'honneur et pénétra dans le théâtre. Geoffrey Bless, le vieux chien de garde, était affalé sur sa chaise, profondément endormi, comme s'il fermait les yeux pour ne plus voir le spectacle effrayant qu'il avait découvert à Blackfriars ce soir-là. Il ne bougea même pas quand Nicholas prit doucement le trousseau entre ses doigts noueux.

À pas furtifs, il s'approcha de la porte et en chercha la clef. Il entra dans la salle, plongée dans l'obscurité, les contrevents solidement fermés masquant le jour finissant. L'endroit semblait désert, mais Nicholas sentit qu'il n'était pas seul. Il avança à tâtons, sa dague au clair, et s'arrêta près de la scène.

— Venez, messire. Je sais que vous êtes là.

Après un long silence, une lumière vacillante apparut. Un chandelier à multiples branches fut posé sur la table utilisée lors de la brève répétition. Un homme prit place sur le banc, derrière, et déploya des parchemins devant lui, aussi confiant et serein que s'il était assis à son bureau.

— Je vous attendais, dit Caleb Hay avec un sourire.

— Vraiment ?

— Tôt ou tard.

— Vous connaissez donc la raison de ma présence.

— Posez cette dague, messire. Je ne suis pas armé. Je refuse de parler avec un homme qui me menace ainsi.

— Seulement pour me défendre.

— Contre qui ? Un vieillard, devant une pile de documents ?

Nicholas acquiesça et rengaina son arme. Les chandelles illuminaient tout l'avant de la scène. Il regarda l'endroit où Raphael Parsons était tombé. Le sol était encore couvert d'une tache sombre. Caleb Hay y jeta un coup d'œil.

— Messire Parsons a organisé une répétition de trop.

— Devait-il être votre prochaine victime ?

— Ne me toisez pas ainsi. Il a péri de la main d'un père ulcéré.

— Qui lui a épargné une mort lente par pendaison, riposta Nicholas. Est-ce pour cela que vous rôdiez dans le quartier, ce soir ? Vous attendiez qu'il fût seul dans le théâtre ? Vous comptiez entrer grâce aux clefs de messire Fulbeck et le surprendre ?

— Pourquoi aurais-je voulu occire Raphael Parsons ?

— Pour la même raison que vous avez assassiné Cyril Fulbeck et Jonas Applegarth.

— Le maître de chapelle était un ami à qui j'accordais toute ma confiance. Quant à votre énorme dramaturge, comment aurais-je pu, moi qui suis si frêle, hisser une telle masse sur le gibet ?

— À l'aide de l'établi, répondit Nicholas. Le soulever était assez facile, une fois qu'il reposait sur ce point d'appui. Vous avez d'abord usé d'un autre stratagème pour attirer Jonas à *La Tête de la Reine* : cette lettre, prétendument de Lawrence Firethorn. Un habile copiste n'aurait eu aucune peine à l'écrire.

— Les habiles copistes sont des êtres paisibles et sédentaires comme moi.

— Vous n'êtes pas aussi faible et inoffensif que vous le paraissez. Là résidait l'erreur de Cyril Fulbeck. Se croyant en sécurité, il vous a laissé approcher suffisamment pour le frapper.

— Il m'a laissé approcher cent fois, et a pourtant survécu.

— Lors de votre dernière rencontre, la situation avait changé du tout au tout.

— Expliquez-moi pourquoi, je vous prie, le défia Hay. Me voici sur le banc d'un tribunal, accusé de crimes innommables. Un ami que je chérissais. Un auteur que je n'ai jamais vu de ma vie. Quel lien insensé établissez-vous entre eux et moi ?

— La religion ! affirma Nicholas.

— Ah, vraiment ?

— L'ancienne religion.

— Nous serions tous trois des moines dominicains ? C'est là votre hypothèse ?

— Non, messire. J'ai cru au départ que le théâtre était le point commun. Cyril Fulbeck se consacrait aux Enfants de la Chapelle et Jonas Applegarth était engagé par les Hommes de Westfield. L'un ici, à Blackfriars, l'autre à *La Tête de la Reine*, deux lieux chargés d'histoire chacun à leur façon, qui constituaient donc des sujets d'étude appropriés pour un spécialiste de Londres. Seul un homme connaissant l'auberge dans ses moindres recoins avait pu m'échapper.

— Je ne vois pas ce que vient faire l'ancienne religion dans tout cela.

— Le Clink.

— Eh bien ?

— Vous y avez passé une journée en prison.

— Oui. Je n'en fais pas mystère.

— C'est là qu'on détient les dissidents religieux, poursuivit Nicholas. Même un court séjour est consigné par le sergent de la prison dans son registre. J'ai trouvé un moyen d'en consulter les pages. Messire Caleb Hay fut conduit au Clink il y a trois mois à peine ; son nom et son délit figurent dans la main courante, comme il se doit.

Nicholas s'avança vers lui, puis assena :

— On trouva en votre possession des documents prônant l'ancienne religion. C'est en tant que catholique romain que l'on vous enferma là-bas.

— Mais je fus très vite disculpé.

— Sur ordre du maître de chapelle.

— Certes ! dit Hay en se levant. Je suis historien. Je conservais ces pièces par-devers moi dans l'intention de les copier. Elles font légitimement partie de mon travail. Allez fouiller mon bureau. Vous trouverez des documents relatifs à John Wycliffe et d'autres concernant les quartiers juifs de Londres. Cela signifie-t-il que je suis un lollard ou un membre du Peuple élu ?

— Cyril Fulbeck s'abusait.
— Vous aussi, messire.
— Il comprit plus tard qu'on l'avait trompé.
— Folles suppositions !
— Blackfriars, dit Nicholas calmement. La boucle est bouclée, messire Hay. C'est ici que tout commence et doit forcément se terminer. Blackfriars était à vos yeux un symbole de l'ancienne religion. Je me rappelle avec quel amour vous évoquiez son passé. Votre beau-père, Andrew Mompesson, s'était battu contre l'ouverture d'un théâtre public car le bruit eût offensé ses oreilles. Vous y voyiez une objection plus profonde. Pour vous, transformer un monastère en théâtre relevait du sacrilège !
— C'en était un ! admit Hay, piqué à vif au point de se trahir.
— Des pièces vulgaires sur un sol consacré.
— Anathème !
— Les Enfants de la Chapelle narguant le pape.
— Je ne le pardonnerai jamais à Cyril !
— Puis vint Jonas Applegarth, continua Nicholas. Le fléau de Rome, qui, par son esprit, fustigeait l'ancienne religion dans chacune de ses œuvres.
— Je les ai toutes vues, dit Hay d'un ton amer. Chacune plus fielleuse et blasphématoire. Je croyais que *Frère Francis* était sa pire abomination jusqu'à ce que vous présentiez *Les Infortunes du mariage*. Quelle profanation ! Il s'acharnait sur tout ce qui m'était cher.
— Vous lui avez fait payer chèrement son impudence.
— Son œuvre était le mal absolu !
Caleb Hay prit quelques instants pour se calmer. Puis il regarda Nicholas avec un petit rire amusé.
— Vous avez fort bien mené vos recherches.
— C'était indispensable.
— Vous feriez un historien perspicace.
— Mon sujet d'étude était la vie de Caleb Hay.

— Comment cette histoire sera-t-elle écrite ?

— Avec tristesse, messire.

— Mais toute mon existence m'a comblé de joie !

— Une joie que vous n'avez pas partagée avec votre épouse, lui rappela Nicholas. Elle ne savait rien de votre passion la plus intime. Vous la teniez à l'écart, comme une bonne à tout faire. C'est à cause d'elle que j'ai commencé à m'interroger sur le génie avec lequel elle était mariée.

— Pourquoi donc ?

— La peur dans ses yeux. Sa terreur en gravissant l'escalier pour vous appeler. Quel genre d'homme interdit à sa femme l'endroit où il passe ses journées ? Que lui dissimule-t-il, derrière cette porte verrouillée ?

— Vous avez deviné la réponse, Nicholas Bracewell.

— Je pense que je n'ai pas été le seul.

— Non, avoua Hay. Cyril Fulbeck y est parvenu avant vous. C'est pourquoi il devait disparaître. Pas seulement à cause de ce lieu d'abomination où nous nous trouvons. Il menaçait de me dénoncer, et mes os sont bien trop vieux pour la paillasse d'un cachot.

Il prit le chandelier et le leva bien haut afin d'éclairer la scène, puis secoua tristement la tête.

— Des siècles de dévotion effacés avec insouciance ! Un édifice religieux transformé en foyer maléfique. Des enfants innocents initiés à la corruption. Un héritage voué au mépris et à l'oubli.

Cette humeur plaintive et mélancolique passa ; il se mit à pouffer tout bas. Sa gaieté s'accrut jusqu'à ce qu'il en tremblât presque. Puis elle éclata en un rire à pleine gorge que Nicholas reconnut aussitôt. Il l'avait entendu à Blackfriars et à *La Tête de la Reine*, à la différence près que, cette fois, on n'y percevait plus aucune jubilation. À mesure que le rire grandissait et se réverbérait dans le théâtre entier, il exprimait une joie désabusée, pareille à un adieu.

Nicholas n'était plus sur ses gardes, or l'hilarité de Caleb Hay n'était qu'une manœuvre. Le rire cessa soudain, les flammes furent soufflées et le chandelier fut projeté vers le régisseur par un bras puissant. Il surgit de l'obscurité pour le heurter à la poitrine, si fort que Nicholas recula sous le choc. Une fois remis de sa surprise, il tira sa dague, chercha à tâtons le bord de la scène puis y monta d'un bond. Dans le noir, il ne distinguait que de vagues contours. En voulant avancer, il se cogna contre un banc.

Il était convaincu que le vieil homme tenterait de fuir par l'issue du fond et se dirigea à l'aveuglette vers la loge. Un bruit, au-dessus de lui, le fit s'arrêter. Des pas légers, sur les barreaux d'une échelle. Hay grimpait vers le dessus du théâtre. Nicholas voulut le suivre, mais un projectile fendit l'air, le manquant tout juste de quelques pouces. C'était une grosse masse de fer, qui servait de contrepoids dans le système de cordes et de poulies. Nicholas se mit en lieu sûr et soupesa les choix qui s'offraient à lui.

Tant qu'il resterait prisonnier du noir, il se trouverait sérieusement désavantagé. Caleb Hay savait où se cacher et comment se défendre. N'ayant aucun moyen d'allumer les chandelles, Nicholas chercha une autre source de lumière. Il revint à l'extrémité de la scène, sauta dans la salle et se dirigea vers la croisée la plus proche. Il tira le loquet, rabattit les contrevents et laissa entrer les derniers rayons du soir d'été. Cela lui permit de mieux distinguer les autres fenêtres, qu'il courut ouvrir pour repousser tous les contrevents. Quand il se retourna, il voyait la scène tout à fait clairement. Il s'en approcha, sa lame à la main.

— Il n'y a pas d'issue, messire Hay !

Il entendit le rire familier loin au-dessus de sa tête.

— Descendez, messire.

— Je vous rejoins immédiatement, répondit Hay.

— Tout est fini, à présent.

— Je le sais bien.
— Descendez !
— Voilà, messire. Adieu, Nicholas Bracewell !
Caleb Hay serra le nœud coulant et sauta dans le vide. La longueur de sa chute avait été calculée avec soin. La corde l'arrêta avec une force si brutale que son cou se rompit en un craquement terrifiant. À six pieds au-dessus de la scène qu'il méprisait, il tournoya jusqu'à ce que Nicholas, juché sur la table, tranche la corde qui le retenait.
Le bourreau avait choisi son propre gibet.

— Quel noble exemple d'abnégation, Edmund !
— C'était le moins que je puisse faire pour apaiser mes remords.
— Vous vous sentez coupable ?
— Oui, Lawrence. J'enviais trop Jonas.
— Ce n'est pas un crime.
— J'ai cherché à supprimer son œuvre de notre répertoire.
— Seulement parce que nous l'avions préférée à la vôtre.
— Cela pesait lourd sur mon cœur.
— La faute m'en incombe, pour vous avoir traité cavalièrement.
— Quelles que soient les fautes commises par chacun, tout sera réparé cet après-midi.
— Bien parlé, mon ami !
Lawrence Firethorn et Edmund Hoode enfilaient leur costume, dans la loge de *La Rose*. Eu égard aux circonstances, Hoode avait insisté pour que le privilège d'une représentation dans un vrai théâtre échût aux *Infortunes du mariage*. Cela constituerait une épitaphe appropriée au talent exubérant de Jonas Applegarth, tout en répondant au regain d'intérêt pour la pièce que le meurtre de l'auteur avait suscité. Le théâtre de Bankside faisait salle comble pour l'occasion. Hoode, le

premier, convenait que son *Berger fidèle* n'eût pas provoqué la même curiosité.

Barnaby Gill fondit sur eux et leur demanda d'un ton malicieux :

— Tout va-t-il bien entre vous, à présent ?

— Pourquoi cela irait-il mal ? rétorqua Firethorn.

— Des rumeurs, Lawrence ! Des rumeurs de scandale !

— Ignorez-les.

— Elles sont bien trop délicieuses.

— Edmund et moi sommes les meilleurs amis du monde, affirma Firethorn, prenant le poète par l'épaule. Nous avons beaucoup trop en commun pour nous brouiller.

— Beaucoup trop, en effet. Y compris votre chère épouse.

— Quelle calomnie ! s'indigna Firethorn.

— Un regrettable malentendu, renchérit Hoode.

— Ce n'est pas ce qu'on raconte à *La Licorne*, insista Gill. On y parle d'une Margery Firethorn bigame. Une femme avec deux époux. Fameuse illustration des infortunes du mariage ! Je suis bien aise de n'être pas entravé par les liens conjugaux.

— C'est seulement parce que les Enfants de la Chapelle vous ont repoussé, riposta Firethorn. Vous seriez marié aux fesses de tous les petits choristes, si vous le pouviez !

Gill se mit dans une rage folle et Firethorn le nargua de plus belle. Hoode se retrouva dans son rôle coutumier de pacificateur. Il était de nouveau chez lui.

Sur le signal de Nicholas, la troupe se prépara pour le début de la représentation. Son chef échangea encore avec Hoode quelques mots à mi-voix :

— Tournez-vous vers moi, la prochaine fois que vous vous trouverez dans cette situation délicate.

— Vers vous, Lawrence ?

— Je connais un remède encore plus efficace que celui de Margery.

— Quel est-il ?

— Eh bien, mon cher, vous débarrasser d'une femme en m'en chargeant. Si cette Cecily Gilbourne était trop ardente pour vos doigts malhabiles, vous auriez dû me la confier. Mes paumes sont à l'épreuve des feux de l'enfer.

— Le stratagème de Margery était le plus adroit.

— J'aurais été pour la dame une licorne fringante.

— Pourquoi ne vous a-t-elle pas choisi, vous, dès le départ ? Non, Lawrence. L'affaire est terminée et je vous ai remboursé ma dette.

— Quelle dette ?

— J'ai, par inadvertance, interrompu vos plaisirs conjugaux. En guise de représailles, Margery m'a arraché aux délices de la chambre à coucher. Œil pour œil.

— Dard pour dard !

Le gloussement de Firethorn fut couvert par les premières mesures de musique, Peter Digby et son orchestre ramenant la pièce à la vie. Les Hommes de Westfield se montrèrent à la hauteur de la circonstance.

La Rose vit s'épanouir *Les Infortunes du mariage*. L'intrigue était plus solide, les personnages plus complexes, la satire d'une férocité plus enjouée. La compagnie tira pleinement parti des qualités du théâtre pour faire de la pièce une expérience captivante. Nombre de nouveaux effets furent intégrés à l'action par Nicholas, dont un emprunté à Raphael Parsons et adapté à leurs besoins. Des trappes permettaient des apparitions soudaines. Grâce à des mécanismes aériens, les acteurs et les décors semblaient descendre du ciel. Sous le contrôle du régisseur dans les coulisses, le rythme ne se relâcha pas et les flèches d'Applegarth ne manquèrent jamais leur cible.

Les acclamations qui accueillirent les comédiens revenus pour saluer, Firethorn à leur tête, furent si sonores, si nourries qu'ils auraient pu rejouer entièrement la scène finale avant que les derniers échos ne se dissipent. Ils regagnèrent la loge, grisés par le succès. Barnaby Gill dansait, Richard Honeydew chantait, Edmund Hoode déclamait son passage favori et John Tallis coassait joyeusement. Quant à Firethorn, il distribuait des accolades à la ronde, avec des larmes de gratitude.

Même James Ingram se laissa gagner par cette exaltation. Il confia ses sentiments au régisseur :

— La pièce est meilleure que je ne le croyais.

— Elle n'a pas changé, seule votre perception en est différente.

— C'est tellement plus facile de l'apprécier quand son auteur n'est pas là pour m'empêcher de discerner ses mérites !

— Jonas était ici, cet après-midi.

— Par l'esprit, sinon par le corps.

— C'était sa voix que j'entendais sur scène. Même votre talent d'imitation ne pourrait la reproduire. C'était une voix distincte, James. Trop dure pour certains, sans doute, et vous étiez du nombre. Mais à laquelle il était impossible de rester indifférent.

— Les Hommes de Westfield lui ont fait honneur.

— Aucun dramaturge ne pourrait souhaiter mieux, approuva Hoode, les rejoignant en ôtant son costume. Jonas Applegarth était un vrai poète. Il est mort pour son art. Quelle tragédie que nous n'ayons que cette unique pièce à lui offrir pour pierre tombale !

— Nous pourrions en avoir une seconde, suggéra Nicholas.

— Nous a-t-il légué un autre manuscrit ?

— Non, Edmund. Mais que diriez-vous de nous le fournir ?

— Je serais incapable de ce déferlement de génie. Seul Jonas pouvait écrire une œuvre d'Applegarth.

— Prenez-le donc pour coauteur.

— Comment voulez-vous qu'il fasse, Nick ? protesta Ingram. Jonas n'est plus.

— Oui, ajouta Hoode avec une pointe de jalousie. Il m'éclipse en cela aussi. Non seulement il a vécu avec plus de panache, mais depuis sa mort, tout Londres n'a plus que son nom à la bouche. Edmund Hoode disparaîtra, méconnu, dans quelque galetas. C'est ce que j'admire par-dessus tout chez Jonas Applegarth. Sa propre vie fut son œuvre la plus pittoresque, la plus inoubliable.

— Voilà votre thème, remarqua Nicholas.

— Mon thème ?

— Remettez-le sur scène, à la vue de tous.

— Jonas ?

— Pourquoi pas ? dit Ingram, que l'idée séduisait. Changez son nom si vous le désirez, mais conservez le personnage. Gardez cet esprit mordant et frondeur. Si jamais un homme au parler cru avait sa place sur les planches, c'est Jonas Applegarth.

— Sa mort m'inspirera certainement ma scène finale.

— La pièce germe déjà dans votre esprit, Edmund, constata Nicholas en souriant. Composez-la telle une marque d'estime. Qu'il sache que les Hommes de Westfield chérissent sa mémoire. Nous l'aimions, mais nous n'avons pas eu le temps de le lui dire avant qu'il ne nous quitte.

Il fallut longtemps à Anne pour accomplir un trajet plutôt court. Le public de *La Rose* était nombreux et trop enclin à s'attarder pour qu'elle sorte rapidement du théâtre. Preben Van Loew et elle furent obligés d'attendre que les graves discussions au sujet de la pièce s'achèvent peu à peu et que la cohue diminue. Le Hollandais l'escorta jusque chez elle avant de continuer vers sa propre demeure, dans Bankside.

Rien ne pressait. Nicholas serait retenu encore plus longtemps qu'elle. Premier de la troupe à arriver, il serait le dernier à partir, ayant supervisé le retrait des décors et des costumes, le nettoyage de la loge et la collecte des entrées perçues par les ouvreurs. Une douzaine d'autres tâches l'occuperait encore avant qu'il puisse même songer à s'en aller.

Anne se prit à calculer l'heure à laquelle il arriverait au meilleur des cas, puis tenta de se raisonner et de le chasser de son esprit. Rien ne garantissait que Nicholas viendrait. La dernière fois que les Hommes de Westfield avaient joué à *La Rose*, elle n'avait pas reçu la visite de leur régisseur. Pourquoi cette fois-ci en irait-il différemment ? Ils n'avaient aucune obligation l'un envers l'autre. Ambrose Robinson les avait rapprochés, mais son arrestation pouvait tout aussi bien les éloigner. Elle se persuada que Nicholas serait trop heureux de se divertir avec ses camarades pour se rappeler son invitation. Elle se laissa tomber sur une chaise avec résignation.

Une heure passa avant qu'elle ne se lève. Au coup léger à la porte, elle bondit et courut y répondre, renvoyant d'un geste la servante qui arrivait de la cuisine. Ajustant sa robe et tempérant son enthousiasme, elle ouvrit en souriant pour trouver Nicholas sur le seuil. Elle coupa court lorsqu'il s'excusa de sa venue tardive et le fit entrer.

— Avez-vous apprécié la pièce ? demanda-t-il.

— Plus que tout ce que j'ai pu voir depuis des années.

— Quelle œuvre remarquable !

— Un peu trop au goût de Preben, je le crains. Il a ri des plaisanteries, mais s'est offusqué de son irrévérence.

— C'est une viande épicée pour un palais timide.

Ils causèrent longuement de la pièce, jusqu'à ce qu'ils se sentent assez à l'aise pour abandonner ce sujet. Nicholas avait des nouvelles pour elle.

— Je me suis entretenu avec messire Firethorn aujourd'hui, et je lui ai glissé le nom de Philip Robinson.

— Pourquoi ?

— Nous recherchons un nouvel apprenti.

— Et vous envisageriez de prendre Philip ?

— Ses qualités le recommandent d'elles-mêmes.

— Peut-être, dit-elle avec prudence, mais pas sa situation. Avez-vous révélé tous les faits à messire Firethorn ?

— Jusqu'au moindre d'entre eux.

— Cet enfant porte une flétrissure. Cela ne l'a-t-il pas fait reculer ?

— La seule flétrissure, aux yeux de Lawrence Firethorn, c'est de mal jouer. Montrez-lui un garçon bien disposé et talentueux, et il le prendra chez les Hommes de Westfield même si sa mère est sorcière et si son père a des sabots fendus et une queue fourchue.

— Alors Philip est engagé ?

— Si les membres de la Chapelle royale consentent à le laisser partir.

— Ils sauteront sur l'occasion, Nick. Merci !

— De quoi ?

— De votre bonté et de votre prévenance.

— Philip sera pour nous un excellent élément. Je me montre surtout bon et prévenant envers les Hommes de Westfield, croyez-moi.

— Je m'inquiétais pour lui, me voici tranquillisée. Quel soulagement de savoir qu'un peu de bien est sorti de tous ces bouleversements ! Je suis encore tourmentée par les remords.

— Des remords ? Pourquoi ?

— Je vous ai causé tant de tracas superflus ! Sans moi, vous n'auriez jamais rencontré Ambrose Robinson.

— Sans lui, je n'aurais peut-être jamais revu Anne Hendrik. C'est ce que j'appelle un échange de bons procédés, conclut-il, un large sourire aux lèvres.

— Je m'en réjouis.

Ils se turent. Nicholas la dévorait des yeux et goûtait le bonheur d'être en sa compagnie. Il n'avait pas pu le savourer pleinement auparavant. Pour la première fois, les obstacles qui les séparaient avaient disparu et il pouvait la regarder à sa guise. Anne le laissa donner libre cours à sa curiosité avant d'obéir à la sienne.

— Vivez-vous seul ? s'enquit-elle.

— Non. Toute la maison est louée.

— Je parlais de votre logis, dit-elle. Je me demandais si vous... le partagiez.

— Je n'y reste jamais suffisamment pour le remarquer.

— Toujours marié avec les Hommes de Westfield ?

— Et avec toutes leurs infortunes.

Ils éclatèrent de rire.

— Mais et vous, Anne ? reprit-il. Toujours seule ici ?

— Plus pour très longtemps.

— Vraiment ?

— Mon expérience avec Ambrose Robinson m'a donné une bonne leçon. Il manque un homme dans cette maison. Je vais prendre un autre locataire.

— Je vois, dit-il, visiblement déçu.

— J'agis ainsi afin de me protéger, Nick. Il n'aurait pas besoin d'être là jour et nuit. Le fait qu'il vienne de temps en temps suffirait à écarter tout danger.

— Quel genre de locataire cherchez-vous ?

— Un qui me convienne.

— En quoi devrait-il vous convenir ?

Les yeux d'Anne cherchèrent les siens. Nick fut le premier à sourire.

— Où habitez-vous ? demanda-t-elle en se rapprochant.

— Dans Thames Street.

— Combien payez-vous à votre logeur ?

— Beaucoup trop.

Il la prit dans ses bras pour lui donner un long et tendre baiser.

— Je songe à déménager.

Impression réalisée sur Presse Offset par

BRODARD & TAUPIN

GROUPE CPI

La Flèche (Sarthe), 23344
N° d'édition : 3590
Dépôt légal : avril 2004
Imprimé en France